大正銀座ウソつき推理録
文豪探偵・兎田谷朔と架空の事件簿

芥生夢子 Yumeko Azami

アルファポリス文庫

https://www.alphapolis.co.jp/

〈目次〉

プロローグ

大正十四年、銀座のとあるカフェー。

誰もが息を殺して注目する中、その女給は嗚咽《おえつ》を漏らし――ワッと泣き崩れた。

「先生のおっしゃるとおりです。わたしが……盗みました」

歓声があがり、待機していた警官が〝犯人〟を連れていく。

窃盗《せっとう》事件だというのに、まるでショーでも観ているような騒ぎだ。

浮かれている野次馬《やじうま》達の間を通って、わたしは彼女のもとへ走る。

彼女――吉江《よしえ》さんは、新人であるわたしの面倒を見てくれていた女給の先輩である。

「吉江さん……どうして……？」

「探偵先生の言っていたとおりさ。変な男に引っかかっちまったのが良くなかったね。チイ子《コ》、アンタはまだ若いんだから、アタシみたいになるんじゃないよ」

さめざめと涙を流していたさっきまでの様子はすでに影を潜め、うって変わって、いつもの気丈な口調で返事がくる。

わたしがなんと声をかけていいのかもたついているうちに、反対に励まされてしまった。

長着の上に洋物の白エプロン。この店の売りである制服を着たまま、吉江さんは警官に連行されていなくなった。

彼女によく似合っていた深い臙脂《えんじ》の銘仙着物《めいせんきもの》が、視界の端にいつまでも残っていた。

今度は、わたしがその場に泣き崩れる番だった。

「男の人に騙《だま》されて、無理やり盗みを働かされていたなんて……!?　なんて可哀想《かわいそう》な吉江さん……」

睫毛《まつげ》を震わせていると、女給仲間たちが駆け寄ってきて背をさすってくれる。

カフェーで働く者は、たいてい訳アリだ。

男性客に密着する接待をしてでも、お金を稼がなくてはならない少女たちなのである。

年長だった吉江さんは、近いうちに女給としての需要が無くなるだろうと、いつも将来を憂《うれ》えていた。早く好《い》い人を見つけて卒業しなきゃと、口癖のようにぼやいていたのだ。

あんなに美人で粋《いき》だった彼女ですらそうなのだから、若いだけしか取《と》り柄《え》がない自分たちはどうなるだろう。

吉江さんの境遇は、わたしたちにとって明日は我が身なのだ。

その場にいる全員が、吉江さんを想って泣いた。

うら若き乙女《おとめ》たちの、美しい涙の連鎖《れんさ》。嗚呼《ああ》、流行歌にでもなりそう。

「あのー、お嬢さん。思いっきり陶酔《とうすい》してるとこ悪いけどさ。さっきの話、全部〝嘘〟だよ？」

「……は？」

突然、鮮やかな勿忘草色《わすれなぐさいろ》が目に飛び込んできた。

裏地が紺《こん》の袷《あわせ》。ロイド眼鏡《めがね》と山高帽《やまたかぼう》で飾り立て、首元はメリンスのショール、さらには細身のステッキまで持った派手な和洋折衷《わようせっちゅう》の男が、いつのまにか傍《かたわ》らに立っている。

ポマードの匂いを漂《ただよ》わせたその男は、いかにも銀座の街をブラブラ歩いていそうな感じだった。

わざとらしく同情的な表情でわたしの肩を叩き、耳元でささやいた。

「逃げた恋人は存在しないいし、彼女は騙されてもいない」

「だって、あなたが!?　あなたがさっきそう言ったじゃないですか!?　だから吉江さんは、罪を認めたのでしょう!?」

そう、たしかにこの男は言ったのだ。

『吉江は結婚詐欺《けっこんさぎ》に遭《あ》い、いいなりになって無理やり盗みを働かされていた』、と。

この男は、わたしが働いている『カフェー・レオパルド』の控室で先月末から発生していた金品の盗難騒ぎを解決するために呼ばれていた。

客が入れない場所、しかも女子用の部屋で頻発《ひんぱつ》していた事件。

そのため、初めから容疑者は女給に絞られていた。

この状況を知った店長は当初、厳重注意のみで丸く収めようとしたのだが、何日経っても収まらず、とうとう店の売上まで計算の合わない日が増えたのだ。

そんな中で、容疑者候補の筆頭だったのは、いつもアリバイがない吉江さんだった。

しかし彼女は一番の古株で、女給の中で面倒見が良く、従業員の間でも慕われているベテラン。彼女が事件の犯人だとして、人気のある彼女が急に逮捕されたりしたら、みなの心に衝撃を残す。下手に店長が追及すれば従業員全員から反感を買いかねない。

警察だけにまかせても同じことだ。

わたしもそう思ったから、実は吉江さんも被害者だったのだと知って涙したのだ。

「店長も自分が追及するのを躊躇《ためら》って、俺に依頼を寄越《よこ》したんだ。被害届は出したいから犯人をちゃんと捕まえてほしい。でもなるべくなら後を引かぬような、穏便《おんびん》な形にしたい。そういうややこしい依頼がね。そこで一芝居《ひとしばい》打ったんだ」

女給仲間から少し聞きかじっていた話によれば、目の前にいる怪しい男の正体は、一部の界隈《かいわい》では有名な〝探偵《たんてい》〟だった。

一見すると、ちゃらちゃらした軽薄そうな男にしか見えない。

疑惑の視線に気づいているのかいないのか。

探偵はなぜかわたしに向かって、すらすらとそのまま種明かしを始めた。

「あらかじめ犯人の目星はつけられていたからね。俺は証拠を集めるだけでよかった。吉江って女給がカフェーでの収入を超えて浪費をしていないか、接待中に化粧直《けしょうなお》しへ消える時間が増えていないか、とかね。ここまではごく普通の探偵業務なのだよ、うん。で、調査の結果、彼女が盗んだのは確定したからさー。あとは……」

自信満々、正々堂々とした態度で、探偵の男は言ってのけた。

「でっちあげさ!!」

「は⁉」

でっちあげ。

それは、嘘をまるで真実のように捏造《ねつぞう》する、探偵とは程遠い行動ではないか。

「え、え？　嘘なんですか？　吉江さんは犯人ではないの？」

「は～、きみ、人の話はちゃんと聞き給《たま》えよ。吉江が犯人だとさっき言っただろう。そこは変わらない。でっちあげたのはそのあとだ。いいかい？」

わたしは、この探偵が推理を披露《ひろう》していた時の会話を思い返す。

吉江さんは婚姻《こんいん》の約束をしていた恋人に脅《おど》され、しかたなく盗みを働いたのだという。

探偵は全員の前で、大げさな身振りを交えてそう語ったあと——


『嗚呼、吉江クン⁉　きみはなんて憐《あわ》れで悲劇的な女性なんだ⁉　男女問わず誰からも好かれ、この銀座の街を美しく舞う黒揚羽《くろあげは》のようなきみが、薄汚い蜘蛛《くも》の手足に搦《から》められて罪を犯してしまうなんて⁉　ここにいるみなも、彼女を不憫《ふびん》だと思うだろう！』

『先生のおっしゃるとおりです……わたしが、盗みました……』


思い返してみると、わざとらしいこと甚《はなは》だしいけれど、たしかこんな流れだった。

さっきはわたしも吉江さんの身に起こった不幸に酔いしれていたから、嘘臭さに気づかなかったのだ。

「で、でも、なぜ？　吉江さんがあなたの嘘に乗った理由がよく分からないわ」

「だって、ああいう言い方すればみんな彼女に同情するだろう？　すでに容疑者として挙げられていたくらい手口は甘く、バレるのも時間の問題だった。そこに俺のでっちあげた不幸話によって、自白しやすい状況ができたんだから、乗っかるだろう。周囲の非難を浴びないよう、ここぞとばかりに便乗したんだ」

　では、わたしたち乙女の美しい涙はなんだったのだろう。

　あの悲しい別れは。視界に残った美しい着物の色は。

　なにより、あのうっとりした空気は⁉

「うう、納得はできないけれど……たとえ嘘だとしても、警察が事情を汲《く》んでくれて吉江さんの罪が軽くなるのならいいわ……」

　最後まで彼女を慕う健気《けなげ》なわたしだったが、その僅かな望みもあっさり壊された。

「なるわけないじゃん。警察はそんなに甘くない。本人もそれを狙って自白したのかもしれないけど、架空の恋人が存在しないことくらい、調べりゃ分かる。まっ、俺は穏便な逮捕までの依頼しか受けてないし、後のことは知らないね。というかきみ、財布の中身を三度も盗まれたのにまだ同情するのかい？　俺のでっちあげた作り話がすっごく効果的だったみたいで嬉《うれ》しいな。でも、あの女は盗むだけ盗んで、裏では故郷にトンズラする準備を進めていたんだよ。ははははは」

　すらすらと回る舌。

　気障《きざ》な仕草で帽子の角度を直しながら大笑いする男に、猛烈に腹が立ってきた。

いったい、この人はなんなのだろう。

他人の人生に首を突っ込む以上、探偵とは正義感や使命感と人情に溢《あふ》れた好人物であるべきではないのか。

「あ……あなたには、探偵としての矜持《きょうじ》がないんですか⁉」

「お嬢さん、俺の本業は作家なのさ！　今をときめく探偵小説家の兎田谷朔《うさいだやはじめ》。文士《ぶんし》が架空をでっちあげてなにが悪い⁉　地獄の沙汰《さた》も口八丁《くちはっちょう》。解決さえすりゃ真実なんかいらないのさ」

ポカンと口を開けて間抜《まぬ》け面《づら》を晒しているであろうわたしに、自称文士の男は続けて言った。

「犯人はちゃんと逮捕されたし、盗まれた金品も大半は無事に返ってきた。店長の依頼どおり、みんな同情的でよけいな怒りや憎しみが生まれることもなかった。いやぁ、本日も完璧に気持ちよく事件を解決したなぁ。犯人が雰囲気《ふんいき》に呑まれそうなタイプだと思ったからこうしたわけだけど、きみも同じ素質があるから気をつけたほうがいいよ。忠告のため、特別に種明かしをしてあげたんだからね」

「よけいなお世話です‼」

もう我慢ならないと罵倒《ばとう》しようとしたとき、店のドアが乱暴に開かれ、真鍮《しんちゅう》のベルがからからと鳴った。

「先生ー!!　兎田谷先生、カフェーなぞでサボってらしたのですか⁉　もう〆切が!!」

入ってきたのは背丈が高く、恐ろしい強面《こわもて》の青年だった。

「ひっ、暴漢⁉」

「うちの書生だよ。そろそろ原稿を進めなければ、彼が憤死《ふんし》してしまうな。お嬢さんも、困りごとがあればいつでも俺のところへ依頼に来給え。では、これにて失礼！」

住所の記された紙片をさっと取り出してわたしに差し出すと、探偵はとんびマントを羽織《はお》って去っていったのだった。

第一章　恋文は詠み人知らず

一昨年《おととし》の九月一日正午に関東を襲った大地震から、まだ一年半。

帝都の中心地だったこの銀座も、大半が火災で焼けて壊滅状態だったらしい。

街並みにはまだ震災の爪痕《つめあと》が残っているし、住民も地方へ出ていって随分《ずいぶん》減ったそうだ。

人々が復興のために必死で協力し合ってきた結果、現在は繁華街《はんかがい》の賑《にぎ》わいを取り戻している。梅坂屋《うめさかや》などの巨大なデパートメントが建ち、カフェーも次々と開業した。

洋装のモダンな男女が通りを闊歩《かっぽ》する銀座の街。

住み始めてまだ間もないわたしも、優雅《ゆうが》で華やかなこの街を気に入っている。

「梅坂屋の交差点を小学校のほうに曲がって、銀座西六丁目を越えた先の左手……あった、ここだわ」

住所の書いてある紙片を握《にぎ》りしめ、『兎田谷』と表札のかかった家の前に立った。

古くてやや広い、普通の民家だ。わたしが女給をしているカフェーからさほど離れていない。

「ごめんくださいませ」

戸口で声をかけると、奥から「はい」と予想外に低い返事が響いた。

足音さえもひどく重い。一歩ずつ近づいてくるたび、猛獣のような威圧を感じる。

恐る恐る待っていると、強面の男の人が戸を開けて出てきた。

右手には包丁《ほうちょう》が握られている。

「……何用だ」

「ひっ、博徒《ばくと》!?」

「暴漢でも博徒でもない。小弟《しょうてい》は先生の弟子だ。住み込みで身の回りの世話をさせていただいている」

よく見たら、この前カフェーで会った人だった。

「なぜ包丁を……?」

「魚を卸《おろ》していただけだ」

どうしてもドスを持って賭場《とば》にいる類《たぐい》の人間にしか見えないせいで、二度目なのに驚いてしまった。

言われてみれば、着物の下に立襟《たてえり》のシャツを着込み、袴《はかま》を穿《は》いた書生らしい恰好《かっこう》をしている。髪型は七三に分けた刈り上げで、地震の後に流行《はや》っていた震災《しんさい》刈《が》り風だ。

彼がやると男らしさより怖さが際立っているが……

「新しいもの好きの先生にやられたんだ。似合わないだろうか」

彼はわたしの視線に気付いたようで、不愛想《ぶあいそう》ながらも照れくさそうに頭を掻《か》いている。

見た目より怖い人ではないのかもしれないと思っていると、懐《ふところ》になぜか子猫を入れているのに気づいた。

「なぜ猫を……？」

「先刻、道端《みちばた》で拾った。腹をすかせているようだったので、小魚をすり身にして与えてやろうと思っていたところだ」

絶対、良い人だ。見た目だけで人間を判断してはだめね。

先ほどまでの認識を反省した後、一見ぶっきらぼうな書生に用件を伝える。

「探偵の兎田谷先生に、相談事があって参りましたの」

「……ああ、そっちの話か。案内する」

少し残念そうにしながらも、彼はわたしを居間に通してくれた。

「先生、客人です」

「烏丸《からすまる》、原稿依頼かね!? いったいどこの有名文芸誌が——」

襖《ふすま》を開けると、例の軽薄《けいはく》そうな探偵が畳に寝転んだまま大声をあげた。

しかし、わたしの姿を認めると、あからさまに気乗りしない様子で寝返りを打つ。

二人して落胆《らくたん》しているところを見ると、どうやら本業のほうの仕事を待ちわびていたようだ。

「やあ〜、いらっしゃい」

「あの、寝たままでよろしいので、せめてこっちを向いてくださいます？」

烏丸さんが淹《い》れてくれたお茶を啜《すす》りながら、わたしは改めて自己紹介をした。

「先日はお世話になりました。わたしは『カフェー・レオパルド』で女給をしている、チイ子といいます」

「それ、店での名前でしょ。本名は？」

「構いませんが、必要なんですか？」

「べつに必要でもないし興味もないけど、普段隠してる人の本名を知るのって、秘密を暴《あば》いた感じするじゃん。だからなんとなく」

興味はないのか……

やっぱり、変な人。文士とはみなこういうものなのかしら？ それとも探偵だから？

わたしは訝《いぶか》しみながらも、特に不都合はないので隠さず答えた。

「本名は千歳《ちとせ》です。国木田《くにきだ》千歳。歳は十八。カフェーのほかに、商家に住み込みで女中もしています。先生を訪ねるため、本日は午後だけお休みをいただいたんです」

「そんなに働いて、若いのに感心だナ」

「僭越《せんえつ》ながら、先生はもう少し働いてください」

子猫をお腹に乗せてゴロゴロと遊んでいる兎田谷先生に向かって、烏丸さんが容赦《ようしゃ》ない一言を浴びせる。

自宅なのでこの前のように派手な装《よそお》いではないが、それでもどこか胡散臭《うさんくさ》く軽薄に見える人だ。

「だって、俺としては働きたい気持ちは山々なんだけどさ。原稿の依頼が来ないのだから、しかたないじゃないか」

「えっ」

文学に明るくないわたしが知らないだけかと思っていたけど――こんなに自信家なのに、もしかして売れていないのかしら。

「顔に出てる、出てる」

「あっ、ごめんなさい。でもわたし、相談事をする前に目くらい通しておこうと、先生の小説はすべて買いました」

「寝巻のままで大変失礼した。来月には新作が出るから、そちらも頼むよ。きみの購買力に俺の生活がかかっている！」

兎田谷先生は、ものすごい速さで態度を変えた。わたしの湯呑みにお茶のおかわりを注ぎ、子猫を手渡してくる。撫でていいらしい。

「で、どうだった？　面白かったかね？　稀代《きだい》の天才だとか思ったかね⁉」

「わたし、小説はよくわからないのですが」

「うんうん、構わないんだよ。きみが感じた通りに、率直な絶賛《ぜっさん》を浴びせ給え」

「先生の代表作の探偵小説……主人公の決め台詞《ぜりふ》が『探偵は真実しか言わない』でしたけれど、先生ご自身とは正反対ですね」

「あー、そーねー」

またしても素早い変わり身。

褒《ほ》めなかったせいか、または心底どうでもいい感想だったのか、彼は興醒《きょうざ》めした瞳でわたしから猫を取りあげた。小説を書く人間というのは面倒そうだ。

「千歳クンだったね。相談事って？　なんか萎《な》えていろいろどうでもよくなっちゃったから、特別に見積りは無料にしてあげよう」

「あ、はい。一応身の上をお話ししますと、わたしの故郷は鎌倉《かまくら》の由比ケ浜《ゆいがはま》で、実家は老舗《しにせ》の旅館を営んでおります。ですが近年経営がうまくいかず、火の車状態で……家の借金返済を手伝うため、商いをしている親戚の家に住み込みで働くことになったんです。それで銀座にやってきたのが昨年の十月上旬、五カ月ほど前です。昼は女中仕事、夜はカフェーで女給をしています」

「うんうんうん、ちょっと不穏な雰囲気だね。興味が湧いてきたな。それで⁉」

先生が少年のように瞳《ひとみ》を輝かせ、妙に食いついてきた。

派手好みと軽薄な態度のせいで若く見えるが、著作に記載されていた生年によると、先生はわたしより十は年上だったはず。

さらにカフェーにやってくる文士や編集者のあいだでは、酒癖や借金癖が悪評になっている。今更だが、こんな人に頼んで本当に大丈夫だろうか。

「ええっと、ここからが相談です。実は今の家にお世話になってから、お手紙をいただくようになったんです。頻度はきっかり月に一度で、届くのは月初めの一日。あわせて四通あります」

「ほう、脅迫《きょうはく》かね。もしくは誹謗中傷《ひぼうちゅうしょう》か借金取りかな？　そういうドロドロしたの大好物さ俺は！　それで内容は⁉」

「恥ずかしいのですが……そのぅ……すべてわたし宛の、情熱的な恋文みたいなんです……」

熱くなった頬を両手で包み、うっとりと手紙の内容に思いを馳《は》せていると――

さっきの何倍も醒めた瞳の男が、無心で猫を撫でていた。

「帰ってくれ給え」

「なぜ!?」

「俺が本業そっちのけで探偵業なぞしているのは、人間の醜悪《しゅうあく》な側面や不幸を見聞きしたいからさ。ひいては純粋な文学性の追求のため。そんな乳臭《ちちくさ》い小事件はお呼びじゃないのだよ」

「乳臭い小事件……」

さっき食いついたのは、わたしの境遇がわかりやすく不幸だったかららしい。

一瞬唖然《あぜん》としたが、接待用の営業スマイルを作って奥の手を出す。

「ところで、うちを利用する常連客に某大手出版社の編集者さまがいるんです。なんでも、雑誌で連載してくれそうな小説家を探しているとか。解決の際にはご紹介しようかと思っていましたのに、残念ですがご縁がなかったようで――」

「続きを聞こうか。手紙は持ってきているんだろう？　ほら、早く出して。あ、撫でていいよ」

「ニャア」

そう言いながら、三度《みたび》態度を豹変させた探偵・兎田谷朔は、花開くような笑顔で——子猫を渡してきた。

持ってきた四通を畳の上に置く。

ちゃんと封筒に入っているが、宛名も差出人もなく、本文も長いものではない。一筆《いっぴつ》箋《せん》に書かれた、たった一行の手紙である。

一通目

〝な思ひと君は言へども逢はむ時いつと知りてか我が恋ひざらむ〟

（思い悩むなとあなたはおっしゃるけれども、こんど逢う日がいつとは分からないので、わたしは恋せずにおられないのです）

二通目

〝忘るやと物語りして心やり過ぐせど過ぎずなほ恋ひにけり〟

（忘れられるかとおしゃべりをして想いをやり過ごそうとしたけれど、いっ

そう恋しくなってしまいました）

三通目
〝桜花時は過ぎねど見る人の恋の盛りと今し散るらむ〟
（桜の花は見る人の恋心の盛りの時にこそと、今まさに散っているのだろう）

四通目
〝現にか妹が来ませる夢にかもわれか惑へる恋の繁きに〟
（現実にあなたが来ていたのか、夢の中でわたしが迷ったのかあまりの恋の激しさに）

兎田谷先生が、一通ずつ手に取って読んでいる。

弟子の烏丸さんも師の背中越しに手紙を覗《のぞ》き込んでいた。

「ふむ、どれも万葉集に載っている歌だね。烏丸、どう思う？」

「小弟は、恋文を自分の言葉で伝えないのは漢《おとこ》らしくないと思います」

「センスのない文章を垂れ流すよりは、幾分《いくぶん》しゃれているさ。若いお嬢さんはこういうの好きだろう。平安貴族みたいでいいじゃないか、多分。どうなのかね、千歳クン？」

そう聞かれて、わたしは複雑な心境を打ち明ける。

「風流で素敵だとは思いますけど……文通してほしいとか交際してほしいとか、はっきり書いていただかないと、正直どうしていいのか分かりません。まず、差出人もありませんから」

「まさに詠み人知らず、というわけだね。しかし、字が少しただどたどしいな。達筆とはとても言《い》い難《がた》い。差出人どころか宛名も書かれていないし、ただ手習いで歌集を書き写しただけだったりして。恋文は盛大な勘違いで、きみ宛ではないんじゃないの？」

先生は、人をからかうときは生き生きしている。

出会ったときと相変わらず、失礼な態度の御仁《ごじん》である。

「そんなはずはありません！　手習いならどうして意味深にも便箋《びんせん》にしたためて、封まで閉じて、わたしの部屋に置く必要があるというんですか」

「きみの部屋に直接なんだよね。世話になっている家は商《あきな》いをやっていると言っていたけれど、差出人の候補になりそうな相手がいるのかな？」

「はい。同じ下働きで、二人の若い男性がいます」

「ということは、きみに好意を寄せているのが、そのどちらなのかを知りたいってことかな？」

「そうです」

わたしだってうら若き娘だし、故郷の両親を頼りにできる境遇でもない。

殿方から想いを寄せられているのならば、吝《やぶさ》かではないのだ。

「……二人ねぇ。きみの恋愛対象内で、勝手に絞ったりしていないかね？　既婚者や年寄り、見た目が悪い者も考慮するべきだ」

「除外しているのは、本当にあり得ない方だけですってば!?」

「ならいいけどさ。判明したとしても、相手が好みじゃなかったらどうするの？」

「たとえ、そうだとしても……」

そのくらい、わたしにだってわかっている。

都合よく自分の理想の人に好かれるわけではない。

「もし、この相手はないなって思ったとしても」

「存外きみも言い方がきついな」

「ちなみに兎田谷先生も、ちょっと軽薄すぎてわたしは無理です」

「うるさいよ、小娘」

「――でも、気持ちそのものは、きちんと受け取りたいんです。誰かの想いを大切にしたい。それが、わたしの依頼です」

烏丸さんは先生の隣《となり》でうんうんと頷《うなず》いている。

顔は怖いが、やはり良い人だ。

「今日はもう末日だ。月初というと、つまり明日にでも五通目の手紙が届くわけか」

「ええ。ですので、わたしの部屋に隠れて、どちらが恋文を置いたのか確認していただけませんか？　探偵というのは尾行や待ち伏せが主なお仕事なんでしょう」

「ああ、その程度ならば簡単だ。楽な仕事だな」

烏丸さんはそう言ったが、先生は不満そうに口を尖《とが》らせた。

「だめ、だーめ。簡単すぎてつまらない。というか、それだけじゃ確実にはわからないよ」

「どういうことですか？」

「手紙を書いた人間と、手紙を置いた人間が同一人物だとは限らないだろう。たとえば誰かが道端できみを見初《みそ》めて、きみの家に住む者に頼んだ可能性だってあるんだ」

「なるほど……では、どうしたら？」

「今日のうちにできるだけ調査をしよう。明日になれば置いた人物の答え合わせはできるんだからさ。その前に見当をつけておくんだよ」

先生の言うとおり、ちゃんと調べてからのほうが安心できる。

わたしは、よろしくお願いします、と深くお辞儀《じぎ》した。

「あ、でも、差出人や周りの方に調査をしているのがバレないようにしてもらえますか？」

「いいけど、理由は？」

「初めて恋文をもらったからって、浮かれているみたいで恥ずかしいじゃないですか」

「まさに浮かれまくっているようにしか見えないが、文学の道は己の恥をさらけ出すところから始まるのだよ、千歳クン」

「その道を志《こころざ》す予定はないので大丈夫です」

「ああ、そう……依頼料は某大手出版社の編集者を紹介してくれればいいよ。じゃあ、とりあえずきみが働いている商家の住人を全員知りたい。案内してくれるかね」

「はい！」

銀座通りにある洒落《しゃれ》た煉瓦造《れんがづく》りのお店を眺めながら、探偵が口を開く。

「ほー、『鎮野洋酒店《しずのようしゅてん》』ね。店構えは見覚えあるが、入ったことはない。いいなぁ、上等の葡萄酒《ぶどうしゅ》が飲みたくなってきたなぁ。折角だから買って帰ろうかなぁ」

「先生。今、うちにそんな余裕はありません」

「烏丸は厳しいなぁ」

弟子にたしなめられて、先生は残念そうな顔をしている。

わたしたちは向かい側の歩道から、店の様子を窺《うかが》っていた。

「千歳クン。あそこにいるのがきみの遠縁《とおえん》にあたる、洋酒店の経営者だね？」

「そうです。あの方々に雇っていただけなければ、わたしは今頃吉原《よしわら》にでも売り飛ばされていたかもしれません」

店内では四十代の夫婦が優雅に動き回っている。

英国風背広に口髭《くちひげ》を蓄えた旦那様《だんなさま》と、ボブカットの上品な奥様。

田舎《いなか》から出てきたばかりのとき、彼らの装いや立ち振る舞いがあまりに洗練されていたので驚いたものだ。

「ほうほう、ふたりとも尖端的《せんたんてき》だ。虐《いじ》められたりしてない？」

「失礼な想像はやめてください！　ご夫妻は親切で、とても良くしていただいてます」

「なんだー」

相談の時に、他人の不幸を見聞きしたいと堂々言い放っただけある。先生は、わたしの返答にあからさまに残念そうな顔を向けた。

「俺は銀座で生まれ育ったけど、子供の頃にこの店はなかったな。まあ、商店は入れ替わりが激しいからね」

「鎮野洋酒店はまだ一代目で、五年前に開業したそうです。ご一家は国分寺村の恋ヶ窪《こいがくぼ》から出てきて、今の旦那様が欧州のお酒を仕入れる商いを始め、銀座に店舗を構えるまでに大きくしたのですって」

「なるほどなるほど。きみは、店の仕事はしていないんだよね？」

「はい、こちらは力仕事が多いですから。わたしは住まいのほうで、炊事や掃除を手伝っています」

住まいは洋酒店と別で、少し離れた場所にある。

店舗裏の路地を二十分ほど歩き、先生たちを庭付きの屋敷へと案内した。

「ふむ。家事手伝いの女中を一人雇っている、ちょっとした金持ちの家ってところか。若い娘が間借りしている部屋に男なんか連れ込んで、大丈夫かね」

「わたしの部屋は離れだから目につかないし、バレなきゃ平気です。どうぞ」

門をくぐるとすぐ、垣根の手入れをしている下働きの少年と縁側に座った老人の姿があったので、わたしたちは見つからないようそそくさと奥に向かった。

離れの平屋はさほど広くない。玄関があり、中に入ると短い廊下の先にすぐ部屋の戸が見える。この戸の前に小さな飾り棚があるのだが、手紙はいつもこの上の花瓶に立てかけられている。

そう説明すると、先生は依頼とまったく関係のない感想を漏らした。

「離れで一人部屋か。随分待遇がいいね。俺も今の仕事をやめて商家に雇ってもらおうかな」

「なっ⁉　やめるとは、小説家と探偵のどちらを……？　弟子である小弟はどうなるのでしょうか⁉」

「ああ〜、冗談だからそんな目をしないでおくれ。悲しそうな顔も怖いのだよ、烏丸は」

先生は憎まれ口しか叩かないが、烏丸さんには意外と弱そうだ。

ひねくれ者だから、心根の良い人を前にすると後ろめたくなるのだろうか。

わたしはちぐはぐな師弟《してい》を眺めながら説明を続ける。

「一応親戚だし、下働きで女はわたしだけだから気を遣っていただいたんです。元は旦那様のご両親が使われていたのですが、先の震災で足を悪くされてからは母屋《おもや》でお過ごしになっています。離れは庭の奥で少し歩きますからね」

「さっき庭で見かけたご老人がそうかな」

「はい、あちらがおじい様です。おばあ様はそのときに亡くなられたそうで。わたしはカフェー勤務で深夜に帰りますから、足音がご迷惑になるし、離れに住ませてもらって助かっています」

ついでというわけではないが、まだ手を合わせていないことを思い出して、部屋にあるお仏壇《ぶつだん》に向かった。

「どうか、差出人が明《あきら》さんでありますように……」

祈っていると、先生が呆《あき》れて言った。

「仏壇に恋文を供えるんじゃない。神頼みなら神社に行き給えよ、浮かれ小娘め。明さんとやらはきみの想い人か。候補のうちに入っているのか？」

「はい。奥にある離れに恋文を置くことができるのは、この家に住んでいる人だけですから……不可能な方々を除外すると、残るのは二人なんです」

わたしは先生と烏丸さんに、詳細を話し始めた。

「同じ家で働いている二人だけ……明さんと辰二郎《たつじろう》さんだけなんです」

お酒の配達を担当している明さん。

力仕事や雑用全般をしている辰二郎さん。

わたしが候補者の名前を挙げると、兎田谷先生がすぐ疑問を口にした。

「ていうかさ、筆跡でわからないの？」

「仕事柄必要ないので、どちらの字も知りません。書き付けがないか家を探してみたりもしたのですが、残念ながら見つけられませんでした」

ふうむ、と思案しながら先生は柄物ジャケットの裾《すそ》を整えている。

今日は洋装だが、この人の着替えに小一時間待たされた。

「手紙が置かれる場所だけじゃなくて、時間も毎月同じ？」

「はい。決まって月初めのお昼です。この時間、わたしはいつも母屋に行っていて離れには絶対いないんです」

午前十一時半頃、わたしは昼だけ戻ってくる奥様と一緒に、台所で昼食の支度をする。明さんと辰二郎さんの下働き二人は、食事が済めばあとは午後まで休憩時間だ。

旦那様の分の食事は、奥様が洋酒店の二階へ運ぶ。片づけと自分の食事をすべて終え、わたしが離れに戻るのはだいたい午後十三時。

これが毎日変わらない、お昼の流れだった。

「そして千歳クンが戻ったときには、部屋の前に手紙が届いているわけか。家に万葉集はあるかね？」

「はい、居間の本棚に口語訳が一冊ありました。本好きな奥様のものだと思います」

「誰でも手に取れる場所にあるんだね。あと、カフェーのほうの出勤日と時間は？」

「あっちは週に五日程度で、人が足りない日は特別に頼まれることもあるからバラバラです。女中仕事があるので、カフェーには夕方以降しか出ていません」

「じゃあ夜はいたりいなかったり、か」

「ということは……」

そこで、書生服の烏丸さんが低い声でつぶやく。

彼の着物の柄も先生が趣味で選んでいるのか、意外と派手だった。

顔が怖いせいで、中に白シャツを着ていなければ完全に暴漢である。

一拍置いて、烏丸さんが続けた。

「この家の者なら、千歳さんの生活規則は把握《はあく》しているはず。では、いない時間をあえて狙っているということか？」

「旦那様はずっと店のほうですし、おじい様は離れまで歩けません。奥様はわたしと台所で一緒にいます。だからあり得ない方々を抜いて、手紙を置けるのは下働きをされている二人のどちらかだと絞れたんです」

「なるほどねぇ。とりあえず、その二人に会いたいな。今どこにいる？」

「さっき、雑用の辰二郎さんが庭にいました。くれぐれも、調査だと知られないようにしてくださいね」

そう念押しすると、先生はどんと胸を叩いた。

「本業は小説家とはいえ、仮にも俺は探偵の看板を背負っている。目立たず、上手く立ち回るから、きみの乙女心はちゃんと守られるさ。大船に乗ったつもりでい給えよ」

この派手な出で立ちで本当に目立たない気があるのか、甚だ疑問だ。

尾行や潜入の仕事をするときもこんな恰好なのかしらと、わたしはむしろ不安になる。

垣根の陰に潜《ひそ》み、三人で庭を覗く。

辰二郎さんはさっきと同じ場所で木の手入れをしていた。

すると、リヤカーの車輪の音とともに男の声が玄関から聞こえた。

ちょうどもう一人の候補である明さんも帰ってきたのだ。

「おい、辰二郎。ビヤ樽《だる》を一つ運んできてくれ。ビヤホールの補充用だ」

「わかりました！」

明さんの声が響く。辰二郎さんは、明さんの指示に従って樽を取りに土蔵のほうに行ったようだ。

隣にしゃがんでいる兎田谷先生が小さく口笛を吹いた。

「ヒュー、イイ男だね。あれがきみのお気に入り、明くんか」

「ええ、イイ男なんです。年齢は二十歳。スタイルもよくて役者さんみたいでしょう？」

「ミーハーだなぁ」

栗色《くりいろ》の髪で、手足は長く痩《や》せ型。店の名前が入った前掛けも、彼が身に着けると上品でスマートである。

「小弟と同じ七三分けの髪型なのに、なぜこうも雰囲気が違うんだ。年齢も一つしか変わらないのだが」

「えっ烏丸さん、そんなに若かったんですか!?　貫禄がありすぎて歳が近いと思いませんでした。親近感が湧きますね」

「はいはい、二人とも一九〇〇年代の生まれだからって、若者だけで盛り上がるんじゃないよ。どうせ年寄りだよ、俺は。一八〇〇年代の人間だよ」

「誰もそこまで言ってませんけど……」

先生がぼやいている間に、辰二郎さんが大きなビヤ樽を抱えて戻ってきた。

「明さん、これでいいすか」

「ああ、おれは厠《かわや》に行くから、積んでおけよ」

「了解です」

先生は「うーん」と唸《うな》りながら、厠《かわや》へ向かう明さんの後ろ姿を眺めていた。

「彼は見た目はいいけど性格が良くなさそうだ。もうひとりの少年に対して、随分いばって命令しているじゃないか」

「辰二郎さんはまだ小学校も出ていないような年齢のころ、東北から奉公に出てきたそうですが、商家の序列じゃまだ小僧なんです。対して明さんは手代《てだい》で先輩にあたる役職ですから。それにほら、辰二郎さんも嫌々じゃありませんし……力持ちだから軽々運んでますよ。熊のような体に似合わず、童顔で素朴《そぼく》なお顔のかたです」

たしかわたしより一つ下の十七歳で、ぼうっとした印象の男の子だ。

明さんと並ぶと、まるで見た目も性格も正反対だった。

そこまで聞いたところで、先生が溜息を吐いた。

「説明にきみの好感度がそのまま現れているな……ほら、辰二郎くんは縁側のおじい様と仲良く話しているよ。明くんなんて挨拶もしなかったのにさ。年寄りに優しい良い子じゃないか」

「まあ、見ていてほのぼのはしますね……」

たしかに、老人と熊みたいな男の子という組み合わせは、昔話みたいでほっこりする。

だが、殿方の好みとそれは別なのだ。

「よし、ちょっとあの子に接触してみよう。調査ってことがバレなきゃ大丈夫だよね」

メモを取り出してさらさらと何かを書きつけたあと、先生は裏門から一旦外に出ていった。

そして、さも偶然を装って庭にいる辰二郎さんに路上から呼びかける。

「すまない、ちょっと道を訊《き》きたいんだが」

「はい、どうぞ」

辰二郎さんは北の訛《なま》りを感じさせる発音で、朗《ほが》らかに応えた。

「ここに書いてある店は、近くかな？　急ぎで葡萄酒を配達してほしいのに、迷ってしまったんだ」

「あ、これ、うちの番地です。自分、鎮野洋酒店の下働きなんです。ちょっと距離あるし、お急ぎだったら自分が走って注文を伝えに行きますよ」

「それは助かる。葡萄酒の種類と数はこれなんだけれど」

先生のメモを見て、辰二郎さんはなぜか意外そうな表情をした。

きょろきょろと厠のほうを確認して少し悩んだあと、恥ずかしそうに尋ねる。

「ええと、エ、エンゼル、と……!?　あのう、すみません。うちにはこんな商品ないと思うんですけど……これ、なんの葡萄酒を二十本と書いてあるんでしょうか」

「ふふふ、これはね……〝エンゼルと恋に落ちた人間が流す涙のように滑《なめ》らかな喉越《のどご》しで、女神から滴《したた》り落ちる血のように清らかな赤色をした果実の薫《かお》りが芳醇《ほうじゅん》な、お勧め葡萄酒〟を二十本、だよ」

ひどいセンスの一文に、さすがの辰二郎さんも少し引き気味だ。

でも、もっと動揺した人がわたしの隣にいた。

「二十だと!?」

小声の悲鳴があがり、垣根が大きく揺れてがさがさと音が鳴る。

「ちょ、烏丸さん、バレてしまいますよ！」

「す、すまない。つい……」

辰二郎さんは不審そうにこちらを見ており、先生は「あちゃー」という顔をしている。ただでさえ強面の烏丸さんが見つかれば、泥棒騒ぎになるかもしれない。

計画にはなかったが、しかたなくわたしが出ていくことにした。

「ち、千歳さん!?　ご、午後は休みだったんじゃ……」

「あら、びっくりさせてごめんあそばせ。ちょっとハンケチが風で飛んで、拾っていたの。ふふふ」

葉っぱを髪につけて現れたわたしを見て驚いている辰二郎さん。なんとかごまかそうと、わたしはわざとらしい作り笑いを浮かべた。

「す、すみません、大きな声を出して。いきなりだったんで、心の準備ができてなくて。あの、お客さん。お勧めでいいんですよね。お好みに合いそうな酒を旦那様に見繕《みつくろ》ってもらうので、任せてください。お届け先はどちらです？」

「ありがとう。お願いするよ。これがうちの住所ね」

「代金は商品と引き換えにいただくことになってます。じゃ、じゃあ、すぐ伝えてきますから」

辰二郎さんは着物の懐に受け取った紙片を入れると、すごい速さで店のほうに走って行った。

「……いやぁ、辰二郎くんは親切でなかなか気持ちのいい子だね」

彼の姿が見えなくなると、わたしたちは烏丸さんのいる垣根へ戻った。

すぐさま、怒りの声が飛んでくる。

「先生……さりげなくまた散財を……!?　しかも、よりにもよってお酒を購入するなんて！　酔ってどこぞの作家と揉め事を起こしてから酒は止めていたでしょう!?」

「覚えてないなぁ。なにしろ、酔っていたからね」

叱《しか》られているのに、先生はどこ吹く風という態度で飄々《ひょうひょう》としていた。

「わぁ、文士って、ロクデナシなのね……」

「千歳クン、美しいのは綴《つづ》られた架空の物語だけ。現実の作者なんてこんなものだよ。とにかく、ちゃんと二人のうちにいてよかったよ。さあ、部屋に戻って調査結果を報告しようじゃないか」

いてよかったとは、どういう意味かしら？

わたしは疑問に思ったが、とりあえず部屋で話を聞くことにした。

離れに戻ると、兎田谷先生の解説が始まった。

「いいかね、千歳クン。手紙を読んだときにまず気になったのは、字の拙《つたな》さだった。下手というより不慣れでたどたどしい。これを書いた差出人は、本当は読み書きができない人物なんじゃないかと思ったんだ」

「じゃあ、辰二郎さんに声をかけたのは……」

「そう、彼がメモを読めるか確認するためさ」

「お年寄りならともかく、今時もできない方がいるでしょうか」

「尋常小学校《じんじょうしょうがっこう》の義務教育化で明治の中頃以降、日本人の識字率は大幅にあがった。それでも、家の労働などで満足に学校へ通えない者は少なからずいる。とくに田舎ではまだ多い」

辰二郎さんは幼い頃から働きに出ていると聞いたから、もしかすると学校にあまり通えなかったのかもしれない。

「でも、一切の非識字というのは一九〇〇年代生まれの若者じゃ稀《まれ》だ。自分の名は書けたり、よく使う文字は読めたりする。あと漢字以外の仮名文字だけできるとかね。辰二郎くんも自分が働いている鎮野洋酒店の名と番地はすぐわかった。仕事で必要な商品名や数字なんかも、努力して覚えたんだろう。けれど――」


〝エンゼルと恋に落ちた人間が流す涙のように滑らかな喉越しで、女神から滴り落ちる血のように清らかな赤色をした果実の薫りが芳醇な、お勧め葡萄酒〟


「俺があえてクドクドと書いた文章は、全部読めなかったみたいだね」

「ああ、それを把握するためにあのひどいセンスの文を……じゃあ、手紙を置いたのは辰二郎さんってことですか⁉」

「不満かね？」

「うっ……」

気持ちを隠せずまごついていると、カフェーでも耳にした独特の大げさな言い回しが炸裂《さくれつ》した。

「想像し給え！　彼は字が苦手なのにもかかわらず、きみに想いを伝えるため一所懸命に万葉集を書き写したに違いないのだ！　嗚呼、とても健気じゃないか!?　もう一人の明って子より俺はおすすめするね！」

「うう、でも……そうだ、明さんも読み書きできない可能性がまだありますよね？　とすると、結局どっちかわからないんじゃ？」

食い下がってみたが、先生はあっさりと首を横に振った。

「明くんは除外だよ。辰二郎くんが俺のメモを見たときの反応を思い出してごらん。客に尋ねるのをためらったのか、読めないと言うのが恥ずかしかったのかはわからないが、彼は困った表情を浮かべながら、厠の方に視線を向けていた。多分明くんに助けを求めようとしたんだろうね。つまり明くんはスラスラ読めるし、辰二郎くんもそれを知ってるってこと。試しに明くんにもメモを渡してみてもいいけどさ、無駄だと思うよ」

たしかにあの二人は一緒に仕事をすることが多いし、互いが読み書きをできるかどうか知っていてもおかしくはない。

「明日になれば、どのみち判明するんだ。じゃ、明日のお昼前にまた来るからね」

そう言い残して、兎田谷先生と烏丸さんは帰っていった。

翌日、朝の掃除と洗濯が終わって、昼食の準備に取りかかる前。
わたしは着替えのために、一旦離れの部屋に戻った。
いつもと同じ繰り返しなのに、今日は胸が高鳴っている。
ついに恋文を置いた人物が判明するのだ。
兎田谷先生と烏丸さんは約束通り、昼前にやってきた。
手紙を置いた人物を確認するためである。
「先生、お願いしますね。わたしはそろそろ昼食を作りに母屋へ行きます」
「どーんと任せなさい」
胸を叩きながら、先生はわたしの部屋に入った。
昨日の時点では、あんな風に言っていたけれど、ほんとうに明さんではないのかしら。
わたしは、先生に見えないようにひっそりため息を吐く。
もし彼ではなく、先生の言うとおり辰二郎さんだったら?
はっきり告白されたわけではないのだから、放っておくしかないのかもしれない。
でも、知っていて黙っているのもばつが悪い。
彼が一所懸命恋文を書いてくれたのだとしたら、なおさらだ。
今悩んでもしかたない。判明してから考えよう。

そう切り替えて部屋を出ようとしたとき、ノックの音がした。

「押し入れに隠れてください」

先生たちに小声と身振りで合図し、隠れたのを確認してから戸を開けた。

「えっ、明さん……？」

なんと、そこに立っていたのは明さんだったのだ。

やっぱり、彼が手紙を置きに？

期待を胸に膨らませてちらっと飾《かざ》り棚《だな》を見るが——ない。

でも、帰りに置いていくかもしれないし。

この期《ご》に及んで、まだわたしは往生際《おうじょうぎわ》の悪いことを考えていた。

「なにかご用でしょうか？」

「奥様が、台所に来るとき、畑のネギを何本か持ってきてほしいって」

「あ、ああ。奥様が……そうですか……」

彼が言っているのは、奥様と辰二郎さんが庭の小さな菜園で育てているネギの話。

要するに、ただの言伝《ことづて》だった。

「じゃあ、伝えたから」

「あ、あの！」

勝手に期待してがっかりしたのと、本当にこの人じゃないのかしらという想いが募りすぎて、思わず呼び止めてしまった。

「なに？」

「その、恋文を……」

「恋文？」

どうせすぐわかるのだから、聞いてしまおう。

動揺していたわたしは、普段は絶対出ない勇気を振り絞っていた。

しかし緊張して、次の言葉が出ない。

そんなわたしの様子を見て、明さんが詰め寄ってきた。

「あんた、おれに気があるのか？」

「え？」

いきなり畳の上に、押し倒される。

「ちょ、ちょっと!?　やめてください！」

「そっちが誘ってきたんじゃないか。カフェーで女給なんてやっているくらいだから、男の相手は慣れてるんだろ？」

もがいても、男の人の力には勝てない。

こんなことをする人だったなんて……わたしは五カ月も同じ屋根の下に暮らして、いったい彼の何を見ていたのだろうか。

助けて、兎田谷先生……いや、やっぱり頼りにならなそうだから、助けて烏丸さん……！

「千歳さん、大丈夫ですか⁉」

心の中で助けを求めたそのとき、先生でも烏丸さんでもない声が響いた。

体が軽くなり、解放されたのだとわかる。

閉じていた目を開くと、辰二郎さんが後ろから明さんを羽交《はが》い締《じ》めにしていた。

「辰二郎、てめぇ、どういうつもりだ⁉」

「明さん、それは自分の台詞です。千歳さんに何かをしたら、許しませんから」

力では絶対に敵《かな》わないからか、明さんは舌打ちして乱暴に腕を振りほどき、去っていった。

「千歳さん、怪我はないですか」

「え、ええ。大丈夫よ。どうしてここに？」

「いつもの時間まで少し早かったので、菜園を手入れしていたんです。そしたら悲鳴が聞こえて」

「いつもの時間？」

「あ、旦那様と奥様には、ちゃんと報告しますんで！　明さんは自分がここに来たときから世話になっていたから残念ですけど、でも千歳さんに乱暴するのは絶対許せません」

そう言って、辰二郎さんは頬を少し赤らめた。

「母屋に行って、奥様に昼食の準備は自分が代わるとお願いしてきます。千歳さんは休んでてください」

「色々とありがとう。わたしもまだ混乱しているものだから、心遣い嬉しいわ」

「今月の分、置いていきます。初めて手紙を届けた日に説明しようと機会を窺ってたんですが、千歳さんはちゃんと理解して受け取ってくれて嬉しかったです。仏前にまで供えてくれて……これ、お願いします」

今までにもらった四通と同じ、真っ白の封筒をわたしに差し出して、辰二郎さんは母屋のほうへ走っていった。

誰もいなくなったのを見計らって、兎田谷先生と烏丸さんが押し入れから出てくる。

「ほらぁ、男を顔で選ばない！」

先生は開口一番、ふざけた調子でそう指摘した後、すぐに真剣な表情になってわたしに謝罪してきた。

「調査中に依頼者を危険な目に遭わせて、申し訳ない。俺の失態だ。悪かったね」

「いえ、わたしは無事でしたし、気にしないでください。それより先生、これ……」

封筒を見せると、先生と烏丸さんは黙って微笑んだ。

わたしは無言で頷いて、封から一筆箋を取り出し、先生達に見せた。

〝恋ひ恋ひて逢へる時だに愛しき言尽くしてよ長くと思はば〟

（恋して恋してやっと会えた。この時だけでも愛しい言葉を尽くしてください、この恋を長くと思うのなら）

「また、随分情熱的な歌を……」

と、烏丸さんが苦笑いする。

「彼は本当に千歳さんを好いているようだ。明という青年が、たとえクビになって、ここを去ったとしても。きっとまた来月、手紙は届くと思うよ」

「はい。これを読んだらわかります。ちゃんと辰二郎さんの気持ちは、伝わってきました」

兎田谷先生はいつもの憎まれ口に戻って、場を締めくくる。

「吊り橋効果で大いに結構。あとは辰二郎くんとよろしくやってくれ給え。依頼は解決だ。では、これにて失礼！」

第一章・裏　恋文の送り主は？

小弟の名は烏丸。探偵であり小説家でもある兎田谷朔先生の弟子である。

住み込みで文学を学びながら、先生の身の回りのお世話をさせていただいている。

炊事や掃除も文学に通じる立派な精神の鍛練《たんれん》だと、以前先生がおっしゃっていたからだ。

ご本人がやっているのは見たことないが……

煮干しと鰹節《かつおぶし》と少量の米を煮た子猫の飯を部屋に持っていくと、先生は畳に寝転んで猫と遊んでいるところだった。

「ようし、猫の名前を決めたぞ！　小夏《こなつ》にしよう。可愛らしいだろう。小夏ちゃんや」

「春先に拾ったのにですか」

「俺はそういう天邪鬼《あまのじゃく》をするのが好きなのさ。なあ、小夏ちゃんも気に入ったよな？」

「ニャア」

「名前は結構ですが……そんなことより前回の散財！　あれはどうするおつもりですか？」

先日、先生はもののはずみで二十本の高級な洋酒を注文したのである。

止められなかった小弟の失態でもある。

「そうだそうだ、葡萄酒が届いていたんだった。今夜は祝杯だ。流れで恋に落ちてしまった若い二人に乾杯しよう」

「流れで……」

若い娘にありがちだが、千歳という少女は雰囲気に呑まれやすい気質だった。

あんなふうに窮地を救われては、今までまったく関心のなかった相手だろうが恋にも落ちるというものだ。

小弟はそれでもいいと思っている。

初めに彼女が想いを寄せていた男よりも、辰二郎という誠実な少年のほうがずっと好ましい。

「それにしても先生、珍しく依頼を普通に解決なさいましたね。また嘘八百でどうにかするのかと思いましたが」

「え、もちろん嘘だよ。いつものでっちあげさ、ははは」

笑いながら、こともなげに言った。

「でっちあげとは……？　どこからどこまでがですか」

「ほとんど最初から最後まで、だよ。烏丸にだけ種明かしをしてあげよう。俺の弟子になってよかったな、役得だ」

「はあ……」

首をかしげながらも、小弟は先生の前に正座した。

「まず、差出人は〝あの二人のどちらでもない〟。なんなら千歳クンに宛てた手紙ですらない。まったく他人の手紙さ」

「他人とは……!?　先生は、〝二人のうちにいてよかった〟とおっしゃっていましたよね」

「辰二郎くんが以前から千歳クンを好きだったってこと、態度でわかったからさ。彼女に想いを寄せている相手がいてよかったって意味だよ。手紙の送り主の話じゃない。もし千歳クンに気がある相手が存在しなけりゃ、どうしたって依頼は完璧に達成できないじゃないか」

たしか、彼女の依頼だと……『わたしに好意を寄せているのがどちらなのか知りたい』という話だった。

「つまり、手紙は関係なく、ただ流れで結ばれたのですか、あの男女は」

「そういうことになるねえ。流れでね。まあ、結果的によかったんじゃないのかね」

「小弟もそう思いますが、ならばいったい誰の手紙だったのですか？　辰二郎が毎月置いていたのは間違いなかったはずです」

先生だって、彼が今月の分だと言って、千歳さんに手紙を渡した現場を目撃している。

先生は小夏を撫でながら解説を続けた。

「五つの和歌の共通点、そして一つだけ仲間はずれがいたのは気づいたかね？」

「引用された歌は記憶していますが、共通点というと……すべてに『恋』の字が入っているくらいしか」

「はい、正解。そう、五つとも『恋』という字が使われた歌だったね」

「恋歌ならば、入っていても不思議ではないのでは」

「じゃあ、三通目の和歌を諳《そら》んじてくれる？」

三通目といえば――

〝桜花時は過ぎねど見る人の恋の盛りと今し散るらむ〟

小弟が詠みあげると、先生はぴしっと指を立てた。

「よくよく考えてみ給え。他の歌はすべて恋愛感情の『恋ふ』心を歌っている。でも、三通目だけは違う。桜が早いうちに散っていく侘《わ》び寂《さ》びを歌ったものだ。人々が花を愛《め》でるのを恋心に喩《たと》えているんだね」

たしかに、これだけ恋愛の歌ではない。

「もう一つ聞こう。俺が辰二郎くんに読ませようとした、葡萄酒の注文は覚えてる？」

「〝エンゼルと恋に落ちた人間が流す涙のように滑らかな喉越しで、女神から滴り落ちる血のように清らかな赤色をした果実の薫りが芳醇な、お勧め葡萄酒〟でございますか」

「うわぁ、なんで覚えてんの……まあいいか。あのとき、彼は読めなかったよ。恋の文字」

思い返してみれば、彼は『エンゼルと……？』と読みあげたきり詰まっていた。

「洋酒は横文字ばかりだし、小学校でも最初に習うのはカタカナだ。『ハタ、タコ、コマ』ってね。だからカタカナは読めるかなーと思ってあえて文章の頭に持ってきたのさ。

そして、まんまと続きに詰まった」

「この文章を口にするのが恥ずかしかったので、読めないわけではないのでは？」

「はははは、俺の弟子は面白い冗談を言うなぁ」

「『恋』の字を知らなければ、万葉集を書き写すにしても、どれが恋歌かわからないでしょう？」

「そう。だから辰二郎くんは届けただけで、差出人じゃないのさ。字を読めない人間は、あの場にもう一人いたんだよ」

その言葉で垣根から覗き見した庭の様子を、小弟は思い返す。

完全に忘れていたが、千歳さんが『おじい様』と呼んでいた老人が縁側にいた。

辰二郎とも仲が良さそうに会話をしていたのを見かけた。

「あのご老人ですか……」

「辰二郎くんはメモが読めないのに困って、明くんに助けを求めようとしただろう。すぐ近くに親しいおじい様がいたのにさ」

「ご老人も読めないと知っていたから、尋ねなかったということですか」

「だろうね。あの年齢だったら珍しくないし。五通の手紙に綴られた和歌を最初に見たとき、これを書いたのは読み書きがほとんどできなくて、でも『恋』だけは読める人物じゃないかと思ったんだよ」

　小弟は再び、調査中の記憶を辿《たど》った。

　恋だけの字は分かる人物……

「なるほど！　あの一家は銀座で洋酒店を開く前、国分寺村の恋ヶ窪から東京市に出てきたと千歳さんが言っていました」

「そうそう。辰二郎くんが慣れ親しんだ単語なら読めたみたいに、おじい様も故郷の地名に入っている『恋』の字はきっと知ってたんだよ」

「じゃあ、送り主はおじい様だとして、あの手紙は誰宛なのでしょう」

「俺も気になって、月初めの昼間ってなにがあるかなと考えてみたんだ。あの大地震が起こったのは一昨年九月一日の十一時五十八分。毎月一日の正午は、亡くなられたおばあ様の月命日にあたるんだよ」

「亡き妻へ、恋文を送っていたということですか⁉　万葉集から『恋』の字が入っているものだけを拾って。でも和歌の意味までは読めないから、一つだけ恋愛にまつわらないものが交ざってしまったと」

「そういうことだね。五カ月前に仏壇のある離れに千歳クンが住み始めたというだけで、手紙は五通だけじゃなくもっとたくさんあるのだろうね」

〝恋ふ〟という言葉は、なにも若い男女の間柄《あいだがら》に使われるだけではない。慕い思う気持ち、過去へのなつかしさ、そこには様々な想いと愛情が込められている。

「時間帯も、千歳クンが部屋にいないところを狙ったわけじゃなくて、昼食準備と重なっていたからいなかっただけ。足を悪くしたので、辰二郎くんに頼んでいたんだろうね。千歳クンと辰二郎くんの会話のズレかたを聞いて確信したよ」

おそらく彼女本人は色々とあった最中で、深く考えていなかっただろうやり取り。

『千歳さんはちゃんと理解して受け取ってくれて嬉しかったです。仏前にまで供えてくれて……』

この辰二郎の台詞で、千歳さんへの恋文ではなかったと今なら小弟にも分かる。

「普通は恋文を仏壇に供えませんね」

「勝手に部屋には入れないから、いつも飾り棚の花瓶横に置いていたんだろうけど。あの浮かれ娘はちゃんと供えていたね、偶然にも」

「しかし、交際が順調に進んでいつか手紙の話をしたら、判明してしまうのでは？」

「解決すりゃなんでもいい、後の事は知らない。それが俺のモットーだよ！」

「誇らしげにおっしゃることではありません」

「好き合った男女なら、平和な勘違いくらい大した問題じゃないさ。俺はちゃんと自分の仕事を全《まっと》うした。彼女からの依頼内容を覚えているかね？」

先生を訪ねてきたとき、千歳さんが願ったのは二つだ。

『好意を寄せている相手がどちらなのか知りたい』と『差出人の想いを大切にしたい』。

「それぞれ、達成してますね……」

「だろう？　辰二郎くんの恋が叶ったのは彼自身の誠実さゆえだけどさ。あんなにあからさまなのに、面食い千歳クンはまったく気付いていなかったし、後押ししてあげようと思って」

「先生、本当は他人の不幸だけではなく——幸福も、両方お好きなんですよね」

「どうだかね。まあ、俺の本業は小説家だからね。心を揺さぶるものは何でも好きさ」

「照れ隠しをおっしゃる」

先生は、返事の代わりにキュッと軽快な音を鳴らした。

いつのまにか栓《せん》は開いており、並べたグラスに葡萄酒を注いでいるところだった。

「今日も事件は完璧に解決。さあ、祝杯をしよう。めでたしめでたし。では、これにて！」

第二章　からたちの花とオオカミ少年

からたちの花が咲いたよ
白い白い花が咲いたよ

からたちのとげはいたいよ
青い青い針のとげだよ

からたちは畑の垣根よ
いつもいつもとほる道だよ

からたちも秋はみのるよ
まろいまろい金のたまだよ

からたちのそばで泣いたよ
みんなみんなやさしかったよ
からたちの花が咲いたよ
白い白い花が咲いたよ

——童謡「からたちの花」より

銀座の街並みは、夜半近くといえども、まだ明るい。

そこかしこの店頭で電気広告《ネオンサイン》の赤い文字がチカチカと光っている。

銀座西五丁目と六丁目の交差点を渡りながら、僕は迷っていた。

家へ帰る前に馴染みの女給がいるカフェーに寄るかどうかを、だ。

数分前に手前の角を曲がれば店に入れたのだが、心が揺れていたため、なんとなしに通りすぎてしまった。

そのくせ未練がましく、いまだに店に入るかを悩んでいた。

もう時間も遅いし、明日も早朝から仕事がある。しかも給料日前だ。自宅では歳の離れた弟も待っているし……どう考えたって寄らない理由の方が多い。

「正二《しょうじ》はもう寝てる時間だけど、ただでさえいつも帰りが遅いからなぁ。たまには早く帰った方がいいよな……」

ぶつぶつと悩みながら、いまだ木造校舎の焼け跡が痛々しい泰陽《たいよう》尋常小学校の前を通過する。そして橋を渡り、日比谷方面へ進んだ。

繁華街を離れると、街路灯が減って少しずつ周りが暗くなっていく。

しばらく歩いていた僕は、空き家の前でふと足を止めた。

寄り道するか迷っていたせいで、いつもとは違う帰り道だったのだ。

僕の背丈《せたけ》でぎりぎり敷地内が覗ける高さの生垣《いけがき》に囲まれており、庭の奥に古い家屋が立っている。人の気配はまったくなく、夜目にも半壊しているのがわかった。雨戸は外れ、広縁の奥にある障子戸《しょうじど》も穴が開いてボロボロだ。

住人のいない家なんてめずらしくもない。

あの大地震から、まだ二年も経っていないのだ。

銀座周辺はかなり復興が進んでいるほうだが、それでも街をほぼ壊滅させた災害の傷跡はあちこちに残っていた。

僕がこんな変哲もない場所で足を止めたのは――花の香りがしたからだった。

屋敷を囲っているのは枳殻《からたち》の木だった。枝に子供の指ほどにもなる鋭利《えいり》なとげが生《は》えるため、獣や泥棒避けとして生垣によく使われている。

攻撃的なその姿に似合わず、春から初夏にかけて清楚《せいそ》な白い花が咲く。

今は五月の半ば。絶好の時期だが、かつては立派だったであろう生垣はすっかり茶色がかった苔色《こけいろ》に変わってしまっていた。

匂いがするのだから、どこかに枯れていない部分が残っているはず。

普段の僕は花なんか気に留めやしない無粋《ぶすい》な人間だが、遅くまで働いて疲れていたのかもしれない。闇夜を漂う甘い香に誘い込まれたみたいだった。

花を探しに敷地の周りをぐるっと歩いてみる。家屋が壊れているとはいえ、帝都ホテルも近い一等地でなかなかの広さだ。元住人はさぞ資産家だったのだろう。

僕はそんな下世話なことを考えながら最初の場所に戻ってきて、腕を組み、独り言をつぶやいた。

「――おかしいな」

生垣はずっと続いていた。どこまで、どこまでも。

「なんで、門がないんだ？　暗いから見逃したかな」

もう一周、今度はさっきと逆回りする。

やはり、出入口らしきものがどこにもない。外周は生垣で完全に囲われている。

家主が去ったあと、人の手が入らなくなった植物が好き放題に伸びて入口を封鎖してしまったのだろうか。だが、生垣の境目がわからないほど整っている。

自然の仕業《しわざ》なら、門に枝が絡むことはあっても、こうもすべてを隠して覆いつくせないだろう。

それに花も見当たらなかった。実も、もう二度とつくことはなさそうだ。枳殻はすべて枯れ、乾いた鋭《するど》いとげを残すのみ。色褪《いろあ》せてなお、住人のいなくなった家を強固に守っているようだった。

「もしかして、正二が話していた幽霊屋敷って、この家か……？」

小学校の近くに『幽霊屋敷』があると、前に弟が話していたのだ。

いつもの戯言《たわごと》だと思ってちゃんと聞いてやらなかった。

なるほど、たしかに入口のない廃屋というのは摩訶不思議《まかふしぎ》である。

子供であれば尚更、騒ぎ立てそうなネタだった。

だが、たいてい真相は現実的だ。

小学生の通学路でもあるし、侵入できないようにふさがれたのだろう。

枯れた生垣から漂う甘い花の香の理由は判明しなかったが、外から見えない内側にでも咲いているに違いない。

なんにせよ、ここらの地価は高騰《こうとう》しているだろうに、もったいない話だ、と庶民の僕はついぼやいてしまう。

「この土地を放っておけるくらいの金持ちだったら、毎日体がこんなになるまで働く必要ないんだろうなぁ……」

やはり無駄遣いはやめて、まっすぐ家に帰ろうという気分になってきた。

空き家に背を向け、帰宅を急ごうとしたそのとき――

急に息が苦しくなり、しばらく咳き込んだあとで一瞬目の前が白黒と反転した。

しかも、人の気配などなかったはずなのに、どこからか声が聞こえてきた。

『なつ……なつや……』

「ヒッ!!」

『……おうい』

僕が汚れた手を拭いていると、低く、重く、とてもこの世のものとは思えない呼びかけが耳に入った。背後に流れる外濠川《そとぼりがわ》の静かな水音が、よけいに不気味さを駆り立てる。

鼓動《こどう》はやまず、水が伝ったように背筋《せすじ》が冷たくなる。僕は恐怖のあまり、明るい銀座通りを目指して一目散に道を戻った。

「まあ！　それで走って逃げて、結局お店にきたんですか？　大狼《おおがみ》さん」

馴染みといっても、僕の給料額ではせいぜい月に一度顔を出すだけである。そんな決して上客とは呼べない僕に、『カフェー・レオパルド』の女給のチイ子ちゃんは嫌な顔ひとつせずビールを注いでくれた。

「ごめんね、もうすぐ閉店時間なのに。一瓶でやめておくよ」

「気にしないでください。わざわざ顔を見せにきてくださって嬉しいです」

袖を絞った着物に、西洋風の白いエプロン。口元は濃い紅。

店全体の趣向《しゅこう》は異国かぶれで少々けばけばしい。あまり僕の好みではないのだが、この俗っぽさに生きた人間の生命力のようなものを感じて、今だけは心底ほっとする。

僕は、ほとんどやけ酒のようにビールを呷《あお》った。

「出入口のない空き家でしたっけ……春先に一度、用事があって小学校のほうに出向きましたけれど。幽霊屋敷には気づきませんでした。わたし、銀座に来て一年も経っていないから、土地に詳しくないんです」

「この街は、諸外国の影響を受けてどんどん変貌《へんぼう》しているから、住んでいる歴の長さは関係ないよ。ネオン管とかいうチカチカしている文字はなんだか下品だし、輸入自動車が急激に増えたせいで空気も悪い」

「……なにか、お悩みでもあるんですか？　お仕事でお疲れとか」

さすが女給、するどい。客の愚痴《ぐち》は聞き慣れているらしい。

僕が就職したのは、欧州大戦（第一次世界大戦）終結後の経済破綻《けいざいはたん》、株価大暴落というしわ寄せがやってきた時期だった。そのうえ追い打ちのような大地震である。

こんな時代に生きていたら、誰しも愚痴のひとつも言いたくなるというものだ。

「まあ、僕は不況の直撃を受けている輸出産業の労働者だからね。きついのはしかたない。新しい家探しもしなきゃいけないし……節制する必要もあるから、しばらくここにも来られないかもしれないな。」

つい湿っぽくなってしまい、我ながら嫌だなと思う。

だが、さっき味わった恐怖のせいで変に気分が昂《たか》ぶって口が回る。

「うちの実家も、この不況で経営難なんですよ。それで東京へやってきて、カフェーに勤めてるんです。最初は、自分にできるか不安だったけど……みなで復興を目指している姿を見ていたら、いつのまにかこの街も女給の仕事も好きになってました」

チイ子ちゃんは僕を励ますように、自らの身の上をあえて笑いながら話してくれた。

年下の女の子に気を遣わせてしまったのが申し訳なくなり、僕も力なく微笑み返した。

チイ子ちゃんは以前よりも明るく、前向きになった気がする。恋人でもできたのだろうかと邪推《じゃすい》するが、詮索《せんさく》するのは野暮《やぼ》というものだ。

「愚痴ばかりでごめんね。弟もいるし、ぼやいていないで僕も頑張らなきゃ」

「正二くんでしたよね。尋常小学校五年の」

「そう、生意気盛りでねぇ。でも、最近様子がちょっとおかしいんだ」

「あらまあ。どんなふうに？」

「嘘ばかりつくようになった。ほとんどが他愛のない内容だから、さほど問題にしてなかったんだけれど……苗字が大狼なもんだから、学校じゃ〝オオカミ少年〟なんて呼ばれているみたいだ」

よく一緒に遊んでいた正二の友達が、そう呼んでいるのを聞いた。

それ以来、休日や放課後もひとりで遊んでいる時間が増えたような気がする。

「オオカミ少年？」

「伊曾保物語《イソップものがたり》の童話にちなんだあだ名だよ。『村に狼がきた』と毎日嘘をついていたせいで、本当にやってきたとき誰にも信じてもらえなかった子供の話。うちは両親がいないし、僕もしょっちゅう帰りが遅い。友達まで失くしたらと思うと心配だ」

「寂《さび》しいんじゃないかしら。かまってほしくて嘘をつくのは、わたしも子供の頃に覚えがあるわ」

「やっぱり、そういうものかな」

瓶に残った最後のビールが注がれ、目の前に置かれた。

正二が寂しがっているのは僕もわかってはいる。だが、養っていくために仕事を減らすわけにはいかなかった。

「あ、そうだわ」

考え込んでいると、チイ子ちゃんの明るい声で現実に戻される。

「三丁目の角に桜屋という大きな百貨店ができたでしょう。八階までの吹き抜けで、大理石とステンドグラスを使った内装がすごく豪華なんです。安本亀八《やすもとかめはち》の活人形飾《いきにんぎょうかざ》りがあったり、六階に水族館があったりするの。休日に弟さんを連れて行ってあげてはいかが？」

「水族館か……いいかもしれないね」

正二は一度も観たことがないはずである。たしかに喜びそうだ。

僕はビールの泡を飲み干して、会計を伝えた。

「これ、少ないけれど」

「どうも有難う。落ち着いたら、また顔を見せてくださいね」

僕が料金とチップを払うと、チイ子ちゃんはお礼を言いながらも自分の取り分であるはずのチップをさりげなく半分返してきた。

お金を挟んだ紙切れに、なにかが書いてある。

「この住所に兎田谷って探偵の先生が住んでるの。なんでも屋さんみたいなものだから、悩みがあるのでしたら相談だけでもなさってみたら」

「探偵……？」

僕はよっぽど思いつめているように見えたのだろうか。

返されたチップとともに一応受け取って、懐に入れておいた。

あらためて別れの挨拶をし、カフェーを出る。

火照《ほて》った頰に初夏のぬるい風が触れた。

仕事場が築地にあるため、毎日銀座を突っきって帰らなければならない。だが、やはり僕はこの街があまり好きではない。赤いネオンと同じで気取っていてけばけばしい。

排気瓦斯《はいきガス》の混じった埃《ほこり》っぽい空気は、吸うと気分が悪くなる。

日比谷公園に着き、小屋が所狭しと並ぶごちゃっとした一画に入る。

震災で家を失った者たちが住む仮設住宅群、いわゆる公設バラックである。

その中にある粗末な四畳半が僕の家だった。

未曾《みぞう》有の大地震から二年近く経った現在となっては、ほとんどの住人は新しく家を借りるか別の土地に移動しており、東京市はバラックの撤去作業を進めている。

郵便受けには今日も移転を催促《さいそく》する通達が届いていた。早く引っ越さなければならないのだが、僕の給金ではなかなか仕事場付近に新しい住処を用意する余裕はない。場所や賃料だけの問題ではない。バラックならば仕事のあいだも誰かが子供たちをまとめて世話してくれるというのも大きい。

ここを離れると、正二の面倒を見てくれる人がいなくなってしまう。

「……まずは住む場所をなんとかしないとな」

水族館は早めに連れて行ってやりたいが、家のほうが急ぎだ。

次の休日はまた仲介屋に行ってみよう。

正二は限界まで僕が帰るのを待っていたらしい。枕元に児童向け雑誌を開いたまま眠っていた。

弟の寝顔を眺めながら、僕は先の予定を立てはじめた。


知らぬ間に眠っていたようだ。

目を覚まし、あたりを見回すと正二の姿が見当たらなかった。

「正二!?　正二、どこへ行った!?」

便所、土間、押入と順番に確認するが、正二の姿はない。

僕は玄関を飛び出し、日比谷公園内の仮設市場へ走った。

「あの、すみません。弟を見ませんでしたか？　ええと、歳は十二で、紺飛白《こんがすり》の着物に丸帽を被った、ごく普通の男の子なんですが」

すでに昼過ぎで、トタン屋根の下に並ぶ商品はほとんどが売り切れている。

傾いた小屋にもたれかかって紙煙草《かみたばこ》を喫《の》んでいた店の親父が、呆れた物言いで煙を吐いた。

「にいちゃん、夜中じゃあるまいし騒ぎすぎだよ。日曜日の午後だぞ。どこか遊びに行っているんだよ。子供なんか腹が空いたら帰ってくるって」

親父の言うとおり、まだ日は高い。

バラックに住む子供たちはそこら中で自由に遊んでいる。

青空の下、大量の洗濯ものがはためいていた。何も起こっていない、いつもと変わらない日常の生活風景。

「まず近くの交番に届けてから、通学路をたどって小学校のほうでも聞いてみるか……」

それでも僕は不安だった。

汗のつたう首筋を手の甲で拭《ぬぐ》って、公園の出口へ向かった。

それから数日後の日曜日、銀座通りに出かけた日のことだ。

隣を歩く女性は、大きなつばの日除け帽子を被っていた。

袖がなく、腰に細いベルトが巻かれた清涼服。都会育ちだけあって洗練されているが、街を闊歩《かっぽ》しているモガたちとはまったく違う。もっと落ち着いた印象で――そう、ちょうど枳殻の白い花のように清廉《せいれん》な人だった。

彼女の名は小田羊子《おだようこ》さん。

自分よりずっと年上の彼女をそつなくエスコートしようと、僕は必死であった。

「羊子さん、暑くはないですか。よかったら喫茶店で冷し珈琲《コーヒー》でも。次の角に開店したばかりの店があるんです」

「ええ、いいわね。今日は気温が高いから。正二くんが飲めるものはあるかしら」

彼女が視線を落とした先には、弟の正二。僕と反対側で羊子さんと手を繋いで歩いている。

あの日いなくなったと思って騒いだものの、結局店の親父が言うように、正二は近所に遊びに行っていただけだった。

「あのねー、メニューにレモンエードがあるよ！　レモンの輪切りが入った果実水なんだって」

「まあ、よく知っているのね」

「看板を見ただけで、飲んだことないけどね。うちの兄ちゃんはケチだから」

何度もねだられたが、休みの日に出かける余裕がなかった。

しかし、いつまでもかまわないわけにはいかない。今日はようやくカフェーで教えてもらった百貨店へと弟を連れていき、ついでに銀ブラしている最中なのである。

店名の書かれた扉を押す。真鍮のベルがコロンと鳴った。

蓄音機から流れるクラシック音楽がお洒落な、烏賊墨《いかすみ》の色調で統一された、静かな店内だ。

奥側の席を羊子さんに譲り、僕と正二は並んで手前へ。冷し珈琲をふたつ、レモンエードをひとつ注文する。

テーブルに飲み物が置かれ、しばらく雑談したあとで僕は彼女に向かって頭を下げた。

「羊子さん、ありがとうございます。早くバラックを退去するよう最終通達がきていて困っていたんです。あらためてお礼を言わせてください。入居費用も随分安く提示してもらいましたし」

「急ぎで探していたんでしょう。わたしだって誰かに借りてもらわなきゃいけないのだから、気にしないで」

羊子さんが少し首を傾げて微笑んだ。

伏し目がちの表情には憂いがあって、笑うと片側にだけえくぼができる。

清楚かつ妖艶《ようえん》な空気をまとった、三十半ばの女性。

彼女とは、不動産の仲介屋で初めて会った。

店主にできるだけ安くてすぐに入れる部屋はないかと尋ねると、僕の予算では当然だが一蹴《いっしゅう》されてしまった。

そんな時、部屋を貸すための手続きで仲介屋に来ていたのが羊子さんだった。僕の事情を知った後、彼女は自分の所有している築地《つきじ》の一室を安く貸そうかと声をかけてくれたのである。

「仕事場も近くなって早く帰れます。繁華街を通らないから寄り道しなくて済みますしね。ここらへんの家賃は高いし、でも引っ越しのために転職する余裕はなかったから、本当に助かりました」

契約と部屋の確認のため、そのあとも何度か顔を合わせた。

話すうちに知ったのだが、彼女は夫と子を病気で亡くしていて、今はひとりだという。

家主と借主、それだけの関係のはずだった。

しかし、そのいかにも未亡人然とした雰囲気に、僕はあってはならない気持ちを抱いてしまった。

書類のやり取りが終われば、次に会えるのは家賃を払うときくらいだ。散々悩んだあげく、勇気を振り絞って彼女を誘った。

『よかったら今度一緒に水族館に行きませんか。小学生の弟もいるので、騒がしいかもしれませんが』

ふたりきりだったら断られていたかもしれない。弟を利用するのは気が引けたが、おかげで彼女は承諾してくれた。

彼女の子が亡くなったとき、ちょうど正二と同じ年頃だったそうだ。

物静かで一見取っつきにくい人だが、子供と接しているときの表情は柔らかい。弟のほうもすぐ彼女に懐いた。

羊子さんは冷し珈琲を一口飲み、正二に尋ねた。

「水族館はどうだった？」

「キレイだった！　川の魚よりも、海の魚が大きくてかっこよかった」

「楽しめたみたいでよかったわ。大狼さんも初めて？」

「昔、一度だけ浅草公園水族館に行ったことがあります」

「ぼくも〝おおがみ〟だよ」

会話の途中で正二が茶々を入れる。が、そのおかげで思わぬ進展があった。

「そうね、正二くんも同じよね。お兄さんの下のお名前は、一九生《いくお》さんだったかしら」

「は、はい。大狼一九生です」

「もしかして、一九〇〇年ちょうど生まれだから？」

「当たりです。正二は大正の年号から取った字だし、うちの親は単純ですよね」

「一九生さん、わたしより十も年下なのよね。若くて、まだ将来があってうらやましい」

下の名で呼ばれてひそかに喜んでいたのも束《つか》の間《ま》、彼女の伏せた睫毛が目元に影を落とした。

「そんな。羊子さんはとても綺麗だし、資産だってあるじゃないですか。再婚するでも、職業婦人になって好きな仕事をするでもいい。まだまだやり直せますよ」

「他人が想像するほど選択肢はないわ。たまたま地主に嫁《とつ》いだだけで、わたしじゃ土地を管理できないから、夫が亡くなったあとは罹災者《りさいしゃ》の収容所や孤児院のために寄付したの。今は貸し家をいくつか残しているくらい。天涯孤独《てんがいこどく》の身だし、自分ひとりが食べていければいいから……あとは静かに余生を過ごすだけね」

夫も子も亡くした年上の女性を励ませるほど、僕には人生経験がない。手を差し伸べる甲斐性《かいしょう》もない。彼女に助けてもらわなければ、自分の住まいさえ借りられないくらいなのだ。

話が難しくなったからか、正二はもう入ってこようとはせず、メニュー表を眺めながら唄を口ずさんでいた。めったに来られない喫茶店が珍しくて、浮かれているようだ。窘《たしな》めようか迷ったが、大きな声ではないので放っておく。

「正二くん、唄が上手ね」

「夜ひとりにすることが多いので、寂しくなったり怖くなったりしたら唄えと教えたんです。僕がそばにいてやれないせいで、可哀想だとは思っているのですが……」

冷たい飲み物で涼んでから、僕達は喫茶店を出た。

休日の銀座通りは騒々しい。洋菓子屋の甘ったるいクリーム、流しのタクシーから出る排気瓦斯《はいきガス》、洋装の男たちのポマード、いろんなにおいが混ざって漂っているため、つい むせ返りそうになる。

荷馬車が走っていた昔の景色は姿を消し、視界に入るのは輸入自動車と階数の多いビルヂングばかり。その影響で前より風通しが悪く、埃っぽくなったような気がする。

正二はちょろちょろと動き回り、店先のショウウインドウを覗いている。見失わないように目で追いながら、また羊子さんと並んだ。

「一九生さんもご両親はもういらっしゃらなくて、正二くんとふたりきりなのよね」

「どちらも流行性感冒のときに亡くなりました。神田のほうにあった実家も震災で焼けてしまって、兄弟でバラックに移りました」

「そう、じゃあなおさら正二くんは大事な家族ね」

「僕が親代わりになってやらないといけないのに、なかなか頼りない兄でして……」

「あなたは働き盛りだし、男手一つで面倒を見るのは大変よ」

「はは、たしかに、正二は遊んでいるとすぐどこかへいなくなってしまうので、いつも困っています」

話していたそばから、正二は楽隊を見つけて近くに行ってしまった。

新しい寄席《よせ》が開いたらしく、広目屋《ひろめや》が盛大に宣伝の音楽を鳴らしている。

派手な仮装で蛇《じゃ》の目傘《めがさ》をくるくる回し、太鼓《たいこ》と鉦《かね》で賑やかす。せわしない演奏のせいでがちゃがちゃとして聴こえるが、メロディーラインはしっとりとした曲だった。

「広目屋か。近頃ではめずらしくなりましたね。この曲はなんでしたっけ。たしか今すごく流行っていますよね」

「からたちの花」

羊子さんがどこか力なく答える。

「そうそう、北原白秋《きたはらはくしゅう》と山田耕筰《やまだこうさく》の曲でしたね」

小説家の北原白秋が児童雑誌に詩を掲載し、音楽家の山田耕筰が曲をつけた。話題のテノール歌手が唄った影響もあり、世間で絶大な人気なのだ。情緒のあるいい曲で、正二もよく口ずさんでいる。

『からたちの花が咲いたよ、白い白い花が咲いたよ。からたちのとげはいたいよ、青い青い針のとげだよ』

鳥のように甲高い正二の唄声が聴こえてくる。

「また唄ってる。学校でも、唱歌の授業が一番好きみたいで――」

隣を向くと、羊子さんは眉をひそめて苦しそうな顔をしていた。

「羊子さん？」

「……もう行きましょう。この唄、あまり好きじゃないの」

そう言って、彼女は早歩きで先に行ってしまう。

僕は、まだ名残惜《なごりお》しそうな正二の手を掴み、慌てて後を追った。

「あの、なにか失礼をしましたか。僕、気が利かなくて」

「いいえ、ごめんなさい。以前住んでいたお屋敷が枳殻に囲まれていたものだから、思い出してしまっただけよ」

以前というのは、夫と子とともに過ごしていた家のことだろう。

この地域で枳殻の生垣があり、お屋敷と呼ぶほど広い敷地の個人宅は一軒しかない。

「その屋敷って、もしかして泰陽小の先にある……」

「幽霊屋敷に住んでたの!?」

「こら、正二!!」

僕は手を繋いでいた正二を慌てて引き寄せ、口を押さえる。

気を悪くしたのではないかとひやひやしたが、羊子さんはそれよりも興味が湧いたようで、意外そうに訊き返してきた。

「幽霊屋敷ですって？　なあに、それ」

「すみません、弟が失礼なことをいってしまって。お屋敷というほど立派な家なら、あそこかと思って。小学生たちがそう呼んでいるみたいです」

「まあ。知らなかった。古いし、壊れたままですもの。子供ならそう呼んでもしかたないわ」

羊子さんの白い腕を取って、正二が言う。

「ぼく、幽霊屋敷の中に入ったよ。すごいでしょ？」

「正二、またそんな嘘を」

「嘘じゃない！」

叱った途端に正二はまた走りだした。すぐ先の角を曲がったところで丸帽が見え隠れしている。遠くに行くつもりはなく、拗《す》ねているだけのようだ。

「はあ……最近しょっちゅうなんです」

「きっと寂しいのね」

「僕がかまってやれないせいですが、やっぱり仕事が減らせなくて」

「人間なんてあっさり逝《い》ってしまうから、後悔してからじゃ遅いわよ。彼を大事にしてあげて。ひとりきりと、ふたりきりじゃまったく違うんだから」

その声には、深い悲しみが滲《にじ》んでいた。

心配して覗き込んでいると、視線に気づいた彼女は申し訳なさそうに謝ってきた。

「縁起でもないことをいってごめんなさい。あそこのお屋敷、市からずっと売却の要請がきているの。思い出すのは苦しいけれど、楽しい思い出もあったから取り壊す決心がなかなかつかなくて……前を向かないといけないのはわかっているけれど」

あの広さと立地の良さなら当然だ。近頃はただでさえ周辺が商店とビルヂングばかりになっているし、映画館や劇場を建てる計画もあるらしい。開発のための無茶な立ち退き要請も横行していると聞いたことがある。

「せめて、子供だけでも生きていてくれていたら……」

小さく囁《ささや》いた羊子さんの声が、広目屋の忙しない演奏に紛《まぎ》れていく。

僕は彼女の悲しそうな表情が忘れられないまま、来週の日曜もまた会う約束をして、その日は別れた。


数カ月後、とある問題を抱えた僕は、チイ子ちゃんからもらった紙片を持って、住宅街を歩いていた。

そこに書かれていた住所は、幽霊屋敷のすぐ近くだった。

「兎田谷……ここか、めずらしい苗字《みょうじ》だな」

明治に建てられたであろう民家で、表札の上にはとってつけたように『兎田谷文豪探偵事務所』と紙が貼られている。

震災で被害に遭って取り替えたのか、焼杉《やきすぎ》の塀は真新しく、他にもあちこち修繕《しゅうぜん》した名残はあるものの、庭を広く取ってあるため、家屋そのものは火災を免《まぬが》れたようだ。

古いが大事にされているらしく、玄関から見える縁側と池の周辺は手入れが行き届いていた。

「すみません、どなたかいらっしゃいますか」

「開いてるよ。どうぞ～」

玄関から呼びかけると、なんとも気のない返事があった。

家主の許可があっても、勝手にあがり込んでは気が引ける。

中の様子を窺いながら、僕はそろそろと戸を引いた。

その瞬間、足元を小さな影がさっとすり抜ける。廊下を走る薄茶色の後ろ姿。隙を狙って猫が侵入したらしい。

僕はあとをつけるように廊下を進み、猫の幅のぶんだけ開いた襖《ふすま》の正面で、もう一度声をかける。

「あの、ごめんください」

「好きに入って」

ここまで来ても、まだ出てこないとは。

もしかすると、家主は怪我や病気の事情があって動けないのかもしれない。

その可能性を考えて神妙に襖を開けるが――

「やあやあ、いらっしゃい。何用かな？」

どこからどう見たって、ただの動きたくない人だった。

風呂あがり用の手拭い浴衣を着っぱなしで、周囲に湯呑みや本を散乱させ、腹にはさっきの猫を乗せている。

「あなたが、兎田谷さん……？」

「いかにも。俺は今をときめく小説家、そして知る人ぞ知る銀座の街の探偵さん。その名も、文豪探偵・兎田谷朔さ。よろしくね」

男は二つに折り畳んだ座布団を枕にして寝転んだまま、声高《こわだか》に自己紹介した。

年齢は僕と同じくらいだろうか。浮ついた喋り方と態度のせいで若く見えるだけで、いくらか上かもしれない。

「僕は大狼一九生といいます。では、失礼して」

散らかっているので、襖を閉めてその場に正座する。

「どこで俺を知ったの？　誰かの紹介？」

「カフェー・レオパルドのチイ子さんです。どんな困り事でも解決していただけると聞いたのですが」

彼女にもらった紙片を取り出して見せる。

男はしばらく目を細めて眺めていたが、思い当たったのか起き上がってポンと掌《てのひら》を叩いた。

「チイ子……ああ、千歳クンか！　彼女の件を引き受けたのは、今年の三月頃だったかな。彼と仲良くやっていればいいんだが」

「彼？」

「おっと。彼女は女給だから、これ以上は営業妨害になってしまう。今のは聞かなかったことにして、これからもジャンジャンとチップを貢《みつ》いでくれ給え。彼女が稼げればまた俺の本を買ってくれるかもしれないし。あ、もしかして、女給に恋をして三角関係って相談？　嫌いじゃないよ、そういうドロドロした話！」

流れで訊き返しただけで、彼女のプライベートが気になったわけではない。

だが、目の前の探偵は、僕のことをチイ子ちゃんの熱心な客と勘違いしたらしい。

瞳を輝かせてぐいぐい迫ってきた。

「まさか！　相手は女学校を卒業したくらいの歳の女性ですよ。カフェーなら仕事終わりでも開いているから呑みに行っていただけで、本気で追いかけて通っていたわけではありません。それに、僕には別の好きな人がいるから……」

「フーン……」

慌てて否定すると、ものすごく興味のなさそうな顔になった。

咳ばらいをし、気を取り直して話を進めることにする。

「ところで、文豪探偵というのは？　普通の探偵とは違うのですか」

「そのままの意味だよ！　小説家で探偵だから、文豪探偵。普通の探偵よりなんだか字《じ》面《づら》がすごいだろう」

「存じ上げなくてすみませんが、有名な先生なのでしょうか」

男は一瞬遠い目をしたかと思うと、拗ねたような口調でつぶやいた。

「ちょっとしか有名じゃない」

「有名じゃないのに、文豪……？　誇大宣伝じゃ？」

「いずれ世間を賑わせる文豪になるから、問題ない！　改めて、〝文豪〟探偵だが、文句あるかね」

「いえ……」

「それで、君はなんの用で来たの？　原稿依頼じゃないよね。面倒事？」

相談事ではなく面倒事と言ってのけるところに、やる気のなさが表れている。

まったくもって信用ならないが、こんなに胡散臭い男でも頼まなければならないのだ。

僕は一呼吸置いて、事情を話しはじめた。

「弟が……いなくなったんです」

「ふむ……十二歳の子供が行方不明ね。可能性としては迷子か、家出か、はたまた誘拐《ゆうかい》か。警察には行った？」

「交番には届け出ましたが、動いてもらえるかどうか……昼間に姿が見えなくなったくらいじゃ相手にしてもらえなくて。相談を形だけ引き受けてくれた警官にも、もう少し待つように諭《さと》されました」

「職務《しょくむ》怠慢《たいまん》はよくないなぁ」

「ニャア」

猫を伸ばして遊びながら、よく言えたものだと思う。

野良《のら》が勝手に入ったのかと思ったが、この家の飼い猫だったようだ。薄茶色のトラ柄で、子猫と成猫のちょうど中間くらいの大きさである。

「そういえば、うちの弟子も迷子なんだよ。猫だけ帰ってきて、捜しに行った本人はどうしたことやら」

「お弟子さんはおいくつなんですか」

「今年成人したのだったかな。もう二時間も帰ってこない」

「それはさすがに心配しなくていいのでは？」

「だと思うだろう？　そう、大丈夫なんだな、これが。若いのにちゃんとしているし。ま、腹が空いたら戻るだろう、俺の」

のらりくらりと、何か意味ありげな答えを口にするが、意図が掴めない。

文豪探偵とやらは、話せば話すほど胡散臭い男だった。

「それで……引き受けてくださるんですか」

「きみ、分かるかね。人は生まれながらにして探偵になるのではない」

目の前の男がいきなり哲学的なことを言い出す。

「探偵が探偵として在《あ》るためには、なにが必要だと思う？」

「事件でしょうか」

「いいや、そんなの必要ない。面倒なことは極力起こらないほうがいい。事件など起こらなくとも、依頼と報酬《ほうしゅう》さえ発生すれば、人は探偵となるのだ」

「ああ……」

まわりくどいが、つまり金をいくら払うのかという話だ。

「これで足りますか」

鞄《かばん》を開け、封筒を畳に置いた。

遠慮も形式的な断りもなく、探偵はそれを手に取って、中身を確認する。

「オーケー、依頼を受けよう。では、さっそく詳細を聞こうじゃないか⁉」

ここまでのやり取りで、この男に対する僕の印象は最悪だった。

礼儀もやる気もなく、金を前にしたときだけ目の色を変える。探偵なんて名乗っているが、ちゃんと調査するのかも怪しい。典型的なぼったくり商売に決まっている。普段なら絶対に関わりたくない手合いである。

では、どうしてわざわざやってきたのかというと――こんなことを頼める相手がほとんどいないからだった。

警察や交番は届け出ても協力的ではなかったため、僕はすぐに羊子さんに正二がいなくなったことを相談した。

そこで僕が、信用はできないが民間の探偵に頼もうかと悩んでいることを打ち明けたら、彼女にも後押しされたのだ。

しかも彼女は、依頼料を捻出《ねんしゅつ》する余裕がない僕に、快く費用を貸してくれたのだった。

この男が満面の笑みで懐に仕舞ったのは、羊子さんから渡された金だ。

「で、なにかそこまで心配する心当たりがあるの？　しかたなく頼んでいるって空気だけど、普通は明るいうちに小学生がいなくなったくらいじゃ、探偵まで依頼に来ないでしょ？」

「心当たりというほどではありませんが……」

昨日はめずらしく早めに仕事が終わり、まっすぐ家に帰った。

カフェーは控えると決めていたからだ。

夜、電気を消す前に並べた布団に入って僕は正二と話をした。あまり相手をしてやれていない分、本当は大事にしなければならない時間だった。

そんな中で、例の『幽霊屋敷』の話題が出たのだ。

「連日の残業のせいで体がだるく、機嫌も良くなかった僕は、おそらくひどい対応をしたのかもしれません。今朝、僕が目を覚ますともういませんでした。昼時にも戻らず、もうかれこれ六時間以上は経っているんです。いつもなら近所で遊んでいるから、姿さえまったく見えないなんてなかったのに。いじけているだけならいいですか、僕のせいで家を飛び出して、事故か事件に巻き込まれたんじゃないかと心配で」

疲れで話の詳細までは思い出せないが、あの屋敷に関して長々と説明したような気がする。

「なるほど。それで『幽霊屋敷』っていうのは？」

「小学生の間でそう噂されている空き家です。弟は中に入ったことがあると吹聴《ふいちょう》していて、学校でもオオカミ少年と呼ばれて仲間はずれにされているみたいなんです。そこで弟が嘘を誤魔化すためなのか、僕に入れる方法はないかと相談してきまして……悪い癖だと前々から心配していたので、卑怯《ひきょう》な真似はよせと怒鳴ってしまったんです」

僕が説明していると、廊下から大きな声が聞こえてくる。

「先生、近所を探しても小夏が見つかりません!!」

「ヒッ、暴漢!?」

恐ろしい目つきの青年が、すごい勢いで部屋に入ってきた。

男は猫に気付いて、安堵《あんど》する。

「なんと。すでに家に戻っていたのですか」

「ああ、おかえり、烏丸。さっき帰ってきたよ。お客さんが来ているから、お茶を淹《い》れておくれ」

「承知いたしました」

烏丸と呼ばれた男は丁寧な返事をして、ばたばたと家の奥に走っていく。

強面のせいでとても成人したばかりには見えないが、会話から察するに今の青年が猫を探しに行っていた弟子なのだろう。

顔は怖いがきっちりと火熨斗《アイロン》のあてられた袴を穿き、着物の下にも皺ひとつない立襟シャツを着込んでいる。ついでに買い物でもしてきたのか、ネギをさした袋と豆腐をいれた器《うつわ》を持っていた。

持ってきてくれた茶はしっかり蒸されていて美味《うま》かった。探偵の体《てい》たらくにかかわらず家の手入れが行き届いているのは、書生がしっかりしているおかげだったのかと納得する。

「えーと、ごめん、話の続きね。いかにも子供らしい嘘だと思うけれど、叱られたから意地になってそこに行ったかもしれないね。捜してみた？」

「もちろんです。外周を何度もまわりましたが、やはりいませんでした」

「庭とか、空き家の中は？」

「さっきも言ったとおり、本当に中には入れませんよ。出入口がないんです」

「ん～、開かずのお屋敷ねえ。とりあえず現場に行ってみるかぁ」

「ついでと言ってはなんですが、探偵らしく屋敷の謎をすべて解明していただければ、弟に言い聞かせられるので助かりますよ。僕はあまり非現実的な話が好きじゃないし……はは」

壁かけ時計を見ると、すでに午後の三時。日が落ちれば正二が危険だ。

幽霊屋敷――もとい、羊子さんが以前住んでいた家は、『兎田谷文豪探偵事務所』から徒歩十分もかからない場所にある。

探偵の兎田谷朔と強面の弟子、僕の三人で現地へと赴《おもむ》くことになった。

書生服を着た弟子は、外見の恐ろしさに反して礼儀正しい青年だった。

声の低さや体格から無骨《ぶこつ》に見えるだけで、少なくともちゃらんぽらんの探偵よりはずっと感じがいい。

それに懐に子猫を入れて歩いているので、見た目より可愛らしい雰囲気になっていた。人は見た目じゃ分からない。

「小弟は烏丸。住み込みで兎田谷先生の身の回りのお世話をしながら、文学を学んでいる。ところで大狼さん、前にもどこかでお会いしなかっただろうか」

「さあ、こんなに怖い……いや特徴的な人なら、覚えていると思いますけど……」

威圧感のせいで、相手は年下なのについ敬語で返してしまった。

「烏丸は記憶力がいいからなぁ。どこかで一方的に見かけたのかもねー」

「銀座の街中でしたらそんな機会もあるかもしれませんね。人が多いだけで、それほど広くはありませんから」

話に割って入ってきた探偵は、近所に行くだけなのに派手な洋装をびしっと決めて歩いている。こちらはこちらで、家でのだらしない姿との落差が大きい。おかしな師弟だ。

話しながら歩いていると、背後でちりんとベルが鳴る。

歩いている僕たちの真横を自転車が通り、そのまま僕達の前で止まった。

さっき相談に行った交番の警察官だった。

「ああ、きみ。まだ探しているのか。小学生なんて夕方になったら帰ってくるよ。心配性もいい加減にするんだね」

僕が返事をする前に、すかさず探偵が口を挟む。

「数寄屋橋《すきやばし》交番のおまわりさんじゃん。職務怠慢〜」

「お、兎田谷先生。こっちの方面にいるなんてめずらしい」

「ふっふっふ、謎の幽霊屋敷に行方不明の子供を捜しに行くっていう、立派な仕事中だよ！」

「謎だの幽霊だの、本の中だけにしてくれよ。最近は江戸川乱歩《えどがわらんぽ》とやらが人気らしいな」

「商売敵《しょうばいがたき》だから俺は読んでませーん」

「まあ探偵先生が探してくれるのなら安心だ、はは」

笑いながら去っていく警官の背中を見送り、僕はため息をつく。

「ほら、相手にもしてくれなかったでしょう。街が街なら、住む人間も人間だ。ここの人たちは、みな気取っていて冷たいですよ」

そんな僕の愚痴は、二人の耳に入っていなかった。

「先生はいつも『新青年』に掲載されている江戸川乱歩の小説を、ものすごい形相《ぎょうそう》で読んでいらっしゃいますよね」

「烏丸や。正直はおまえの美点だが、人は真実だけでは生きてはいけないのだよ。だからこの世に小説家がいるのさ」

二人のやり取りを聞いて、僕は別の意味でため息が漏れそうになっていた。

頼りになりそうにないが、正二を見つけてもらわなくては困る。

お屋敷に到着し、庭の造りや家屋の向きから推測するに、おそらく正面であろう位置に僕たちは並んで立った。

「あれ、幽霊屋敷ってここ？　小田さんちじゃないか」

探偵が拍子抜けしたように言った。

「知っているんですか？」

「そりゃー近所だからね。小田さんの一家が住んでいたときから知っているさ。銀座の中心街と逆側だから、大人になってからこっちのほうはあまり来なくなったけど。ご両親に続いてご主人と息子も胸を患《わずら》い、その後どちらも亡くなってお嫁さんだけになっちゃったから、もっと小さな家に移ったんだよ。空き家になったのは五、六年前だったかなぁ」

ひとりきりになったお嫁さんとは、羊子さんのことだ。

病気とは聞いていたが、一家を感染病で立て続けに失っていたようだ。

まさか探偵が彼女を知っているとは思わなかった。だが家は近いのだし、地元の人間ならば不思議ではない。

「昔は正面と裏にちゃんと門があったはずだけど、たしかに見当たらないね。まずは一周してみようか」

探偵の提案で、生垣の外側をぐるっと回る。

明るい時間に見ると夜ほどの不気味さはなく、ただの空き家である。

正面側は道を挟んで外濠川が流れている。横と裏は隣家に囲まれているが、あいだに路地があるので隣との距離はそれほど近くない。

ちょうど半周した真裏で、白い服の女性と鉢合《はちあ》わせた。釣鐘帽子《つりがねぼうし》を被り、袖の手首まわりに刺繍《ししゅう》の入ったシンプルなブラウスと、足首までのスカートを穿いた羊子さんだ。

「羊子さん！　こちらにも来てくれたのですか」

「わたしの家だし、手伝えることがあるんじゃないかと思ったの」

一緒に水族館へ出かけてからというもの、僕たちは頻繁に会うようになっていた。

僕の帰りが遅くて近所の誰にも正二を預けられない日は、羊子さんに弟の面倒を見てもらうことも増えていた。

今では僕達の距離はかなり縮まり、自分達の将来について語り合うくらいになっている。

僕が探偵に依頼に行っているあいだ、彼女は築地方面を捜していたと話してくれた。

「あ、羊子ねえさん」

「あら、朔くん」

洋子さんと探偵が互いに名を呼ぶ。思っていたよりずっと気安い仲だったようだ。

「初めまして。先生のお知り合いですか」

弟子の烏丸くんが頭を下げてから、探偵に尋ねる。

「さっき話した、ここの奥さんだよ。烏丸がうちに来たときにはもう引っ越していたけど、元ご近所さん。羊子ねえさんは女学校を卒業してすぐ、この屋敷に嫁いできたんだよね」

「ええ。朔くんは泰陽小に通っていたわね。あなたはあの頃からもう、ほんとうに、なんていうか……」

「待った。ねえさん、弟子の前で悪評はやめてくれ給え」

「小弟は続きが気になりますが、悪評で決定なのですか」

どうせろくでもなさそうだから、弟子としては聞かないほうがいいのではないだろうか。

旧知の会話に入れず、つい心の中で悪態をついた。

「でも、お願いするなら朔くんにだと思ってた。銀座でほかに探偵を名乗っている人なんていないもの」

「自称みたいな言い方もやめてくれ給えよ。依頼と報酬があれば、名実ともに探偵さ。では、調査開始といきますか」

一旦正面まで戻ったあと、探偵は現在の状況を語り出した。

「たしかに生垣は全部繋がっていて、出入口はどこにもなかった。一応大声で呼びかけてみたけどさ、目で確認できない以上、弟くんがもし中で動けなくなっていたりしたら大変だ。〝本当に入れないのか〟を一度検証しないとね。羊子ねえさん、なんで門がなくなったの？　自然にはこうならないよね」

生垣の高さは五尺ほど。平均的な背丈の僕が少し背伸びをすれば、庭と家屋の一階を覗くことができる。

厚みもさほどないので大人なら腕を入れれば向こう側に貫通するだろうが、鋭利なとげだらけの枝が細かく絡み合っており、実際は触れることさえできない。

「庭師さんに頼んでふさいだのよ。表門と裏門どちらもね。最初は南京錠《なんきんじょう》をかけていたんだけど、簡単に越えられるから、泥棒やいたずらで侵入されてしまって。門扉《もんぴ》を取り外して、添え木で生垣を伸ばしてもらったの。家屋が壊れたのは震災のとき。生木は燃えにくいから火災を防いでくれて、そのあと枯れたわ。わたしももう入れないの。専門家に切ってもらわないと無理ね」

「なーるほど。それで開かずの屋敷が完成か」

防犯上の理由で出入口がなくなっただけとは、幽霊屋敷も真相は現実的だ。

探偵は周囲をうろうろしたり、庭を覗き込んだりして、侵入する方法を考えていた。

「覗ける範囲で庭の様子を確認した結果、梯子《はしご》と麻布《あさぬの》と縄《なわ》が落ちているのを見つけたよ。それから羊子ねえさんと会った裏庭あたりには木が生えているよね。裏門はたしかあのへんだった。ふーむ、探偵的にはすごく試し甲斐のある、心躍る道具が揃っているなぁ」

裏庭に生えているのはモチノキで、家屋の二階に達する高さがある。太い枝が生垣の真上あたりに突きだしているので、木登りができる人間なら、モチノキに手さえ届けば難なく向こうに下りられるはずだ。

梯子、麻布、縄は、裏庭の物置周辺に放置されていた。

「ねえさん、あれは元から屋敷にあった道具？」

探偵がそれらの道具に目を向けながら、羊子さんに尋ねる。

「手入れは通いの庭師さんに任せきりだったから確かじゃないけれど、見覚えはないわね」

「厚手の麻布は剪定《せんてい》のときにとげだらけの枝を包むのに必要そうだ。縄はそれを縛って運ぶためかな？　梯子は竹製の簡易的なものだし、見た感じ子供でも持てる重さだね。うーん」

木、麻布、縄、梯子。

「近づきすぎです。お顔を怪我します」

まるでパズルで遊ぶようにぶつぶつ呟く探偵を、弟子が止める。

だがその制止を気にせず、彼は枳殻に顔を突っ込んで思案をめぐらせた。

「これがただの塀だったらねー。俺も職業柄よく住宅には侵入するけどさ、生垣は大変なんだよ。人の体重を支えるほど安定しないから梯子は立てかけられないし、音ががさがさ鳴るし、枳殻みたいにとげがある植物は触《ふ》れられもしない。防犯的にはかなり強固なんだよねえ」

しばらく唸っていたが、やがて閃《ひらめ》いたらしくポンと掌を叩いた。

「そうだ。生垣に麻布をかぶせれば、とげで怪我はしないな。その上から梯子を立てかけて登ればモチノキに届く。あとは木を下りて中に入れるだろう。梯子自体は竹製で軽いから子供でも運べるし、侵入したのがばれないように布と梯子を向こう側から回収したと。どうだね、名推理じゃないか⁉」

探偵は自信満々に推理を披露するが、あっさりと烏丸くんに突っ込まれる。

「先生、その方法にはふたつ問題点があります」

「烏丸……弟子が探偵みたいな台詞を言ってはならないのだよ。俺が一度くらい言ってみたいやつだよそれ。でも教えてくれる？」

では僭越《せんえつ》ながら、と前置きして青年は理路整然と指摘していく。

「生垣は体重を支えるほど安定しないと、先ほど先生がおっしゃったじゃないですか」

「子供なら軽いから大丈夫かもよ。危ないけど」

「だとしても、梯子はそのままの状態で外に残っているはずです。覆い被せた布は子供の背丈でも庭から引っ張れるでしょうが、こちら側に立てかけた梯子は無理です。大人が腕を伸ばしても届きません」

「はあ～、まったくもってそのとおりだな。結局は生垣が難関かぁ」

弟子に論破され、探偵はいじけながら言った。

「さすがは野良猫も通さないといわれる枳殻だ。痕跡なしにはとても入れなさそうだし、弟くんも幽霊屋敷にはいないんじゃない？　暗くなる前にほかの場所をあたったほうが……」

「あの、先生」

「ん、どうした？　烏丸」

「小夏が庭に入っています」

「え」

全員が一斉に生垣の内側に目を向ける。

野良猫も通さないと話していたそばから、薄茶色の猫が庭の真ん中に座って暢気《のんき》にも後ろ足で耳を掻いていた。

「え～、どうやって？　烏丸、小夏の動きを見ていなかったのかね」

「申し訳ありません、さっき小弟の懐から飛び降りて……うちも近いので気にせず自由にさせていました。木を登ったのでしょうか？」

「いや、やっぱり枳殻が邪魔でむりだよ。猫がとげだらけの生垣を足場にするとも思えないな。ちょっとこっちに呼び戻してみてくれる？　経路がわかるかもしれない」

「承知いたしました」

コホンと咳ばらいをして、烏丸くんは飼い猫の名を呼びはじめた。

「こなつ、こなつや……」

低く、重く、幽霊のような呼びかけ。この底気味悪い声にはなぜか聞き覚えがあった。

「兎田谷先生、だめです。さっき家で飯をやったばかりなので、こちらを見ることもしません！」

「くそぅ、なんて現金なんだ、小夏ちゃんめ」

傍《はた》から見ればふざけているみたいだが、真剣に猫をおびき寄せようと師弟は躍起《やっき》になっている。

「こなつや……」

もう一度呼びかける烏丸くんの声を聞いて、僕は以前この屋敷の前を通った時のことを思い出した。

間違いない。あの声は、優しく呼びかけているつもりの烏丸くんのものだったのだ。

「烏丸くん、もしかして前にもここで猫を探していませんでした？」

僕は自身の記憶が正しいか、確かめることにした。

「小夏が見つからなければ、このあたりに足を伸ばすこともあるが」

「なあんだ、よかった。いやなに、前に屋敷の前で聞いたのは、きみの声だったんだ。

本物の幽霊だったらどうしようと思っていましたよ」

幽霊屋敷なんて最初から信じてはいなかったが、不可解でずっと引っかかっていた。ようやくすっきりした。

「ふむ……大狼さん、その日、とげで怪我をしなかっただろうか」

「怪我？　いいや、生垣には一切触れていないですよ」

「いつかの夜、この付近で悲鳴のような声を聞いた。誰か傷を負ったのかと思って声をかけたら、その人物は走って逃げてしまったのだ。大狼さんを見たことがある気がしたが、もしやそのときの人ではないか？」

「いいや、その人と僕とは別人だと思います」

烏丸さんの認識に間違いはないが、まさか、本人を前にして声が不気味すぎて驚いて逃げたと言うわけにもいかない。

暗かったからはっきり見られてはいないだろうが、僕はあのとき動揺していたし、あまり目撃されたくない姿だった。

切り出しておいて申し訳ないが、話題をすぐに変えた。

「ところで、猫ちゃんは呼べそうですか」

「ううむ、今なんとか……先生、首元のタイをおもちゃにして気を引いてはどうでしょう」

「馬鹿な!?　これがいくらしたと思っているのかね!?」

「いくらしたのですか!?」

また茶番の続きがはじまった――

僕があきれていると、猫が気まぐれに立ち上がってどこかへ歩いていく。

こちらは外周しか移動できないので、中で動き回られては追いかけるのも大変である。

「どこだ、どっちへ行った!?　小夏ちゃーん」

「裏庭のほうです……先生、息を切らすのが早すぎます！　お酒を控えてください！」

騒がしく走っていったふたりのあとを、羊子さんと一緒に追う。

裏側にまわると、探偵は生垣の前で猫を肩に乗せてしゃがみ込んでいた。

「兎田谷さん、なにかわかりました？」

「うん、ここから出てきた。姿勢を低くしたらわかるけど、生垣の下部に隙間があって庭も見えるね。土台の石がひとつ外れて、あっちに落ちているんだ」

屋敷を囲む生垣には土台があり、四角く削った石を積んで造られている。探偵が指さした箇所には、たしかに猫一匹分の隙間が空いていた。

「ほんとだ。でもこの狭さじゃ、通れるのは猫くらいでしょう」

「よく見てごらんよ。似た色を使っているけど、このあたりの土台だけ石の種類が違う。羊子ねえさん、たしか裏門があった場所だよね？」

「そうよ。庭師さんには元に戻しやすいようにふさいでとお願いしていたの。だから門扉を取り外したあと生垣を伸ばして、下の空間を埋めるために代用の石をはめているんじゃないかしら」

「ふむ、だから固定されていなくて石が動くのか。外せるだけ外してみよう」

男三人で地面から石を抜いていく。使用されているのは軽石で、持った感触は見た目に反して非常に軽い。

以前門のあった部分は木を新たに植えているわけではなく、両横から伸びた枝を絡ませて繋げているだけだ。土台もほかの場所は一切動かせないが、ここだけ固定されていない飾りなのである。

石をすべてどけると、歩幅四、五歩分ほどの横に細長い空間ができた。高さは猫がようやく通れるくらいだ。

「裏門の幅ぶん、空間ができたね。結構広くなったけど、それでも人間の子供は入れないなぁ。やっぱりダメかぁ～」

探偵は膝を抱えてその場に座り込み、わざとらしくさめざめと泣き出した。

「嗚呼、まさかこの名探偵にも解けない謎がこの世に存在するとは！　俺はなんて無力なんだ！」

「先生！　そんなはずはありません。小弟は、兎田谷先生が最高の探偵であり、小説家だと信じております」

今度は寸劇がはじまった。解決できなかったことを泣いて誤魔化そうというのか。

所詮は探偵を名乗っているだけの胡散臭い男。小説の登場人物ではあるまいし、現実はこんなものだ。

羊子さんは、手をパンと鳴らす。

「では、手分けして他の場所を探したほうがいいわね。そろそろ薄暗くなってきたから、もう一度交番に行って、今度こそ協力してもらいましょう」

その一声で、幽霊屋敷を後にしようと歩き出したその時、探偵がみなを止めた。

「待った。屋敷からなにか聞こえる」

「小弟にはなにも聴こえませんが、もしや本物の幽霊が？」

「いいや、子供の声だよ。唄……？　やっぱり中にいるんだ」

耳をすますと、正二の唄う『からたちの花』がかすかに聴こえてきた。

『からたちは畑の垣根よ、いつもいつもとほる道だよ。からたちも秋はみのるよ、まろいまろい金のたまだよ』

庭を隈なく見渡すが、影さえない。

声の遠さからして、おそらく半壊した家屋の内部にいるのだろう。全員で呼んでみても出てこない。

「こちらに気づかないようです。そもそも、いったいどうやって入ったのでしょうか？」

烏丸くんは首をかしげて唸っている。

「いることがわかったなら、方法はこの際どうでもいいさ。とにかく保護しに行こう。羊子ねえさん、生垣を切ってもいいよね？」

「ええ、もちろん。でも枳殻は素人じゃ無理よ。園芸屋さんに頼まなきゃ」

では店まで呼びに行こうと話し合っていると、壊れた雨戸の穴から白い煙が漏れていた。それに烏丸くんは気付いて、声を上げた。

「煙……!!　火事か!?」

まだ火の手は見えないが、古い木造の屋敷だ。火が少しでも上がれば、あっという間に燃え落ちる。季節柄空気は乾燥しているし、日も暮れはじめていた。

しかし、この幽霊屋敷に、今すぐ出入りする方法はないのだ。

梯子や布は庭の内側にある。

園芸屋を呼んでこの絡み合った枝を切り開くのに、どれだけ時間がかかるのか。

「大狼さん、よせ、危ない！」

「離してくれ、正二が!!」

焦りと、自分のせいで弟を死なせてしまうかもしれない恐怖のあまり、僕は探偵の制止も無視して無我夢中で枳殻に突っ込んでいた。

掻きわけようとしても、絡んだ枝と青いとげが行く手を阻《はば》む。顔と体から血を流しながら、僕は弟の名を叫び続けた。

「兎田谷先生、近所をまわって皆さんにご助力をお願いしてきました」

「でかした、烏丸！　さすが俺の弟子だ、判断と行動が早い。ほらほら、大狼さん。落ち着いて、あとは人海戦術に任せよう」

探偵に引きずり出され、僕は地面にへたり込んだ。

羊子さんがすぐに駆け寄ってきて、ハンケチで折れたとげや泥を払ってくれた。

僕が茫然《ぼうぜん》としているあいだにも、園芸屋、警察官、消防組、青年団、近所の人々まで、続々と集まってきた。

「あ〜こりゃあすぐ火が回るな。若いのを何人か連れてきたから、急いで枳殻を切ろう」

「子供の救出には我々が行く。危険だから警官と消防組以外は敷地内には入らないように！」

「じゃあ、わたしたちは水を運びます」

総勢何人が助けに来てくれたのか。

人海戦術と探偵が表現したように、そこからはあっという間だった。

枯れて強固だった生垣は開かれ、警官の管理下で消火作業は進んだ。

やがて、消防組が正二を抱きかかえて僕たちのところへ連れてきた。煙を吸って意識を失ってはいるが、命に別状はないそうだ。

「大事にならなくてなによりでした。さきほどすれ違った警察官がまだ町内を巡回中で、ちょうど会えたんです。おかげで消防にもすぐ連絡してもらうことができました」

「さーすが烏丸、人望が厚い。俺なんて子供の頃に『火事だー』って嘘を散々やっているから、地元のおまわりさんには絶対信じてもらえないな」

「威張っておっしゃることではありません」

「元祖オオカミ少年なのだよ、俺は。はははは」

探偵の戯言を、冷えた風が掻き消していく。

正二が無事だったことで気が抜けて立てなくなっていた僕の手を、羊子さんはずっと握りしめてくれていた。

火消しが早かったおかげで火事は広がることなく、一間の畳が焼けただけで済んだ。

火元は、マッチだった。

消防組に助け出され、念のため医院で診察を受けた後、ベッドに横たわる正二から屋敷の中で何があったかを聞く。

屋敷に侵入した後、自力で外に出られなくなった正二は、好きに遊んでしばらくしてから眠ってしまった。目を覚ますと夕方近くなっており、室内が薄暗かったので、心細くなって引き出しに入っていたマッチで火を点《つ》けたのだということだった。

話し終えた正二は、脇《わき》にいた羊子さんに丸いものを手渡した。

「あら、なあに？」

「金のたま……」

ポケットから出してきたのは、『まろいまろい金のたま』と唄われる枳殻の実である。

「春になると花の匂いがするから、どこかに実がなってるはずだって学校で噂になってた」

「ああ、花が綺麗だから坪庭《つぼにわ》にも木を植えてたの。そっちは生きているのね」

「幽霊屋敷に入ったことがあるって嘘をついて仲間外れにされちゃった。証拠に実を取ってきたら、仲直りしてくれるってクラスの子たちが……だからどうしても入りたいって兄ちゃんにわがまま言ったんだ。ごめんなさい」

「もういいのよ。お兄さんも怒ってないわ、ね？」

僕は力強く頷いた。

その後も正二は一生懸命喋っていたが、まだ体力が回復していないのだろう。瞼が閉じかけている。羊子さんが額《ひたい》を撫でると、ふたたび眠りに落ちた。

そのあと、彼女は僕のほうに向き直った。

「ごめんなさい、空き家を放置していたわたしにも責任があるわ」

「いいえ、とんでもない。羊子さんは悪くありません。家屋は少し燃えましたし、生垣まで壊してしまって申し訳ありませんでした」

「もう、いいのよ。今日みたいな事故が起こらないように、やっぱりあの家は取り壊して売ることにする。思い出は大事だけれど……わたしも、そろそろ前を向かないと」

憂いを帯びたあの表情。だが、彼女は前よりも少し晴れた顔で微笑んだ。

「それで、一九生さん。結婚の申し込みのお返事ですけれども」

えっ、と背後で驚いた声があがる。

そういえば、医院まで二人が付いてきてくれていたのを忘れていた。

「なんと、おふたりがそこまで進展した仲だったとは」

「こら、烏丸。今は間違いなく口を挟んじゃいけない場面だよ。あ、ごめんね。俺たちは無視して続きをどうぞ」

よけいな茶々は入ったが、気を取り直して羊子さんの返事を待った。

「わたしでよかったら、お願いします。ただ……ひとつだけ条件があるの」

「こ、こちらこそ、よろしくお願いいたします。なんでしょう、僕にできることならなんだって」

「正二くんと養子縁組させてもらえないかしら。義弟より養子のほうが、わたしがしてあげられることも多いから」

「ええ、もちろん構いません。僕が結婚したら弟は寂しいんじゃないかって心配だったから、むしろ願ってもない申し出です。ありがとうございます」

出会ってまだ日が浅いため、断られるんじゃないかと不安だったが、願いは通じたようだ。

「兎田谷先生、我々はお邪魔でしょうから、そろそろ失礼したほうが」

「うむ、そうだね。今日の事件以外にも依頼はあるし、俺は意外と忙しいからねえ。報告書と領収書は後日渡すからさ。オオカミ少年くんも、またね！」

本当に騒がしい連中だ。羊子さんと顔を見合わせて苦笑いする。

正直、探偵はあまり役に立ってはいないが、正二も無事だったし、求婚は成功した。

僕にとっては、これ以上ない結末である。

第二章・裏　本当の嘘つき少年は誰か

小弟の名は烏丸。『兎田谷文豪探偵事務所』にて、住み込みで家事や雑用をしながら文学を学んでいる。

本日、兎田谷先生の新作が、〆切から三日遅れて完成した。

編集者に渡す前に原稿を読めるのは、弟子の特権である。

「今回は密室ものでございますか。さすが先生、見事な出来でございます！」

「うんうん。烏丸に絶賛されたあとに、担当編集にボロボロにされるのが見えていたとしても、称賛は気持ちいいね。束の間の文豪気分だよ」

「……密室といえば、先日の幽霊屋敷の件。あの子供がどうやって入ったのか、結局迷宮入りとなってしまいましたね。密室トリックを得意とする先生にも解明できない謎があるとは」

しみじみ頷いていると、先生は原稿を書きあげた疲労からかゴロゴロと寝転びながら、なんでもないことのように答えた。

「ん～？　枳殻の生垣を越えた方法なら、わかってたよ。あの場で言わなかっただけで」

「なんと⁉　いったいどのような方法だったのでしょうか？」

先生はよいしょ、とだるそうに起き上がり、小弟の淹れた茶を飲みながら解説をはじめる。

「だいたいは現場で話したのと同じさ。とげを避けるために麻布をかぶせる。梯子を登って木に移る。でも、それだけじゃ不完全だ。おまえが挙げた問題点があっただろう」

「梯子が安定しないのと、痕跡が残っていない二点ですね」

「そう。小夏が行き来していた裏門だけど、羊子ねえさんは原状回復できるようにふさいでもらったって言っていたよね。じゃあもしかしてと思ってこっそり確認したら案の定。門扉を取り外しただけだから、じつは絡んだ枝の中に支柱が残っているんだ。その場所なら梯子も立てかけられるし、モチノキにも届く。つまり、かなりピンポイントだけど、侵入できる場所があるんだよ」

なるほど、門の支柱があるならぐらつかず、梯子は安定する。あのとき先生は枳殻に顔を突っ込んでそれを探していたのか。

しかし、もう片方の謎はわからない。

「中に入ったあとで、どうやって梯子を回収したんです？」

「それはね、石をどけた下の空間と縄を使えばできるよ。まず軽石を全部庭側に押し込む。そして梯子の下段に縄を結んでおいて、反対側の先を下部から庭のほうに出しておく。入ったあとで庭側から縄を引っ張れば梯子は倒れ、下から引き込める。最後に軽石を戻せば証拠隠滅も完了さ」

代用の軽石が入っていた下部の空間。高さは猫が通れるくらいだが、あの竹製の簡易梯子を通して回収できる高さもあった。

中に入ったうえで、痕跡を消すのも容易だろう。

「さすがです、先生！」

「ははは、どんどん褒め称え給え」

「ただ、そうなると別の疑問が」

「ん、まだなにかあるかね？」

「いくら可能だとしても、小学生が侵入や痕跡隠ぺいのための入念な策を考えつくのでしょうか」

「俺は子供の頃、どんな工夫をしたら完璧にいたずらができるか毎日考えていたけどなぁ」

「それは将来小説家か探偵になる子供だけです」

それにもう一つ気になることがあった。

「先生のおっしゃる方法なら侵入はできますが、帰ってこられませんよね？　モチノキは屋敷の内側にしかないのですから」

「うん。だから、実際に帰ってこられなかったのだよ。烏丸の言うとおり、小説家か探偵を目指しているわけでもない子供はそこまで考えない。自力で思いついたのなら、戻れなくなる欠点くらいすぐわかるはず」

「ということは、考えたのは正二君ではない？」

「そう、もし発案者と実行者が同じならもっと完璧にやるだろうさ。軽石がひとつだけ抜けていたのは、正二くんがなんとか脱出しようと頑張ったか、うまくはめながら戻すのが大変であきらめた形跡だと思うね。あの子は誰かにけしかけられただけ。その誰かも石が抜けているのに気づいたかもしれないが、あとからはどうにもならないし」

「誰か、とは？」

「つまり、侵入を手引きした悪い大人がいるのさ。そう気付いたから、俺はあえて種明かしせず、解明できないふりをして、その人物がどう動くか観察するつもりだった」

手段はどうあれ、最終的に解決すればいいと公言して憚《はばか》らない先生だが、〝依頼の完璧な達成〟にはいつもこだわっている。

『ついでに謎をすべて解明してくれ』と依頼人は言った。冗談交じりでも依頼は依頼だ。出入口がない理由、幽霊の声の正体は調査中に判明したのに、どうやって中に入ったのかだけは未解明だった。

そんなあからさまな謎を残したままにしていたのは、小弟も違和感はあった。

「手引きしたとは、いったい何のために？　子供が起こした事故ではなく、悪質な誘拐事件だったのですか？」

「いいや、正二くんを閉じ込めるのは本当の目的じゃなくて、枳殻の生垣を壊したかったんだよ。あの子を救出したときを思い出してごらん。梯子は庭の中だし、入る手段も出る手段もないのだから、もう切るしかなかっただろう。火事のせいでそれを提案したのは俺だったけど、元々なんらかの理由をつけて生垣を破壊するように事を運んでいたはず。もっと言うなら、あの幽霊屋敷で事件を起こすことが重要だったんだ。ときに烏丸よ、話は変わるが、借金まみれの俺がなぜこれほど悠々自適《ゆうゆうじてき》に自堕落《じだらく》な生活をしているか、わかるかね」

突然事件とは関係なさそうな問いを出され、小弟は素直に答える。

「少々駄目なお人だからでしょうか？」

「あ〜あ〜、自分で聞いておいて激しいショックを受けたよ、俺は。言い方は丁寧だけど、オブラートに包まれてないよ。うん、まあいいや。さっきの問いの答えは、この『兎田谷文豪探偵事務所』の家と土地が、俺のじいさんが明治初め頃に買ったのを受け継いだからなんだ。当時の銀座は特別にぎわっていたでもなく、坪五円だったそうだよ」

「現在はかなり高騰《こうとう》していますよね。さすが先生のお祖父さま、先見《せんけん》の明《めい》がおありだ」

「ここは繁華街から多少はずれていて物価が違うとはいえ、銀座の地価は今や千倍。いよいよ小説で食っていけなくなったら土地を売ればいいやと思っているから、自堕落に生きることができるわけだ」

人差し指をこちらに向け、先生は自著に登場する探偵と同じポーズを決めた。

「なるほど……そのような切り札があったとは、おみそれしました。ところで、それが先ほどの行方不明事件の話とどう繋がるのでしょうか」

「うちの近所で、それもここより何倍も広い幽霊屋敷は、相当な資産価値があるってこと。でも空き家で放置していちゃ宝の持ち腐れだ。羊子ねえさんは売るかどうかをずっと悩んでいた。きっかけさえあれば手放すだろうと思って仕組んだんだろうね。今回の一件で、火事にはなるし生垣は壊れてしまって、放置しては危険だと強く印象づいた。結果的に売る決心をするに至っただろうね」

正二くんをある程度思いどおりに動かすことができて、羊子さんが土地を売れば得をする人物。

当てはまるのは、ひとりしかいない。

「まさか……」

「初めから行方不明事件なんかなかった。けれど、実際になにも起こっていなくとも、依頼と報酬さえあれば探偵は事件として取り扱う。少なくとも俺はお金をもらえば一応働く」

小弟が思わず息を呑むと、先生がそのまま続けた。

「この事件は、大狼一九生自身が財産目当てで仕組んだ自作自演で架空の事件だったんだ」

衝撃的な事実に、小弟は思わず言葉を詰まらせた。

「結婚詐欺という形でお金を手にしようというのが彼の魂胆《こんたん》だったんだろうね」

自分が目にしたり、耳にしてきたりした過程と、あまりにそぐわない言葉を受けて、再度聞き返す。

「結婚……詐欺……？」

「彼、調べてみたら随分借金があるみたいだねえ。弟は幼く、自身もまだ歳若いときに両親が亡くなり、生活にはずっと苦労していたようだ。それでも真面目にコツコツ返していたけど、ついに立ち行かなくなったらしい。春を過ぎたくらいから返済が滞《とどこお》っているんだよね。以前はたまに呑んでいた酒もやめているし。せっかく頑張って働いていたのに。不況がくれば運の悪い人間が増えるからなぁ」

先生は他人行儀な口調であっさり説明するが、大狼という男に対して小弟の抱いていた印象は違っていた。

やや疑り深いきらいもあるが弱腰で、弟や好きな女性に気遣いの多いごく普通の男性であった。

到底、結婚詐欺なんて大胆な悪事ができるような人間には見えない。

「そんな……しかし、正二くんのために枳殻のとげに飛び込んだときの形相、演技とは思えませんでした」

「空き家にマッチがあったのは偶然だから、あれは不慮の事故。火事が起こらなければ、ある程度深刻な事態になる夜まで放置したはずだよ。そのあとで中を確認する理由を作って救出しようとしていた。ちょっと早かっただけで、暗くなったら唄えって言い含めていたんじゃない？」

スラスラと淀《よど》みなく、先生は一連の流れを話していく。

「依頼時に話していた、正二くんが出ていった原因も、叱ったからじゃないね。医院であの子の発言的に一九生くんは入り方を教えていそうだ。友達を無くしたくない弟が実を手に入れるため、兄の言うとおりに実行したというのが正しいと思う。細かい予定は狂ったけど、結果的に計画は彼の思う通りに自然に進んだんだね」

開かずの屋敷から出られなくなり、火事まで起きて正二くんはかなりの恐怖だっただろう。小学生の子供が夜まで耐えられるわけがない。

兄自ら欲望のために弟を手酷く利用するとは、小弟にはその心理が計り知れない。

「まあ、この話に関しては、弟は見つかったし、どうやって中に入ったかの謎は弟に教えた本人が一番知っているんだから、わざわざ説明する必要もない。報酬は先払いでもらって領収書も渡しているから、俺としてはもう完璧に解決済みってわけさ。そんなことよりさー」

「そんなことで済ませられる話ではないのでは⁉」

「他にも依頼を受けているって言ったろ？　そっちの報告書をまとめなきゃいけないから、手伝っておくれ」

「先生がたくさん働いていらっしゃる……！　はい、なんでもいたします」

「探偵業の基本は地道な聞き込みだ。というわけでカフェーに行こう。ほら、男って女給にはいらないことをついつい喋ったりするから。彼女らは聞き上手ゆえに、意外と情報屋なのだよ。あと最近、タダ酒にありつける方法を見つけた」

「依頼を口実に酒を呑みたいだけではありませんよね⁉」

それから、無性に張り切っている先生におともして銀座通りへ向かった。

小弟は家の用事もあってあまり出歩かないのだが、夕刻の繁華街は人出が多いものだ。

「この店は、たしか……」

尾張町一丁目の角にある二階建ての建物を見上げると、覚えのある店名が目に入った。

「やあやあ、千歳クン。恋人とよろしくやっているかね」

「兎田谷先生、お久しぶりですね。よろしくだなんて、おじさんみたい。将来を約束した清い交際を続けております」

「うんうん、よかった……今のおじさん発言には、俺はちょっと傷ついたけどね！」

以前、恋文の相談に来た千歳さんの勤めているカフェーである。

街中ですれ違って挨拶する機会は何度かあったが、こうして話すのはあの一件以来だ。

「変わった髪型をしてるね。婦女子の流行りなのかな？」

「はい、モガの『行方不明』という髪型です。毛先が見えないよう、内側にしまいこんだ形をしているでしょう。震災で行方不明者が多数出たのにちなんで、そう呼ばれています」

「男子の流行は震災刈り、女子は行方不明。なんだって日本の若者の命名はこんなに自《じ》虐的《ぎゃくてき》なんだ」

「負けずに元気出していこうって想いが込められているんですよ」

いくらか雑談を交わしてから、先生はビールを注文し、聞き込み調査を開始した。

兎田谷先生はグラスにビールが注がれていくのを嬉しそうに眺めながら、さっそく話を切り出した。

「千歳クン、顧客の紹介をありがとう。おかげでうちの家計が助かった」

「ああ、大狼さん、そちらに相談に行かれたんですね。随分悩んでらしたようだから、お役に立ててよかったです」

「彼が店に来た日、どんな話をした？」

「それは、調査ですか？」

先生が頷くと、千歳さんは「他愛のない話ですよ」と前置きをして声をひそめた。

彼女とてプロの女給なので、軽々しく客の情報を喋ったりしないだろう。

軽口を叩いてはいても、兎田谷先生ならばと信用しているらしい。

「小学生の弟さんが寂しがっているって言っていたので、水族館をお勧めしたら喜んでくれました。あとはお仕事がとても忙しいとか……あ、そうだわ。幽霊屋敷があるんですって。先生の家の近くですよ。前を通ったら本当に幽霊の声が聞こえて、逃げてきたって言ってましたわ。疲れていたのかもしれませんね」

「ふむふむ。なるほどね。ちなみにさ、幽霊屋敷について話したのはいつ頃？」

「桜屋ができてすぐだったから、五月の中旬ですね」

「五月……半年も前か」

「その後は一度もいらっしゃってないの。ここだけの話、あまり生活に余裕もないふうだったから……うちは安くないし、しかたないですけど」

半年とは。千歳さんの紹介から架空の事件の依頼にやってくるまで、かなり月日が空いていたようだ。思った以上に長期的な計画である。

そういえば、と小弟はあることを思い出す。

「先生、小弟が大狼さんらしき人物を幽霊屋敷付近で見かけたのも五月半ばでした。花の匂いが漂っていた季節です」

「調査のとき話してたやつ？　人違いなんじゃなかったっけ？」

「本人は違うと言っておりました。夜でしたので小弟もはっきり見えていたわけではありませんが……声をかけたら怯えた顔で逃げられてしまったのです」

「う～ん、烏丸の猫撫で声は怖いからなぁ。千歳クンの証言と合わせたら、彼で間違いないだろうね。幽霊だと思ったたって言えなかっただけで」

小弟の声が怖いとはいったい。小夏を呼ぶ際は特別優しげにしているのだが。

少々納得いかないが、話が進まなくなるゆえ置いておく。

「で、なんて声かけたの？」

「その人物は両手が血だらけでした。とげで怪我をしたのかと思い、『おーい』と一言呼びかけると、すぐ走り去ってしまったのです」

「……とげで怪我？　そうだとしても、そんなに血だらけになるかな？　逃げた理由は幽霊の声だけじゃなくて、別の見られたくなかった事情もありそうだなぁ」

驚いたことに、この短時間でビールが二瓶空いている。飲む隙などなかったように思ったのだが、本当に摩訶不思議《まかふしぎ》だ。

調査は終わったらしく、先生は千歳さんに情報料を上乗せしたチップを渡して席を立った。

「有益な話が聞けたよ。調査への協力、感謝する。ビールの代金は菊池寛《きくちかん》先生につけといてくれ」

「先生、文壇で干されるような真似はおやめください！」

カフェーを後にし、不動産の仲介屋と交番に続けて聞き込みをする。

銀座を歩き回り、その後も調査を続けながら歩いた。

「うん、当たり。ここは羊子ねえさんの持ち家を管理している不動産屋なんだけど、幽霊屋敷の家主についてあの男と話をしたことがあるって。同じく五月。何度か家を探すために通っていたらしいから、最初から資産家の未亡人だってわかったうえで、偶然を装って近寄ったんだね。あと警官からも決定的な言質《げんち》は取れた。聞き込みはこんなところかな。じゃあ、うちで報告書をまとめなきゃ」

「街の人々はみな協力的ですね。さすが、探偵として名を馳せている兎田谷先生です」

「素行調査やら浮気調査やらいろいろ引き受けているから、俺はこの街のドロドロな事情はだいたい知ってるわけ。不動産屋しかり警察官しかり、銀座に昔から住んでいる連中の弱みはたいがい握っているのさ。ははははは、俺の地元で悪さしようなんて甘いね」

「どうかその情報を悪用なさらぬよう……」


翌日。とある人物が『兎田谷文豪探偵事務所』を訪ねてきた。

先日も会った、洋装のたおやかな女性である。

「ちょうどよく依頼人のご来訪だね。頼まれていた調査、まとまったところだよ」

「えっ、あの時お会いした小田羊子さん？」

客人を書斎に通して、茶と菓子を出す。

先生は文机《ふづくえ》の前に座り、まず小弟に現在の状況を話してくださった。

「彼女が、俺が言っていたもうひとりの依頼人だ。大狼さんよりもっと先に、俺に調査を頼んでいたんだ」

「先生と羊子さんは初めからグルだったと？」

「ちょっと、こっちが犯人みたいな誤解を招く言い方はやめ給え。頼まれたのはただの身元調査だよ」

客用の座布団に正座をした羊子さんが、説明をつけ加える。

「ええ、そうよ。彼から求婚を受けて、一応調べていただいたの。再婚相手にふさわしい人かどうかね」

「羊子ねえさんは元々金持ちの奥さんだしねー。そこんとこしっかりしてるのさ。だから俺も、最初から彼を疑っていたわけじゃないよ。調べていくうちに不審な人物だと気付いた。確信したのは、彼が自ら事件を依頼してきた時かな」

「つまり……大狼が結婚詐欺であるとあの時点で疑っていた？」

「そういうこと。じゃあ、口頭も含めて結果を報告しようか」

全員に見えるように書類を広げ、兎田谷先生は説明を始めた。

報告書には大狼の経歴、怪しい行動の時系列と、聞き込みによる証言が詳しく記載されている。

「大狼一九生が動き出したのは五月の半ば。幽霊屋敷の存在を知り、不動産屋で持ち主が未亡人の女性だとわかってから、計画は始まった。それから着々と準備をしていたんだね。親しくなるために、家の契約や弟をダシにして頻繁に会うようになる」

計画が長期にわたったのは、結婚にこぎつけるには少なくとも半年は必要だったから。虎視眈々《こしたんたん》と物事を進めるような冷酷な男には見えなかったが、印象ではわからないものだ。

現在は十一月である。季節は秋の終わり。枳殻の実も金色に熟していた。

「初デートは桜屋の水族館だっけ。七月で合ってる？」

「ええ。袖なしの服を着ていたし、暑い日だったから夏のはず。彼がバラックを退去して引っ越す前だから、七月の初めね」

「そして、羊子ねえさんがすでに資産の大部分を寄付していたと知る。そこで諦めればよかったんだけど、まだ幽霊屋敷が残っていた。あの土地を売るだけでかなりの金額になるからねえ。でもねえさんに手放す決心がないとわかって、弟の行方不明事件を自作自演した。俺のところに依頼に来たのは、ねえさんの差し金だよね」

「差し金ってほどじゃなくて、民間の探偵に頼んだらと勧めただけ。この街に探偵はあなたしかいないから、結果的にここに来たけれど。直接会ったほうが、どんな人物か調査しやすいでしょ？」

「上手いこと考えたね。おかげで幽霊屋敷と彼の狙いが繋がったよ」

「不安だから第三者の介入が欲しかったのよ。女ひとりで遺産もあって、今までだって怪しげな男が寄ってきたのは一度や二度じゃないし」

　羊子さんは静かで落ち着いた女性だ。それだけに、なにを考えているかわかりにくい人だと思っていたが……天涯孤独の身で不安を抱えていたために、しっかりしていなくてはならない立場だったのだ。

「でも、どうして警察は動いてくれなかったのかしら。あの交番のおまわりさんは屋敷に住んでいた頃からお世話になっているけれど、面倒見のいい人よね」

「それも近所にいろいろ聞いて調べたよ。羊子ねえさんとの仲を進展させている半年のあいだに、大狼は同時進行でもうひとつ策を練っていたんだ。とある演技をしてね」

「演技？」

「今、第三者の介入が欲しかったと言っただろう？　でも騙す側にとっては、詐欺や工作がやりにくくなるから介入されたくない。ましてや警察にはね」

「でもどうやって警察が動かないように仕組んだのでしょうか？」

「烏丸、たとえば俺が『弟子が猫を探しに行って二時間も帰ってこない』と警察に届けたらどう思う？」

　小弟の質問に対し、先生得意の問答がはじまった。

「どうかされたのかと心配になります」

「だよね。おまえは事件に巻き込まれる顔じゃないし。まあでも、一度くらいは真面目に聞いてくれるかもしれない。それを何回も繰り返したら？」

「本格的にどうかされたのかと……〆切のせいで頭が沸騰《ふっとう》されているとか」

「だよね～。大狼はね、この半年間に何度も街中の交番に駆け込んでいるみたいなんだ。警察だけじゃなく、人が集まっている場所や商店にも。休日のたびに繰り返し弟がいなくなったと昼間から騒いでいたんだ。でも毎回正二君はそこらで遊んでいただけですぐ無事に帰ってくる。ついには誰もがひどい心配性だと呆れて相手にしなくなった。あらかじめ狂言を繰り返していたから、おまわりさんも実際にいなくなったあの日に動かなかったんだよ。本当のオオカミ少年は弟じゃなくて、兄だったってことだね」

そこまでの話を聞いて、お屋敷の一件が解決された時の先生の言葉をふと思い出した。

医院で先生が最後に言ったあの言葉——

『報告書と領収書はまた後日渡すからさ。オオカミ少年くんも、またね』

領収書は先日すでに渡しているはずなのに、忘れているのかと思っていたが……

前者は羊子さんに、後者は眠っていた弟ではなく兄に言ったらしい。

この時点で先生はすでに証言を集めて、大狼の本性や狙いにあたりを付けていたのだろう。さすがの腕前である。

「報告は以上。これを聞いてどうするかは、羊子ねえさん次第だよ」

「やっぱり頼んでよかった。あなたは子供の頃から、本当に頼りになるものね」

「おだてても料金はまけないよ」

「結構よ。色を付けてもいいわ」

「やったね、ひさしぶりに洋食屋に行ってビフテキでも食べよう。では、これにて依頼は終了！」

はしゃいでいる先生の様子を、羊子さんは薄く笑って見守っていた。

当然、結婚は破棄になるのだろう。先生は依頼どおりに仕事をこなしただけだ。ひとりきりの婦人が騙されているのを黙って見過ごすのは、無論正しくない。

しかし、彼女は今後どうするのか、幼い弟はどうなるのか。

医院で垣間見《かいまみ》た三人が幸福そうに映ったぶん、小弟としてはすっきりとしない幕切れであった。


幽霊屋敷の事件からさらにひと月が過ぎた十二月。

驚いたことに、羊子さんは大狼一九生との結婚、ならびに弟である正二くんとの養子縁組を決行していた。

どちらも親族がいないため、料亭で三人だけのつつましい祝言《しゅうげん》を挙げたそうだ。

調査によって財産目当てだとわかっていたにもかかわらず、なぜだろうか。

それほど大狼という男を好いていたのか。若輩者《じゃくはいもの》の小弟には理解できない境地だ。

「烏丸や、どうして俺が〝依頼の完璧な達成〟にこだわっているかわかるかね」

祝言の翌朝、突然兎田谷先生が言った。

「ううむ……？　探偵の美学でありましょうか」

「正直、報酬さえもらえりゃなんでもいいみたいなとこはあるんだけど」

「えっ」

「だがドラマティックに解決したほうが、小説のネタに使えるじゃないか。そのためにはカタルシスが必要だ。すっきりしないと物語性がない。不完全な要素を残してはならないんだ。報酬で儲け、小説にして二度儲《もう》けるために完璧を目指すというわけさ」

「志《こころざし》はともかく、先生が文学にやる気を出してくださるなら小弟は嬉しいですが……」

「というわけで、まだ羊子ねえさんの依頼の仕上げが残っている。依頼内容は『再婚相手にふさわしいかどうか』の身元調査だった。その部分の確認がいまだ不完全だ。今日彼が動くことは想定しているから、最後の聞き込みに行こう」

素直ではない言い草だが、先生は決して人情の薄いお方ではない。

羊子さんが古い知り合いだからという理由もあるだろうが、追加報酬があるわけでもないのにこうして重い腰をあげるとは。

我々は、事件の黒幕である大狼一九生の裏の顔を見に行くことにした。

なにせ孤独な未亡人を陥《おとし》れた詐欺師としての彼とは、一度も対話していないのである。

銀座から有楽町方面へかかる数寄屋橋《すきやばし》。

帽子を被り、右手には大きな革の鞄を下げ、スーツを着込んだ男が橋を渡ろうと歩いてくる。

橋上で手すりにもたれかかって立っている兎田谷先生と、その後ろにいる小弟の姿に気付き、その男——大狼一九生はあからさまに顔をしかめた。

「やあ、早いね。オオカミ少年くん」

「なにか用でしょうか。これから地方へ出張なんですが」

「新婚なのに遠出とは、大変だね～」

先生の皮肉にも動じることなく睨《にら》み返してくる。

行方不明事件の日に会った印象とは違い、妙な圧があった。

「結婚詐欺はこれにて終幕かね？」

「は、詐欺だなんて失礼な。たしかに彼女には資産があるし、弟まで引き取ってもらえるのはありがたいと思っていますよ。だが、世の中に打算的な結婚はごまんとある。好き合っていたってあり得ることです。それを糾弾《きゅうだん》するのは少々夢見がちではないでしょうか。文豪というのはロマンチストなんですね」

「うん、結婚にこぎつけるまでならただの打算さ。いささか手が込んでいただけで。でも、結婚詐欺は最後に逃げるから詐欺なんだ。きみはこの街を去ろうとしている。違うかね？」

まくし立てていた大狼は、言い返せずに黙りこくった。

祝言を挙げたのはつい昨晩である。

それなのに、用済みとばかりに逃げようとしているとは。

この男の側には、羊子さんに情がなかったのだろうか。

「嗚呼、自分の弟まで利用して危ない目に遭わせて、最後は置いていくなんて、本当に酷い兄だなぁ。あの土地は今売りに出ているから、かなりの額がきみたち夫婦のもとに転がり込む予定だけど……でも、まだお金は手に入ってないよね？　きっちり取るところまでが詐欺だよ？　なんで祝言の翌朝に逃げるの？」

かなり長い沈黙の後、大狼はボソッと言う。

「……もう、必要ないから」

財産目当ての詐欺なのに、金は必要ないという。

状況を呑み込めず、頭に疑問符を浮かべている小弟をよそに、話は続く。

「いつから！　どこまで知っているんだ⁉　探偵なんて名ばかりで、ただの無能だと思っていたのに」

「ははははは、きみとしてはそっちのほうが都合よかったもんねえ。捜しているふりをしたいだけの自作自演のためにしかたなく依頼しただけだし、有能に捜索されても困るよね。それで、今度は出張のふりしてどこに行くつもりだったのかな？　北への汽車に飛び乗って、事故に見せかけて断崖《だんがい》から海にでも飛び込む予定だった？」

「……え？」

小弟は驚き、思わず声をあげていた。

死にに行こうとしていた？　いったいなぜ？

わからない。わからないが、肌を刺す威圧感は覚悟を決めた者ゆえだったのか。

「焦ったことしたね〜。でも、きみが本当に弟を大事に想っているのは言動でわかるよ。俺は放蕩者《ほうとうもの》だから守るものなんかないけどさ。まあとにかく、焦りゆえに詐欺まで働いた理由は困窮《こんきゅう》だけじゃないよね。以前は苦しいながらも、真面目にちゃんと返していたんだから……病気はいつから？」

その言葉に被せるように、大狼は咳き込んだ。

口から離した拳に赤いものが見える。

そこで小弟はようやく察した。

五月の夜に目撃した血だらけの両手と怯えた瞳。

大狼は消え入りそうな声で、ぽつりぽつりと語った。

「……なんとなく、風邪《かぜ》のような症状が続いていた。咳込みやすくなったのは、銀座の空気が悪いせいだと思ったんだ。そう思いたかった。でも、あの夜に確信した。僕ははじめて大量の血痰《けったん》を吐いた。自分の血を見たとき、恐ろしかったよ。ついにこの日が来たかと。弟を支えてやれなくなると確信する日が。両親が死んだ後、自分が守ってやらなければとずっと気を張り詰めて働いてきたのに」

「そうか……結核だよね」

兎田谷先生の言葉に、男はうなだれた恰好で頷いた。

結核は治療法のない不治《ふじ》の病《やまい》と言われている。せいぜい空気の綺麗な結核療養所で静養するくらいしかなく、高額な入所費を払えなければそれさえも不可能だ。

東京市の運営する公立の療養所もあるが、床数は足りず常に百人以上の待ちがある。

庶民はよくて自宅療養、貧しい者は働きながら死ぬ。

国に蔓延《まんえん》し、亡国病と呼ばれる由縁《ゆえん》だ。

「僕がいなくなったら正二はどうなる。親はおらず他に身寄りもない。震災の影響で孤児院だって余裕はない。たったひとり残った家族なのに、浮浪児にでもしろと言うのか。だからあの人に初めて会ったとき、あってはならない感情を抱いた。この未亡人なら、騙せるんじゃないかと。卑怯な真似はよせなんて、僕なんかが弟によく言えたものだ」

大狼は憔悴《しょうすい》しきって、今にも崩れ落ちそうだ。

先生は橋にもたれたまま、冷静な口調で問い返した。

「養子縁組までしてもらえたから、もう金はいらないってことね。真の目的は金銭そのものより、弟の未来だった。ふうむ、最終的には兄による托卵《たくらん》事件になるのか。変わった内容だな。でもさ、きみがいなくなったら、羊子さんに正二くんの面倒を見る義理はないと考えないの？」

「考えません。彼女は自分の子を亡くしているし、ひとりきりになった子供を放っておけるような人じゃない。だから、騙す相手に狙ったんです。あなたのほうが長い付き合いなんだから、ご存知でしょう」

「はあ〜、そうなんだよねえ。きみ、人を見る目はあるんだねえ。結婚は弟のための打算でいいとしても、このまま一緒にいるわけにはいかないのかね。先が短いならわざわざ逃げずに、最後の贅沢《ぜいたく》をさせてもらえば？」

「……彼女の夫と子は結核でこの世を去った。そうと知って、同じように置いていくなんて考えられなかったんです。どうせ死ぬなら事故の方が気楽だ。一緒に暮らせば、咳ですぐわかりますから」

大狼の正体を羊子さんに報告した夜、三人で洋食屋に行った際に、彼女が教えてくれたなにげない話が呼び起された。

枳殻の花言葉は『思い出』、そして『わたしは胸を痛めている』。

転じて、胸を病《や》んだ者は〝枳殻〟と呼ばれる。結核患者を指す隠語《いんご》だそうだ。

夫と子の死。思い出の詰まった屋敷。枳殻と彼女の過去は密接に繋がっている。

そして再婚した男もまた、結核で彼女を置いていこうとしている。

彼が血を吐いた場所があの生垣だったのは、憐れな偶然だ。

「ふーん……そっか」

「ふーん、とは。探偵なら、ここで犯人に向かってちょっと良いことを言ったりするものじゃないんですか？」

自嘲《じちょうぎみ》気味に笑う大狼に、先生はさらなる憎まれ口を返す。

「そういう依頼なら、言ってあげてもいいけどさ」

「じゃあ、報酬はこれで」

男がマントのポケットから出して先生に向かって投げたのは、まろい玉だった。

「すっかり黄金色だねえ。枳殻の実はすっぱくて食べられたもんじゃないけど、果実酒にすると絶品なんだ。たしか坪庭に生きた木があるんだってね。屋敷が取り壊される前に収穫しに行こうっと」

ポンポンとしばらく両手でもてあそんで、先生は再び口を開いた。

「知ってるよ、羊子ねえさんは。きみの目的も、病のことも、全部ね」

「……え？」

「だって俺が包み隠さず報告書に書いたからね。承知のうえで、きみと結婚したんだよ」

「どうして……知っていて、そんな決断を」

「また置いていくかもしれないきみと一緒になることが、本当に彼女の幸せなのか俺には判断できないけどさ。選んだのは羊子ねえさんだから尊重する。ていうか、当事者がいいって言うなら口を挟めないし。土地を売ったお金で空気の良い場所に山荘でも買って、三人で暮らしたいと言っていた。このまま逃げなければ、きみの罪は病気を隠していたことくらいか。結婚詐欺は架空の事件になるよ」

「いったい、どうして……僕なんかのために」

彼はまたどこへともなく疑問を投げかける。

「きみには時間がないかもしれないっていうんなら、考えてもしかたないと思うがね。人間なんていつ死ぬかわかんないんだからさ。流行性感冒と震災でほとほと実感したよ。残された誰もがそうだろう？　で、どうすんの、この街から去るの？　戻るの？」

大狼はうつむいたままだ。

そんな静寂《せいじゃく》を破るように、自転車の激しいベルがちりんちりんと鳴った。

「よう、探偵先生」

「ちょっとおまわりさん。今まさに最高潮の場面なんだが、空気を読んでもらえるかね」

「こないだの兄ちゃんも一緒か。まさか、また弟を探してるのか？　ちゃんと学校にいて、校庭で体操の授業中だったぞ」

「最近よく見回りしているけど、職務怠慢はやめて改心したの？」

「先生こそ、本はちゃんと書いてるのか？　売れてるのか？」

「売れてないよ、助けて」

「それは大変だな。まぁ……そこの兄ちゃんみたいな心配性の兄貴がいるせいで、見回りの回数を増やしたんだよ。はあー、忙しい」

ため息交じりに笑って、嵐のように警官は去っていった。

その後ろ姿を眺めながら、先生は笑って言う。

「きみはさ、この街の人間が冷たいって言っていたけれど、案外悪くないだろう？　流行り病に地震や火災。つらい出来事はたくさんあったが、みんなの絆《きずな》は強くなった。まあ、こないだの救出劇でわかっているだろうがね。きみだって、内心では助けてくれると知っていたからこそ、わざわざオオカミ少年を演じたんだ」

大狼は顔をあげ、背にしていた銀座の街を橋から見渡し、ぽつりとつぶやいた。

「……銀座か。あまり好きじゃなかったんだけどな。チカチカしていて、落ち着きがない。せわしなく街並みが移り変わっていく。置いてけぼりにされるような、そんな街だと思っていた。でも、変わっていくのは人が前を向いているから。そんなふうにも、考えられるか」

今日も通りのどこかで新しい店が開く。

広目屋の楽隊が、流行歌のメロディーを奏でる。

「ふたりと、いつまで一緒にいられるかわからないけれど……」

そのあとの彼の言葉は、『からたちの花』の演奏に掻き消された。

橋を渡ることなく戻っていった彼に寄り添うように、賑やかしの艶歌師《えんかし》が最後の小節を唄った。

『からたちのそばで泣いたよ、みんなみんなやさしかったよ。からたちの花が咲いたよ、白い白い花が咲いたよ』

後ろ姿を見送って、しばらく曲の余韻《よいん》に浸る。

気付けば、大狼の姿は見当たらなくなっていた。

だが、最後の言葉を聞く限り大丈夫だろう。

それに、そう言っていた彼の眼は、これから死のうとする人間のものではなかった。

ふと隣の兎田谷先生を見ると、めずらしく真剣な表情をしていた。

「どうされたのです、先生」

「いやなに。橋の上で犯人を説得とは、なんてドラマティックに解決してしまったのかと、我ながら感動してしまってね。新作の山場に絶対使おう。自身の経験をネタにできる探偵小説家なんて俺くらいじゃないか？　もっと売れてもいいのに」

いつもの先生である。

まさか本当に小説のネタにしたくて橋まで来ただけなのだろうか。

先生はマントを翻《ひるがえ》し、我々も住む街へと道を戻る。

「とりあえず、幽霊屋敷に寄ってまろい玉をもらってこよう。家に帰ったら果実酒を作っておくれ」

「お酒は控える約束では…⁉」

「出来上がるのは来年だから問題ない。依頼をすっきり終わらせた記念日だ。では、これにて！」

第三章　ハートの施錠と狐憑きの乙女

恋しくばたづね来てみよ
和泉なる信太の森の
うらみ葛の葉

――『葛《くず》の葉《は》狐《ぎつね》』伝説より

大正十四年、十二月。

今年も終わりに近づいている。本日は晴天だが、冬らしく気温は低い。

窓を開けると底冷えがする。寒さが本格化してきた。

小弟の名は烏丸。齢《よわい》はもうすぐ二十一になるところだ。

東京市京橋区・銀座にある『兎田谷文豪探偵事務所』に書生として住み込み、家事や雑用をしながら文学を学ぶ生活を続けて、もうじき三年になる。

「だいぶ長いこと、ここにいるものだな」

空気の澄み渡った冬の空を見上げ、つぶやいた。

感慨にふけっている暇はない。年を越す前にやらなければならない家仕事はたくさんある。

まずは日課の雑巾《ぞうきん》がけをこなそうと、鈍色《にびいろ》のトタンバケツを片手に廊下へ出た。

午前の陽が差す明るい縁側に、布団にくるまった塊《かたまり》が座っている。

跳ねた前髪は冷たい風に揺られ、徹夜明けの瞼は重そうだ。

この御方こそが、小弟が師と仰《あお》ぐ小説家の兎田谷朔先生。

〆切を数日過ぎたものの無事に原稿を完成させた先生の懐で、飼い猫の小夏はぐっすり眠っていた。

探偵小説の名手でありながら、現実でも数々の事件を解決し、文豪探偵として名を馳せている。まさに存在自体がミステリイの申し子だ。

「なあ、烏丸や」

「なんでありましょう。兎田谷先生」

半分意識を失っていると思っていた先生が、突如口を開いた。

「最近の依頼をどう思う？　探偵稼業《かぎょう》のほうね」

「毎度、見事に解決なされているかと――」

「少し地味じゃないか？」

「地味とは？」

小弟は首を傾《かし》げながら、聞き返した。

依頼に地味や派手があるのだろうか。

「小説に登場する探偵よろしく、大事件に巻き込まれるにはどうしたらいいだろうか。俺はもっと派手な事件を華々しく解決したい。たとえば殺人とか強盗とか、そういうの」

「そ、それは、不謹慎《ふきんしん》では……」

ぼけっと小夏を撫でながら、先生がとんでもないことを言いだした。

ただでさえ苦難の続く時代だ。

悲惨《ひさん》な事件など、できれば起こらないほうがいいに決まっている。

しかし、もっといいネタはないかと刺激を求めるのは、小説家の宿命的な業《ごう》のようだ。

先生は不世出《ふせいしゅつ》の異才だが、少々人間性に問題がある。放っておいては自主的に大事件が起こるよう煽《あお》りかねない。

なんとか穏便に説得できないかと小弟が思案をめぐらせていると――

「家の者はいるか」

玄関のほうから声がした。

ごく短い呼びかけだったが、非常に威圧的であった。

また先生がどこぞで借金でもこしらえ、金貸しが取り立てに来たのだろうか。もしくは酔って喧嘩《けんか》になった相手が報復にきたのかもしれない。

数秒のあいだに様々な可能性が浮かんだが、ならずものにしては威圧の裏に堅さを感じる喋り方だった。部屋まで押し入ってこないのも分別《ふんべつ》を弁《わきま》えている。

「この雰囲気、おそらく警察だな」

「警察!? 先生、なにをしでかしたのでしょうか」

「はて、俺はなにをしでかしただろうか。覚えがありすぎて覚えていない」

「ただの見回りかもしれませんし、小弟が対応してきます」

「いいや、小用ならそこの数寄屋橋のおまわりさんがくるはずだ。知らない声だったろう?」

言われてみれば、町内の警察官はみな顔見知りだし、声も知っている。

玄関先から響く声は、小弟も初めて耳にするものだった。

「そうだなぁ。たとえば東京警視庁の捜査第一課とかが、文豪探偵に協力を求めてやってきた可能性も考えられる。派手な大事件の予感がするね。出ようじゃないか！」

うきうきと忙しなく立ちあがった先生とともに、小弟は玄関に急ぐ。

戸を引くと、三人の屈強《くっきょう》な男が出口をふさぐように立っていた。

制服を着用せずとも一般人ではないとわかる、重そうな外套《がいとう》。

その下から拳銃のようなものが覗いている。間違いなく刑事だ。

「麹町《こうじまち》警察署からだ」

そのうちのひとりが、鳥打帽《とりうちぼう》を直しながら言った。

希望の捜査第一課ではないようだが、先生が面倒事を起こしたときはいつも交番の警察官がやってきて説教をしてゆくだけだ。只事《ただごと》ではなさそうであった。

「ふむふむ、今回発生した凶悪事件の特別捜査本部は麹町署か。なにかね、やはりこの文豪探偵に協力要請を――」

刑事は先生ではなく小弟を一瞥《いちべつ》し、堂々とした態度で口を開いた。

「赤日《あかひ》という男は、お宅に住み込みの書生で間違いないか」

「んん？　烏丸？　俺じゃなくて？　うちの弟子で間違いはないが」

姓を呼ばれるのは久しぶりだ。

先生もちらりと小弟の顔を見る。そのまま肩をすくめて両手を開き、なにがなんだかわからないといった風情だ。

無論、小弟には刑事が訪ねてくる用など、思い当たる節《ふし》はない。

「赤日烏丸、殺人事件の参考人として署まで来てもらおう」

「「えっ」」

同時に声が出て、思わず先生と顔を見合わせる。

後ろに控えていたふたりの刑事が、隙のない動きで一斉に玄関へと入ってきた。

「連行しろ」

あれよという間に両脇から腕を押さえられ、家の前に停まっていた自動車に乗せられる。

「ちょ、ちょっと待ち給え。なにかの間違いじゃないのかね」

音を立ててエンジンがかかり、タイヤが小石を踏みながら発進した。

問答無用、一瞬の出来事だった。

兎田谷先生が伸ばしかけた手を所在なさそうに空中で動かしているのが、窓越しに目に入る。

その姿が少しずつ遠ざかっていく。

道中、刑事たちは無言であった。

両脇をがっちりと固められて居心地が悪い。参考人だと説明されたものの、すでに犯人だと決めつけられているような気分になる。

小弟には一切身に覚えがない。弟子として兎田谷先生の名に恥じぬよう、清廉潔白《せいれんけっぱく》な生活を心がけてきたのだ。嫌疑《けんぎ》をかけられる謂《いわ》れはない。

ならば毅然《きぜん》としているべきだと心に決め、小弟もじっと押し黙っていた。

麹町署に着くと、廊下に並んだ小部屋の一室に連れて行かれた。

小さな机の前の椅子に座らされ、刑事がひとり向かい合わせで席につく。見張りがさらに追加されて計四人。参考人の段階でこれほど厳重に警戒されるものなのだろうか。

小弟の訝しむ視線に気づいたらしく、正面の刑事が言った。

「悪いね、武道の有段者だと報告書にあったものだから、万が一に備えてね。柔道、剣道、合気道……たいしたものだ。さすがは日清戦争の軍功で叙爵《じょしゃく》した赤日男爵家《あかひだんしゃくけ》の嫡《ちゃく》男《なん》といったところか」

刑事は書類に視線を落としながら話している。おそらく小弟に関する情報が記載されているのだろう。

「嫡男……」

家督《かとく》を継ぐ気はないのだが、この刑事にそれを言ってもしかたがない。

とにかく、一刻も早く兎田谷先生のもとへ帰らねば。

親族の反対を押し切り、無理を承知で弟子入りさせていただいたのだ。

これ以上、先生に迷惑をかけるわけにはいかない。

「殺人事件と聞いたが、小弟はどこの誰が殺されたのかさえ知りません。なにかの間違いでは？」

「どこの誰が殺されたのか、ね。我々もそれが知りたい」

「は？」

不可解な返答に、思わず顔をしかめた。

「つまり死体はない。参考人と言っただろう。まだ容疑者じゃない。脅かしたようで申し訳ないが、話を聞きたくて署に来てもらった。実は、若い男の声で『赤日烏丸に妹を殺された』と通報があったんだ」

「一体何者ですか」

「さあ。匿名《とくめい》だよ。通報があった以上、捜査はする。だが証拠もなく逮捕するのは不可能だ。概《おおむ》ねそのように伝えると電話は切れた」

「たったそれだけのことで、小弟は署まで連行されたのですか？　逮捕はできないと今しがたもおっしゃられたではないですか」

悪質な悪戯《いたずら》で片づけるに十分な曖昧《あいまい》さではないか。

事実、小弟には人を殺《あや》めた覚えなどない。

「赤日男爵直々のご希望でね」

「父の？」

「息子が犯罪に関わっている可能性があるというだけで、我が一族の恥だ。徹底的に搾りあげてくれとおっしゃっていた」

ようやく合点がいった。厳格な父の言いそうなことだ。

今は亡き祖父、そして父はともに帝国陸軍少将であり、陸軍省軍務局に身を置いている。爵位以上に軍人としての権力が大きい。警察組織には軍の関係者も多いため、人脈と発言力があるから、こういった依頼も可能なのだろう。

しかもあの人は、兎田谷先生にいい感情を抱いていない。

実家に帰ると約束した期日まであと数カ月はあるはずだが……帰る気配がない小弟を連れ戻すために仕組んだのか？

疑念が頭を駆け抜けたが、匿名の電話とやらにはやはり関係していないだろう。

父の性格上、そのような小細工をするとは思えなかった。

であれば、電話は別件だ。小弟を陥れたい人物がどこかにいるのか？

小弟はまだ若輩者であり、未熟だ。至らぬ点があり、気づかぬうちに恨みを買ってしまったのかもしれない。

だが、兎田谷先生なら、この不可解な事件もきっと見事に解決してくださる。

そう信じたいが――

迷惑も顧《かえり》みずに押しかけて、弟子になったのだ。小弟の存在は、もしや煩《わずら》わしかったのではないか。厄介払いができたと先生が喜んでいたとしたら、どうすればいいだろうか。

◆　◆　◆

東京市京橋区・築地。

「よう、ツクモ」

葛の群生する小道を抜けると、栗色の髪色をした若い男が煙草屋《たばこや》の前に立っていた。

「おはよう、明」

挨拶を返し、そのまま私たちは連れだって歩き始めた。

彼は同じ劇団の役者仲間。目的地は一緒だ。

この街にある築地小劇場は、バラック建てでありながら舞台装置は可動型、照明は最新のスポットライトを完備。新劇と呼ばれる西洋の翻訳劇を上演して話題をさらっている。しかも専属の劇団を抱える日本初の劇場なのである。

とにかくすごい尖端的《せんたんてき》な劇場——なのだが、私にはいっさい関係ない。

なぜなら、私と明が所属する劇団とは無縁だからだ。

小劇場に入っていく人たちを横目に、私たちはその裏側の通りにある建物——掘っ立て小屋みたいなボロボロの劇場へと入った。

「ツクモ、おまえもやるか？」

楽屋に入るなり明に巻煙草を差し出されるが、首を振って断った。

「わたしはいい。臭いがつくと困る」

「あっそう。まあおまえは色白だから、歯が黄ばんだらもったいないよな。目鼻立ちがパッとしない分、長所は大事にしないと」

そう言って煙を吐く彼は、男の人なのにとても綺麗な顔をしている。

子供の頃から周りに賞賛され、自然と俳優を目指したような顔立ち。細身で手足も長いモダンな体型。美しさが役者のすべてではないけれど、あるに越したことはない武器だ。

見た目だけが端整《たんせい》な碌でなし、と周囲からは評されているが。

でも、口が悪いだけで決してわたしを馬鹿《ばか》にしたわけじゃない。役者としての評価を正直に口にしただけだ。

見え透いたお世辞《せじ》は必要ない。それより演技や衣装を褒められたほうが、ずっと嬉しい。

「今日は明が保名《やすな》役だって？」

「そー、風邪が流行ってんだって。代役まで喉やられて、急遽《きゅうきょ》回ってきた。二役なんか滅多にやらねえのに。台詞覚えてっかな」

「カンニングする？　ここに書いておいてあげようか」

鏡を見ながら、眉墨で自分の額に彼の台詞をすらすらと書く。

「文字が裏返しで読めねえよ。台本全部暗記してんの？」

「うん。代わりにお芝居以外のことは、なにも覚えてない」

「なんだそりゃ。ああ、もう時間ないぞ。早く準備終わらせろよ」

「わかってる。今日のは慣れているから大丈夫」

化粧も、衣装も自前。売れている劇団のように着付け係はいない。

鬢付油《びんづけあぶら》と白粉《おしろい》を塗り、濃い紅を引く。

あえて質素に見えるよう仕立てた小袖を着る。

衣装は二着。もう一着は似ている柄だけれど生地《きじ》が絹で、やや裕福な役のもの。

うちでもっとも多く再演されている劇だ。わたしは毎回二役を演じている。

「あーあ、今日も年寄り客を相手どった古臭い芝居か。隣は最新型の電気照明をバンバン使ってチェーホフやイプセンやらをやってんのに。おれはまたオペレッタに戻りてーなぁ」

すでに着付けを終えている明は、いつもの愚痴をこぼしている。

狭い楽屋は七、八人もいれば鮨詰《すしづ》め状態だ。

開演時間も差し迫ってきた頃、劇団員に交じって知らない顔が入ってきた。

「うう、粉っぽい」

年齢は二十半ばくらい。派手な色柄の長着に洋物のマントと小物を合わせている。劇団の人間ではない。だが堅気《かたぎ》にも見えない。

空中を舞う白粉にむせながら、観察するみたいに役者たちを見渡していた。

「ねえ、明。あのひと、関係者？」

「取材だかで文士を通したって、座長から聞いた。大物じゃなさそうだし、ほっとこうぜ」

「ふうん……」

文士には演劇好きが多く、原作者として関わることもあるので、劇場ではさして珍しい存在ではない。役者なら役をもらうために媚《こ》びて損はない相手なのだが、プライドの高い明はそっぽを向いて煙草をふかし続けていた。

「おや、明くん？　明くんじゃないか！」

男は無遠慮に楽屋をうろついていたが、突然声をかけてきた。

わたしたちは鏡の前に並んで座ったまま、彼を見あげる。

明はあからさまに怪訝《けげん》な顔をした。

「……だれだ？」

「あ、そっか。きみは俺のこと知らないよね。俺は探偵小説家の兎田谷朔。ええと、鎮野洋酒店の常連だからさ、一方的に知っていただけ。あそこで配達の仕事をしていただろう？　たまに店先で見かけて、ハンサムだから覚えていたんだよ」

「はあ、鎮野の」

彼はふてくされたように、ふたたび煙草をくわえた。

たしか女中に手を出してクビになったのだと、団員たちが噂していたはず。触れられたくないのだろう。

「姿を見なくなったと思ったら、辞めたんだって？」

「一応、まだ鎮野の旦那には世話になっていますよ。ちょっと問題起こしてあの家にいられなくなったんで、知り合いの商家を紹介してもらったんです」

「ああ、同じ住み込みの女中を襲った件ね。知ってる、知ってる。なぜならその場にい
——いやいや、千歳クンと知り合いだから」

文士はわざととしか思えない挑発的な言い方で、あえて突っ込んできた。

楽屋にいる皆も驚いて、興味津々で聞き耳を立てている。明は苛々《いらいら》した口調で、役者仲間たちも訊くに訊けなかった詳細を自分から喋りだした。

「違う、最後までは襲ってない。おれだってあれ以上無理に迫る気はなかった。女を押し倒して嫌がられた経験なんか一度もなかったから、ただのふりだと思ったんだよ。旦那はおれをすっぱり追い出すつもりだったらしいが、彼女がそこまでしなくていいと許してくれたから、次の仕事も面倒見てもらえたし」

「ふうん。鷹揚《おうよう》というか暢気な娘だ。つまり更生の余地ありと判断されたってところかな。美男だからといってなんでも許されるわけじゃないと、勉強になってよかったじゃないか。ははははは」

皮肉たっぷりに笑い飛ばして、男は話を変えた。

「役者は以前から？　その見た目を芸術方面に活かすのは健全でいいと思うね」

「これでも前は浅草の歌劇座にいたんだ。今は築地の酒蔵で働きながら、しみったれた劇団で芝居やっていますよ」

浅草オペラの一大ブームが続いていた数年前、明は新人歌手だった。いつか帝国劇場で歌う夢を抱きながら、少しずつ人気が定着し始めていた頃だったという。

それが突然起こった未曾有の大地震で帝都一の歓楽街・浅草六区は壊滅。盛況だったオペラ人気も急速に衰退していった。

順調だったはずの道が途切れ、帝劇どころかハリボテ小屋に逆戻り。

性格だって随分荒《すさ》んだようだ。それでも諦めきれず劇場にしがみついているのは、舞台への渇望《かつぼう》を失っていないからだろう。

べつに明だけじゃない。劇団関係者なんて、文士と同じで私生活の荒れた無頼者ばかりが集まっている。真剣に芝居をやっているだけ彼はマシな人間だと思う。

今でも時折、上演が終わったあとの舞台で歌う彼の姿を見かける。

そのときばかりは顔が良いだけの碌でなしじゃない。カルメンを追い求めたドン・ホセのように。また、ヴィオレッタに求愛するアルフレードのように。どうしても演じたかった美しき予言者ヨカナーンの役は、声に重さがないせいで他の俳優に取られてしまったんだと悔しがっていたっけ。

観客のいないボロボロの舞台に、翼が生えたように軽やかなテノールが響くのを、わたしはよく聞いている。

「ん、隣のきみもどっかで見たことあるような……」

「え？」

「ないような……」

「はあ」

急に視線を向けられて、夢想に耽っていたわたしはポカンと口を開けた。

兎田谷と名乗った男の顔を、わたしはじっと見つめ返す。

笑い方に本心が見えず、浮ついた感じだ。そしてまるっきり覚えはない。

「きみの名前は？」

「わたしは、ツクモ」

「変わった響きだ。下の名前？　苗字？」

「べつに、どっちでも」

「ふーん、芸名かな」

そうじゃない。わたしは生まれたときから〝ツクモ〟だった。

「歳はいくつ？」

「十七」

「なるほど、なるほど。最近の子は背も高くて、大人っぽいねえ。きみと明くんが劇団の看板役者ってわけだ」

小説家の言葉を、明は鼻で笑った。

「おれは演技だけじゃなくて歌もやれる。こんな場所で埋もれる気はないね」

わたしに彼みたいな野心はないし、将来にもあまり興味がない。小さな劇場でもいいから、思う存分、好きな芝居をやればいい。

主張する気もないので黙っていたら、明に親指を向けられた。

「まあ、こんな劇場ってより小屋みたいな場所でもさ。こいつだけはちょっと他のやつらと違うんだけどな。舞台に立つと普段のおとなしさから想像できないくらい変貌して、本当になにかが憑いたみたいな演技しやがる。損はさせねえから、小説家のオッサンも観ていけば？」

「んん？　オッサン？　どこにオッサンがいるのだね？？」

わざとらしく片手で庇《ひさし》を作って、男は周囲を見回した。

化粧がようやく終わり、次は髪の仕上げだ。

会話の終わらない彼らに背を向け、顔だけ振り返った。

「明、うしろ整えて」

「ん」

つげの櫛《くし》を渡し、客席からの見映えがいいよう鬘《かつら》を膨らませてもらう。そのあいだに模造毛皮で作った小道具を腰に仕込んでいると、小説家が反応した。

「よくできているね、それ。真っ白な狐の尾。白狐といえば、葛の葉かな？」

「そう」

椅子さえない客席で、新劇に馴染めない年寄りたちが茣蓙《ござ》を敷いているのが舞台袖から見えた。

歌舞伎《かぶき》や浄瑠璃《じょうるり》では昔から人気の演目――『葛の葉狐』は、いわゆる異類婚姻譚《いるいこんいんたん》だ。安倍保名《あべのやすな》という男が、人間に狩られそうになっていた雌の白狐を助ける場面から物語は始まる。

狐は葛の葉と名乗る若い娘の姿でふたたび現れ、保名と夫婦《めおと》になって幸せに暮らし、やがて子宝にも恵まれる。この人間と狐のあいだに産まれた男児こそが平安の陰陽師《おんみょうじ》として広く知られる、のちの安倍晴明《あべのせいめい》である。

伝承にはいくつか類型があるが、離れ離れになっていた人間の妻・葛子《かつらこ》が登場して、正体を知られてしまった葛の葉が自ら身を引く三角関係がもっとも大衆に好まれる展開だ。

葛の葉と葛子、そっくりな見目をしたふたりの妻。

粗末な照明がパッと切り替わるたび、わたしは狐と人間の娘を同時に、そして交互に演じる。

最大の見せ場――葛の葉が夫と子のもとを去る際、障子《しょうじ》に歌を書き残す場面がやってきた。淡い和紙に薄墨が滲む。

恋しくばたづね来てみよ
和泉なる信太の森の
うらみ葛の葉

白い尻尾を生やした半妖の姿で、わたしは生まれ故郷・信太《しのだ》の森《もり》へと帰っていく。

このあとは生みの母親と別れ、狐の宝を手にした安倍晴明の活躍がはじまる。保名の代役だった明が今度は主役だ。

すべての幕が終わり、惰性混じりの歓声が散らばって聞こえてくる。わたしも舞台裏を通り抜けて楽屋に戻る。

扉を開けようとしたとき、盛大な拍手が廊下に響いた。

舞台に集中していて存在を忘れていたが、さっきの怪しげな小説家だった。

「すばらしい！　容姿はそっくりでも中身の違うふたりの妻が、本当に別人みたいだった。狐と人間の娘が代わる代わるきみに宿ったようだったよ。葛の葉の仕草も表情も儚げで、とてもうつくしかったね」

横にいた明が、ふんぞり返って言った。

「な、はまり役だったろ？　普段は無口で見た目も地味な感じのヤツが、いざ本番となると存在感が増してなかなか舞台映《ぶたいば》えするんだ。流し目が妖艶《ようえん》でいいんだよ」

「どうして明くんが得意げなのだね。俺から見れば、役者だけあってふたりとも良い顔立ちをしていると思うよ！」

それこそ狐みたいに切れあがったわたしの目。明のような華はないが、化粧で雰囲気がパッと変わるから、役者の顔立ちとしては悪くないと思っている。

「わたしの演技は、小説の参考になった？」

「今日の目的は取材じゃなくて調査なんだ。でも、とても興味深かった。次に書く新作の刺激になったよ」

「調査？」

「そ。俺は小説家であり、探偵でもあるのさ。人呼んで文豪探偵ってね！　まあ自称だけどね」

「ふうん。なにを調べにきたの？　訳ありの人間なら、劇場にはたくさんいるんじゃないの」

「それがさー、ちょっと聞いてもらっていいかね!?」

こちらが返事をする前に、男は怒涛《どとう》の勢いで喋りだした。

どんな事件かまでは伏せられたが、この人の弟子になんらかの容疑がかけられ、疑いを晴らすために聞き込みをしている最中なのだという。

その話に特別興味を持ったわけじゃない。けれど一点だけ疑問だった。

「どうして冤罪を前提で調査しているの？　あなたの弟子が、本当に犯人という可能性は考えない？」

「それはないよ。俺の弟子は決して犯罪に手を染めたりしない。酔って憶えてないだけで、お前がやったんだって誰かに言われたほうがまだ信憑性《しんぴょうせい》あるね」

他人を完璧に掌握《しょうあく》できていると思い込んでいるだなんて、随分な自信家。人は自分のことさえよくわからないのに。

なんて意地悪を、つい思ってしまう。

「あなたが知らないだけかもよ。誰だって、人には話せない闇を心に抱えているのだから」

「きみの言っていることは正しい。でも、烏丸がなにを抱えていようと、信頼が揺らぐわけじゃないさ」

軽薄な雰囲気なのに、変な人。

これ以上は反論する理由もない。

「じゃあ、調査の続きを頑張ってね」

別れの挨拶を告げ、わたしと明は楽屋に戻った。

中に入るなり、入れ違いで隣の部屋の扉が開く音がした。

壁越しにも聞こえるほどの甲高《かんだか》い声が廊下に響いている。

「兎田谷先生、あたくしに聞き込みを任せっきりにしておいて、ひとりでお芝居鑑賞していたなんて！」

「どうどう、落ち着きたまえ。探偵の助手たるもの、常に優秀に、冷静に、そして間違った推理を自信満々で披露して俺の引き立て役に徹するがいい！」

「んもう、すぐ自分だけ良いところを持っていこうとするんだから！」

「拗ねてないで、そろそろ行くよー」

まるで犬か猫のようにあしらいながら、騒がしく出口へ歩いていった。

「あの小説家、連れがいたの」

「ああ、隣の楽屋で見かけたな。ひなこって呼ばれてた。かなりの美少女だったぜ。有名な女学校のセーラー服を着ていたから、どこぞのお嬢さんだろ。おれらみたいな世間のはみだし者とは縁がねえな」

「ひなこ……」

「ん？」

「なんでも。好みのタイプ？」

「いいや、小柄で童顔は女優に向いてない」

明が真顔で即答するので、思わず噴き出した。

そういえば、笑ったのはひさしぶりだ。

「明ってほんと、女にだらしないくせに、頭の中は舞台でいっぱい。舞台馬鹿」

「なんだよそれ」

「それにしてもこんなに小さな劇場を調査なんて、客席に不審者でもいた？」

「いや、いつもの顔ぶれだな」

「なんにせよ、わたしたちには関係ないか。汗が染みる前に着替えなきゃ」

衣装を脱いで鏡で自分の姿を確認し、名を呼ぶ。

私はツクモ。

舞台にあがった高揚が、喜びが、ふたたび胸の底から湧いてくる。

ボロボロの劇場で役を演じるときだけ、私は私でいられる。

私は生きていられる。

◆　◆　◆

「ええと、たしかこっちの方面で合っているはずよね……」

洋品店に、百貨店、呉服屋、帽子屋。いつも買い物しているはずの銀座通りを、あたくし――緋那子《ひなこ》は目的地に向かって歩いていた。

ひとりで繁華街に足を踏み入れてはいけないと日頃から両親には厳しく言われていたけれど、今日ばかりは特別。あたくしにはどうしても会わなければならない人がいる。

大通りをはずれ、記憶を頼りに進んだ。数寄屋橋近くの小学校を目じるしにすればたどり着くはず。

以前あのお宅を訪ねたのは、もう三年近くも前だったかしら。

「あったわ、探偵事務所の看板を掲げた民家。ごめんくださいまし――」

玄関先で声をかけた途端、ものすごい勢いで中から男の人が飛び出てきた。

忘れもしないこの顔。こだわりの強そうな和洋折衷の着こなし。気取った中折れ帽子とロイド眼鏡とステッキ。

しかし、お目当ての人は、あたくしの真横を通り過ぎたというのに、こちらに気づきもせず歩き去っていく。

「あの、お待ちになって」

もう一度呼びかけると、ようやく門の前で振り返った。

「ん、依頼人かな？　折角来てくれたのに申し訳ないが、今日は急いでいるから出直してくれ給え。では、まったねー」

「そんな！　ちょ、ちょっと待って……」

呼び留めても無視してすたすたと行ってしまう。慌てて追いかけるが、大人の男性の歩幅には引き離されるばかりだ。

思わず持っていた洋傘の柄で、その人が羽織っていた二重回しのケープ部分を引っ掛けた。

「あたくしだって……あたくしだって、緊急事態だからー!!」

力任せに引っ張ると、彼は地面で滑って尻もちをついてしまった。

「いたた。いったいなんだっていうんだ」

「ごきげんよう、文士さま！　あたくしのこと、憶《おぼ》えてらして？」

顔がよく見えるよう、まるい帽子のつばを少しあげてみせた。

「あれ、きみはもしかして……」

文士の兎田谷先生は座ったまま、上から下までこちらの姿を凝視《ぎょうし》している。

鮮やかな紺地のセーラー服と胸の青いリボン。身につけている学校指定の制服はエレガントでお気に入り。

淑女《しゅくじょ》らしくスカートの裾をつまみ、一生懸命澄ましてお辞儀をする。

「赤日家の三女、赤日緋那子《ひなこ》ですわ」

「あーはいはい、烏丸の妹さんね。大きくなったねえ。女学生って、ほんとに少女雑誌の投書みたいな喋り方するんだ。縁がなさすぎて知らなかった」

先生はコートについた砂を払いながら立つと、帽子を脱いで礼を返してくれた。

「あらためまして、俺は探偵小説家の兎田谷朔。華族《かぞく》の姫君がうちに何用かな？」

気取っているだけあって、物腰はちゃんと紳士的だ。少し話すとすぐに紳士っぽくなくなるけれど。

「もちろん烏丸お兄さまの件です。先生のことだから、あたくしが訪ねてきた時点で見当はついているでしょう？」

「ははは、若い子は話が早い。急いでいたんだけど、きみの用件を優先したほうがいいみたいだ。とりあえず蕎麦《そば》でも食べる？」

「花の女学生を連れていく場所が蕎麦屋ですって？　かといって、志正堂《しせいどう》パーラーなんかはいつも行っているし……そうだわ、あたくし、一度カフェーに行ってみたかったの。エスコートしていただける？」

せっかくひとりで外出できたのだから、普段は両親の許可が下りないお店に行ってみたい。

そう思っただけなのに、先生は不審げな顔をしてこちらを見つめていた。

「本当に烏丸の妹なんだよね、きみ？」

「いやだわ、ニセモノだと思われているのかしら。変装も成り代わりもしていないわ。探偵小説の書きすぎではなくって？」

「そういう意味じゃなくてさ、びっくりするくらい似てないよね。見た目も、性格も」

「それはつまり、あたくしが華奢《きゃしゃ》で可愛いと捉えていいのかしら？　正真正銘、血の繋がった兄妹でしてよ」

　赤日家は軍人の家系。お祖父さまが日清戦争下の功績で明治天皇から爵位を賜《たまわ》ったのが始まり。いわゆる軍功華族というやつだ。

　その跡目を継いだお父さまも、そしてお兄さまも、軍人になるために生まれてきたような恵まれた体格をしている。顔は少し怖いけれど。

　あたくしは同級生と比べても小柄で、瞳も丸く大きい。お母さま似でよかった。

「きみは今、実の兄に酷いことを言ったよね。彼はほんの少し人相が悪いかもしれないが、大事なのは中身だよ。俺の百倍は性格がいいんだから」

「誰も兄を馬鹿になどしておりませんし、性格がいいことなど百も承知ですわ。お兄さまはあんなに怖いお顔なのに、お見合いで相手に断られたことなんて一度もなかったもの。ぜんぶ自分から断っていただけで」

「その話、面白そうだからちょっと聞きたいな。ちなみに俺の場合は学生時代に親戚の叔母《おば》さんとかがバタバタと見合いを持ちかけきたけど、会ったあとでぜんぶ相手に断られたよ。職業作家になってからは二度と来ないし。なんなんだ、あの制度は」

嫌な記憶を呼び覚ましてしまったみたい。

先生はぶつくさと愚痴を言いながら歩き出した。そして手招きしてきたので、あたくしは慌ててあとについていった。

『カフェー・レオパルド』と書かれた看板をくぐると、思い描いていたものと趣向の違う店内が視界に飛び込んできた。

「……このお店は？」

「きみが希望していたカフェーだが」

「あたくしが行きたかったのは、女給が密着して接待するいかがわしいカフェーじゃなくてよ」

カフェーはカフェーでも、ここは珈琲を嗜《たしな》むお店ではない。

お酒を呑んで若い女給と話したり貢いだりするのが目的のカフェーだった。

「もっと格調高い、文士や芸術家たちのサロンみたいなカフェーでブラック珈琲を飲んでみたかったの。先生と一緒なら行けると思ったのに」

「ああいうインテリぶった場所は俺の性《しょう》に合わないのだよ。このくらい雑然としているほうが落ち着く。ツケの当てもあるしね」

着物の上からフリルのエプロンをつけたお化粧の濃い女給たちが、各席で客にお酒を注いでいる。煙草とアルコホルのにおいでむせかえりそうだ。

でも、初めて見る世界にまったく興味がないといえば嘘。

働いているのも自分とそれほど年齢の変わらない十代の女の子たちが中心のようだ。

そう気づくと、べつに怖い場所ではないのかもしれないと思い始めた。

物珍しさに入口できょろきょろしていると、先生と顔馴染みらしい女給さんがやってきて頭をさげた。

「兎田谷先生、今日は可愛らしい子をお連れですのね。瞳が大きくてお人形みたい」

「やあ、千歳クン。べつに変な関係じゃないから、常連の作家連中に言いふらさないでくれ給えよ。『痴人《ちじん》の愛《あい》』になぞらえたわけでもないからね。奥のボックスを空けてもらっていいかな？　接待はいらない」

「先生に少女を養う甲斐性はありませんし、せいぜい親戚の子にしか見えませんから無用な心配をなさらなくても大丈夫です。では、こちらへどうぞ」

彼女は慣れた様子で店の奥に案内してくれた。

仕切りで遮《さえぎ》られ、隣のテーブルの声も届かない席だ。

「もしかして、密会をするためのカフェーだったの？　すごく探偵っぽい！」

「はい、はしゃがない。じゃあビールと……ミルクでいい？　オムレツも食べる？」

「あたくし、子どもじゃなくってよ！　食べますけど！」

「前に会ったときは今より随分幼かったから、ついね。きみの年頃は成長が著《いちじる》しいねえ。もう三年近く前だっけ」

「あの頃はあたくしまだ小等科だったもの。今は中等科二年よ。そう、あれはお兄さまが初めて兎田谷先生の探偵事務所に押しかけた日だったわ……」

店の壁に貼られた瓶詰めビールのポスター絵を見るともなしに見やりながら、あたくしはその時のことを思い返した。


一昨年の春、文豪探偵事務所なる看板を掲げた民家の玄関先で、烏丸お兄さまが地面に額をついて土下座したのが出会いの始まりだったはずだ。

お母さまがどうしてもお兄さまのことが心配だとおっしゃるから、お母さまとあたくしは一緒に自動車に乗って、その様子を近くで見ていたのだけど……

「……先生！　兎田谷朔先生！　どうか小弟を弟子にしてください。身の回りの雑用でも、なんでもいたします。書生として先生のお傍に置いていただきたい!!」

正面に立つ男の人は、もう正午過ぎだというのに寝間着のままだ。面倒臭そうにあくびを漏らしていた。

「書生はとくに募集してないんだ。悪いね」

「お願いいたします！　弟は先生の御著書を拝読し、雷鳴の如き感銘《かんめい》を受け――」

「じゃ、俺は呑みに出かける予定があるからまたねー」

「先生!?　兎田谷先生ー!!」

どうしてこんな騒ぎになったのか。

両親に逆らったこともなく、帝国軍人への道を順風満帆《じゅんぷうまんぱん》に歩んでいたお兄さま。

それが突然、陸軍士官学校本科には進まず「作家になる」なんて言い出した。

当初はお父さまも「文学にかぶれるのは青春時代の麻疹《はしか》のようなものだから放ってお
け」と問題にしていなかったのだけど、お母さまの狼狽《うろた》えようといったら大変だったわ。

兎田谷先生とお兄さまのやり取りを見て、一層お母さまは取り乱していた。

「緋那子さん、聞きましたかしら。昼間からお酒ですって？　これだから小説家なんて
不良連中は……恐ろしいこと！　南無阿弥陀仏《なむあみだぶつ》……」

実際目にした〝未来の大文豪〟は、とても軽薄そうだった。

生まれも育ちも深窓《しんそう》の令嬢《れいじょう》のお母さまが、慌てて念仏《ねんぶつ》を唱えだすのも無理はない。

勤勉で真面目で、お優しい烏丸お兄さま。

どうしてこんな人の弟子になんてなりたいのかしら？

でも、あたくし達が何を言っても、お兄さまは止まらなかったわ。

何度追い払われてもお兄さまは諦めず、毎日のように兎田谷先生のお宅へ通い詰めた。

そしてとうとう、青春の麻疹のはずが思ったより重症だと気づいたお父さまが、ついにお怒りになった。

ある日、いつも通りに兎田谷先生のもとへ向かうお兄さまの様子を見るために、お父さまも車で同行してくださったのだけど……

そこでお父さまはお兄さまを呼び止めて、叱り始めた。

「なにもわたしは、家督を継がせるためだけに反対しているわけではないのだ。もしおまえの選ぶ道に誇りと義があるのなら、爵位《しゃくい》などたいした問題ではない」

「不肖《ふしょう》の息子でございますが……お父様の寛大なお心、痛み入ります」

「まあ、あなたったら。もっとしっかり叱っていただけませんと」

深く頭を下げるお兄さまと、苦言を呈《てい》するお母さまを見て、お父さまは再度口を開いた。

「最後まで聞きなさい。誇りと義があればと言っただろう。つまりあの男は駄目だ。あんな碌でもない男と関わるのは許さん！」

両親と兄の主張は互いにずっと堂々巡りで、巻き込まれた兎田谷先生がいちばん困っていた。

「や、俺も俺がダメなことに同意。立派なお父上じゃないか。きみはよくできた青年なんだから、家を継いだほうがいいよ。というか、連日うちにやってきた挙句《あげく》、玄関先で親子喧嘩をするのはやめてほしいんだけど……」

「小弟はなんとしてでも、あなたの下で教えを受けたいのです！」

あたくしが乗っている高級な自動車をチラッと横目で見ながら、小説家はため息を吐いた。

「はぁ。生まれと環境に恵まれ、人格も優れた若者が、なんだって好き好んで道を踏み外したいのかね。小説家なんてのは文学に取り憑《つ》かれて、言葉を書き散らす以外に人生の選択肢がない奴だけがなりゃいいんだ。せめてもっと有名な文士のところに行けば許してもらえたかもしれないのに。探偵小説は文壇でも地位が低いんだよ。通俗的だって、よく馬鹿にされているしさ」

「文士として名があるかどうかではありません。小弟はほかでもない、あなたの小説に心を震わされたのです。弟子たる才が足りていないのであれば精進《しょうじん》いたしますゆえ、何卒《なにとぞ》」

「残念、きみの問題じゃないんだよねえ。完全に俺の事情で、書生を家に置く気はないのさ」

それでもお兄さまはめげなかった。むしろ機を得たとばかりに先生の両肩をつかんで詰め寄った。

お父さまのことなど視界に入っていないような動きだったわ。

「して、事情とは⁉」

「あー……単に、売れていないからだよ。自分の弟子も食わせてやれないなんて、恰好悪いじゃないか」

頬を掻きながら、ばつが悪そうに言う。

それを聞いたお兄さまがどうしたかというと――

袂《たもと》から、お札の束を出した。

「持参金ならば、それなりの用意があります」

「んっ⁉ んっんー。持参金、持参金ね……しかたないなぁ、きみの熱意に免じて、俺がお父上を説得してあげよう」

「えええええ！」

あたくしは驚きのあまり、ついはしたなく叫んでしまった。

弟子を食べさせられないのは恰好悪いのに、お金を受け取るのは恥ずかしくないのかしら。

先生はわざとらしく咳ばらいをしながら、さっきとはまるっきり逆の意見をぺらぺらと喋りはじめた。

「赤日少将閣下《かっか》、お宅のご子息、見た目は威厳があるのに、まだ若いせいか少々頼りない気がするなぁ。いずれ家長となるなら世間知らずのお坊ちゃんよりも、多少荒波に揉《も》まれたほうがいいとお考えにはなりませんかね。そうだ、こういう条件はどうです？　三年間だけうちで預かるというのは？　エリートコースを順調に歩むのもいいが、華族や軍人の常識と離れて庶民の生活を知るのだって、将来この国を引っ張っていく男になるための大事な精神修行の一環だと思いますがね、俺は！」

一気にまくし立てる兎田谷先生に、お父さまも若干押され気味だった。

「む、たしかに控えめすぎる性格ではあるが……貴君の言うとおり世間を広く知るべきだ。しかし、よりにもよって小説家の弟子じゃなくとも」

「ご心配ですか。たった三年なのに。ま、華族様の箱入り息子じゃあしかたないですね」

「ううむ……」

厳格なお父さまにお兄さまの『頼りない』という欠点は効いた。三年と期限をつけられたのも、断ったら過保護だと言われているようで嫌だったみたい。

結局認めざるを得なくなって、お父さまは折れてしまった。あとでお母さまをなだめるのが大変だったわ。

「兎田谷先生、ありがとうございます。精一杯勉強させていただきます。家仕事もすべて小弟にお任せください」

「今日から酒を呑んで家に帰ったら、夕飯と風呂の支度がしてあって掃除も行き届いているのか。悪くないナ、弟子ってのも」

外から観察していたあたくしには、まんまと持参金だけ手に入れ、体よく三年ぽっきりで追い出そうとしているようにしか見えなかったのだけど……

お金につられた、どうしようもない口八丁の小説家。

ほんとうに、どうしてお兄さまはこんな人の弟子になりたかったのかしら？

あたくしが出会った時の思い出をひとしきり語り終えると、兎田谷先生は大きなため息を吐いた。

「最後まで悪口だった」

「あたくしもお兄さまが家を出るのはやっぱり嫌だったもの。家としても長男がいなくなるのは心細いわ。今は亡きお祖父さまが賜《たまわ》った爵位も女のあたくしには継げないのだし」

卵味のミルクセークをストローで吸い上げると、トロッとした甘さが舌にのった。

先生は早くもビールを空にしている。口の端についた泡を親指でぬぐいながら言った。

「で、えーと、緋那子クン？　印象は最悪のはずの俺に、何を依頼したいのかな？」

ミルクの跡が伝うグラスをコースターに戻し、背筋《せすじ》を伸ばして両手を膝の上で揃えた。

「あたくしの印象がどうであれ、烏丸お兄さまが尊敬している先生だもの……どれだけ人でなしだとしても」

「人でなしとまで言われた経験はないよ？　いや、あるか。過去三回くらいあった」

あたくしは目をつむって、テーブルに額がつきそうなくらい深く頭をさげる。

「お願い、信じて。お兄さまは決して人を傷つけたりしない。いつでも、誰にでも優しい人なの。兎田谷先生の力でお兄さまが無実だと証明してください。それが、あたくしの依頼です」

ふうっと先生の吐息が漏れる音が聞こえる。

断られるのかと思って手をぎゅっと握りしめていたら、数秒後に小さな笑い声が降ってきた。

「信じるもなにも、最初っから疑っていないよ。俺は碌でもない小説家だし、人でなしだし、書生も少女も食わせてやれる甲斐性はないけれど。師として、探偵として、弟子が疑いをかけられたときくらいは働かないといけないだろう……俺の小説を全肯定してくれる唯一の存在がいなくなってしまうのは、俺のモチベーション的にも困るしね」

困っているような、くすぐったいのを我慢しているような笑いかた。

ずっと憎まれ口を叩いてばかりだから、ちゃんとしたことを言うのは恥ずかしいみたい。

「そうだわ。依頼料でしたら、あたくしがお着物代としてお父さまからいただいているお小遣いから少し持ってきていてよ」

「いくら俺でも、女学生の小遣いをもらうわけにはいかないなぁ」

「手持ちは十五円ほどだけど、足りなくて？」

「うん？　それだけあれば今月分の借金を返せるから、やっぱりもらっていい？　いや、冗談。いやいや……さすがに。いやいや」

慌てて否定しているけど、その目は完全に泳いでいた。

依頼しておいてなんだけど、本当に大丈夫かしら。

「それから――依頼はもう一件あるの」

「ほう、なんだね」

「うちの敷地にある土蔵《どぞう》を、先生に調べていただきたいのよ」

「土蔵？　烏丸の事件と関連はある？」

「確証はないけれど、手がかりになるかもしれないわ」

赤日家でもっとも古いあの土蔵を思い出すとき、あたくしの記憶にはいつも重たい靄《もや》がかかっていた。

烏丸お兄さまの冤罪《えんざい》と一緒に、この靄もできることなら晴らしたい。

◆　◆　◆

「織部《おりべ》、どうした。ぼーっとして」

年上の仕事仲間に注意され、慌てて門を開けに走った。

どうやら無意識のうちに考え事をしていたようだ。

先ほど自分の頭の中に響いた、助けを求めるような声。

どうやってここを開ければいい？　どうして、なにも憶えていない？　外からかけられた鍵。扉は厳重に閉ざされている。いったいいつから？　もう、ずっとここを出ていない気がする。

　では、施錠された扉の外側にいる瓜二《うりふた》つの自分は――そもそもだれ？


　要点も分からず、部分的に、記憶が抜け落ちていた。

「あ……申し訳ありません」

　先輩のもとへ駆け寄って、僕はすぐに頭を下げる。

　旦那様の乗った車が敷地内に入ってくるのが見えた。

　停車するのを見届けて荷を下ろしに向かう。

「しっかりしろ。いつも白い顔が今日はさらに青くなってるぞ」

「はい。気を付けます！　他に手伝いはありますか」

「こっちはもう大丈夫だから、自分の仕事に戻っていい。そろそろお嬢様が遊びに行きたいと騒ぎだす時間じゃないか？　今日は授業が早く終わったし、明日から週末だからな」

　ここは麹町区の一画にある、赤日男爵家のお屋敷だ。

僕は使用人の中でも下っ端《したっぱ》の下男だ。年数だけはもう随分長く働いているのに、いちばん年下のせいか、今みたいに力仕事や雑用があるとすぐ駆りだされる。

旦那様は威厳のある落ち着いた方。

奥様は根っからのお嬢様育ちで、やや世間とずれているが、穏やかでおっとりしている。

ご子息ご息女もみな聞き分けがよく、優秀で賢い。長女と次女はすでに嫁に行き、嫡男はひと悶着《もんちゃく》あって現在なぜか小説家に弟子入り中。

家に残っているのは今や、少々お転婆《てんば》な末《すえ》の姫君だけになった。

まだ婚約も決まっていない女学生ゆえに、旦那様も奥様も大層過保護にしている。

「織部、庭にいたのね！　これから銀座に連れていってくださる？」

考えていたそばから、鮮やかな紺色のセーラー服が視界に入ってきた。由緒《ゆいしょ》ある日本家屋の玄関が開け放たれ、少女が飛びだしてくる。

「こないだ仕立ててもらった振袖《ふりそで》に合う帯がなくて、金と黒を基調にしたものがほしいの。できれば雪輪《ゆきわ》柄《がら》がいいわ。お正月の晴れ着用よ。あと、春用の帽子をオーダーして

……まずは百貨店に向かってね」

「かしこまりました、緋那子お嬢様」

僕は、元々は庭師の勉強をしていた。赤日家の広々した日本庭園を手入れするのはやりがいある仕事だった。

だが、自動車の運転免許を取ってからはつきっきりで三女のお付きを任されている。

「足元にお気をつけくださいね」

「ええ、大丈夫！」

小さな手を取って乗車席に乗せ、ドアを閉める。輸入自動車がエンジンの音を響かせながら、ゆっくりと発進する。路上に出ると、もうひとりの下男が屋根付きの門を閉じている姿が後方に見えた。

大通りに向かうため、屋敷の外側をぐるっと一周するように車を走らせる。

広い敷地は玉石積みの石垣を土台にした年代物の板塀に囲まれていた。

「あの蔵の壁、かなり汚れてきているわね」

裏門付近を通過したとき、お嬢様が塀の向こうに覗く建物を指さして言った。

裏庭にある古い二階建ての土蔵だ。

かつて白かったであろう壁は黒ずみ、桟瓦葺《さんかわらぶき》の屋根もあちこち欠けて亀裂が目立つ。

「なにぶん劣化していますからね。一昨年の強風で扉の立て付けが悪くなり、一度手入れしたのですが。今年も雨が多かったせいもあって、今度は黴《かび》が広がったようです。旦那様に許可をいただいて、そのうち漆喰《しっくい》を塗り直しますよ」

「あたくしは歴史を感じていいんじゃないかと思うけれど……外から見ても目立つから、きっとお母さまは気にされるわ。ぜひ早めにお願いね」

「承知しました」

薄汚れた土蔵を横目に見ながら、道路を曲がった。

赤日家の屋敷はその昔、どこぞの没落した武家が所有していたものだという。嫁いだ姉君たちは古めかしくて恥ずかしいとよくごねていたが、緋那子お嬢様は特段気にしていないようだ。我儘《わがまま》そうに見えて、末っ子らしいマイペースな面がある。

屋敷も庭も趣《おもむ》きがあり、僕も嫌いではない。

なにしろ緋那子お嬢様よりも長く暮らしているのだ。

流行り病ですでに他界したが、僕の父も同じくこの家の使用人だった。

先代の当主――つまりお嬢様の祖父にあたる方の代から、父は庭師として仕えていた。母もここの女中だったらしいが、僕が三、四歳の頃に産後の肥立《ひだ》ちが悪かったせいで亡くなっており、朧《おぼろ》げにしか覚えていない。

僕は母屋の隣にある使用人の住まいで生まれ育ち、小学校を卒業してそのまま働きはじめた。

父と同じ庭師になるはずが、ご令嬢のお付きを任じられて今に至る。

屋敷を出て別の働き口を探してみようかと考えたことは何度もあった。

だが、結局行動には移さなかった。

「……訳ありの自分をよそで雇ってもらえる自信もないしな」

「なあに？　なにか言った？」

「いえ、独り言でございます」

「そう？　あのね、聞いてくださる？　今日学校でクラスメイトの方がね――」

お嬢様は自動車に乗ってからずっと、学校であった出来事をつらつらと話し続けていた。お喋りなのはいつものことだ。聞き流しつつも、適度に相槌《あいづち》を打つ。

するとお嬢様は突然運転席に身を乗り出し、突飛な提案をしてきた。

「ねえ、織部。あなた役者になったらどう？」

どこからそんな話になったのか、しっかり聞いていなかったので見当もつかない。

「はい？　たしかに劇や芝居を観るのは好きですが、無理でございますよ。僕なんか平凡な顔ですし」

「そんなことないわ。上背《うわぜい》があって、頭が小さくて首が長くて、今風に言うとプロポーションがとてもよくてよ。切れ長の一重まぶたもお化粧が似合いそう。きっと舞台に映えると思うの」

調味料で喩えるなら塩。そんな風に揶揄《からか》われる薄い顔だが、物は言いようか。

使用人は目立たないくらいのほうが仕えやすいため、とくに困りはしなかった。

「光栄ですが、あくる年にはもう二十二です。今から目指すには少々遅いですね。急に演劇の話など、どうされたんです？　まるっきり興味がなかったでしょう」

「もう、今そのきっかけをお話ししていたのに、相変わらずぼうっとして聞いていないんだから」

お嬢様が頬を膨らませた。僕の意識が飛び飛びになるのは性分だ。

「女学校で話題になっている劇場があって、行ってみたくなったの。お母さまにお伺いしたら、上演内容が健全かどうか織部に確認してからじゃないとダメですって。あなたは活動写真やお芝居をたくさん観ていて詳しいのでしょ」

「どこの劇場ですか？」

「築地小劇場よ。芸術家や知識人に注目されているって聞いたわ。行ったことはあって？」

「あそこの入場料金は高くて、使用人の給金じゃなかなか。上演されている戯曲の筋書きなら、多少は知っています」

「あたくしが観ても問題ないかしら……というより、お母さまに叱られないお話かしら」

お遊戯会《ゆうぎかい》ではあるまいし、健全な劇のなにが面白いのかと思わないでもないが。教養で見栄《みえ》を張る華族令嬢たちの話題に乗りたいだけならば、無用の主張だろう。

「奥様が心配されているようないかがわしさはありません。ですが、小難しい翻訳劇《ほんやくげき》ばかりですよ。お嬢様が楽しめるかどうか──ああ、そうだ。今はあの定期公演をしていたはず」

「なあに？」

「モーリス・メーテルリンクの『青い鳥』。兄と妹が幸福をもたらす鳥を探しに行く童話劇です」

「素敵！　織部はほんとうに物知りね。いろんなことを教えてくれるもの」

「僕は小学校しか出ていません。もっときちんとした教養のある御方から学んだほうがいいと思いますね」

「あなたに教えてほしいのよ。それを観ることにするわ。開演時間を確認したいから築地に寄ってくれる？」

お嬢様にねだられるまま、まっすぐ銀座へ向かっていた進路を変更して、築地に向かった。

築地小劇場に着くと、緋那子お嬢様のために定期公演の日程を確認し、席を購入した。良い位置が確保できて、お嬢様も喜ぶだろう。

「明後日の日曜日、午後十三時半の幕がございます。旦那様の名で支払いをつけてもらいました……お嬢様？」

「織部、見て。『葛の葉狐』ね。これならあたくしも知っていてよ。ロマンチックな異類婚姻譚でしょ！」

お嬢様が視界から消えたと思えば、隣接した裏通りにあるうらぶれた小屋の前にいた。

ガランとしていて人の気配はなく、閉じられた扉に築地小劇場の猿真似《さるまね》のような出来のポスターが貼ってある。

その絵も、立てつけの悪い扉も、少しも荒れていないお嬢様の白い指先との対比でよけいにみすぼらしく映る。

グラフィカルな筆致《ひっち》で描かれているのは、着物の袖を翻して顔を隠す女。

正体が露《あら》わになったあとの葛の葉だ。

「ロマンチック……ですかね？　僕にはわかりません。結局は夫と子を騙していたのに」

「嘘をついてでも一緒にいたかったのよ。それに葛の葉は最初から騙そうとしたわけじゃなくて、自分をかばって怪我をした保名を救おうと人間に化けたの。素敵でしょう？」

「まあ、ご婦人方が好みそうなお話ですよね」

「こっちも観たいわ」

「やめておいたほうがよろしいです。個別の椅子もないような劇場ですから、それこそ奥様に叱られます」

お嬢様は名残惜しそうにポスターを眺めていたが、ごねたりはしなかった。

隣に戻ってくるなり、またしても突飛な質問をしてくる。

「ね、ね、織部には恋人とかいないの？」

「聞きたがりですね、緋那子お嬢様は。ご存じのとおりずっと赤日のお屋敷に住み込みで、他人と会う時間などありません」

「お休みになると、いつもいないじゃない」

「うちの家令は厳しいですからね。息抜きに外出しているだけです。だいたい活動か芝居ですよ」

「とっても楽しそうな休日！　ええ、銀座通りまで歩きたいわ。近くだからいいでしょ？」

返事をする前に、お嬢様は膝下丈のスカートをひらひら揺らしながら、数歩先を歩いていってしまった。

「車を移動してきます。危ないですから、おひとりでそれ以上先に行かないでくださいね」

路上に停めていた自動車の場所を移し、エンジンを切る。

急いで戻ると、お嬢様はしゃがみこんで道路脇の野草を眺めていた。

築地から銀座の方面に続く、葛の群生した小道だ。そろそろ枯れて落葉してもいい季節だが、生命力の強い葛は青々と地面にしがみついている。

「野草に触れると手がかぶれますよ」

「見ていただけ。葛切りが食べたくなっちゃった。根っこのでんぷんで作るのよね」

「暢気ですね……」

滑らかな緑色をした葉が強風で一斉にさざめく。

震える植物を見ながら、少女はどことなく遠い目をしている。

「織部、あの歌はただ悲しいって意味なの？」

「あの歌？」

「葛の葉が夫と子のもとを去ったとき、書き残した歌」

「ああ」

恋しくばたづね来てみよ
和泉なる信太の森の
うらみ葛の葉

「詠み人不明の歌なので、あくまでも考察のひとつですが」

そう前置きして、どこかで聞きかじった知識を話す。

「葉の裏側を見てみてください」

「裏？」

「そう。葛の葉っぱは、裏側が白色なんです」

運転用の手袋をしたままの手で、お嬢様の目の前に生えている葛の葉を裏返して見せた。

「あら、ほんと。そこら中にある植物なのに、あたくしったらなにも知らないのね。いつも自動車での送り迎えばかりだから」

「うらみ葛の葉……うらみ、とは。『裏見』と『恨み』を掛けているのだと、以前読んだ本に書いてありました」

葛の葉の裏側が白いことから、自分の正体が白い狐だと告げる『裏見』。

そして悲しみ、未練を表す『恨み』。


裏に隠された本当のわたしは白狐なのです。

それでも、恋しければたずねてください。

あなたたちと離れ離れになって、悲しみに暮れるわたしに逢いに。

和泉《いずみ》にある、信太《しのだ》の森へ。


「可哀想な歌。葛の葉の無念が伝わってくるよう」

「そうですか？　やっぱり僕にはわかりません」

僕は、首を横に振った。

「夫と子は森をたずね、葛の葉は宝を託しただけで結局また去ってしまう。その宝のおかげで、息子は帝《みかど》から安倍晴明《あべのせいめい》の名と陰陽頭《おんみょうがしら》の役職を賜るわけですが……でも二度と一緒に暮らせないのがわかっていながら、恋しければ逢いに来いなど。少々思わせぶりな歌だと思いませんか？」

「正体を明かして、それでもなお逢いにきてほしかったからよ。たった一度でよかったのよ。きっと、嬉しかったんじゃないかしら……」

どれだけ夢のない発言をしても、少女の描く都合のいい空想は壊れない。それが無性におかしくなって、唇の端から笑いが漏れた。

僕は手袋をはずし、立ち上がろうとしていたお嬢様の手を取る。

「あ、織部が笑ってるわ！」

「そりゃあ人間ですから、笑うときもあります。僕はそんなに仏頂面《ぶっちょうづら》ですか」

「ええ。いつもぼうっとしていてよ。けれど――あなた、笑うとなんだか消えてしまいそうに見えるわ。睫毛を伏せた横顔がとても儚くて」

「顔立ちが薄いだけじゃ……」

「ふふふ、じゃあ、そろそろ銀座に行きましょ。ね？」

こんな風に――

こんな風に僕を見あげるとき。僕に微笑みかけるとき。

上目遣いの瞳は幸福そうに満ち足りている。

まだ年端《としは》もいかない令嬢の、熱を帯びた視線に気づいたのはいつ頃だったろう。

ほんの少しまで小等科に通っていた子供だったのに、つる植物のようにあっというまに成長し、大人に近づいていく。

僕がなにげなく漏らした言葉を宝物のように大事にし、教えた知識を喜び、あしらった態度を誤解する。

少女らしい華奢な後ろ姿を見るたびに、もやっとした感情で僕の心は濁《にご》っていくようだった。

気づかれないよう、ひそかにため息を漏らす。

もう、本当に――勘弁してくれ。

僕は仕事でしかたなく面倒を見ているだけだ。

天真爛漫《てんしんらんまん》なご令嬢にとっては、下男への恋心などちょっとした冒険に過ぎないだろう。嫁入り前の思い出作りだ。

身分差の片想いは大抵叶わない。だからこそ安心して没頭し、胸を痛めることができる。彼女にとっては、露見《ろけん》したとしても親に厳しく言い含められる程度で終わる問題だからだ。

しかし身分も後ろ盾もないこちらは、下手をしたら首が飛んで、一生まともな職にありつけないかもしれないのだ。ひたすら迷惑でしかない。

視界の隅で路傍《ろぼう》の葛の葉がゆらゆら揺れる。風で騒ぎ立てる葉の緑色と白色の移り変わりに、目眩《めまい》さえ感じた。

『裏見』と『恨み』を抱えているのは、まさにこの僕なのだと叫びたくなってくる。

しかし、お嬢様は僕の胸中に気づくはずもなく、また無邪気に尋ねてくる。

「ねえ、ずっと織部に聞きたかったことがあるのよ」

「あらたまって、どうされたんです？」

急いで仕事用の丁寧な顔を作った。

いつもちゃんと笑えていたはずだが、できていなかっただろうか。

「家にいる他の大人もこの件になると皆よそよそしいから、尋ねてはいけないのだと思って口にできなかったのだけれど」

「なんでしょう」

「織部、あなたには妹がいなかった？　壁が黒ずんだあの古い土蔵――昔、あの場所で何度も女の子を見た気がするの。でも幼い頃だからよく思い出せなくて。あなたによく似た、色白の女の子」

「土蔵……妹……」

「あっ、あたくしの勘違いならいいのよ。おかしな質問をしてごめんなさい。早く百貨店に行かなきゃ」

その時の僕がよほど酷い表情をしたのか、お嬢様はすぐに頭を下げて、逃げるように、小道を駆けていった。

そんな彼女を呼び止めて、僕はその細い腕を掴《つか》んだ。


買い物を終えて赤日家に戻ると、屋敷で騒ぎが起こっていた。

「緋那子さん！」

「お母さま？　どうなさったの」

車を庭に停車するとほとんど同時に、奥様が玄関から飛びだしてくる。

娘に寄りかかり、青い顔でさめざめと事の次第を話しはじめた。

「大変なことが起こったのよ！　気を確かにして聞いて頂戴ね。烏丸さんが……警察に連れていかれることになったの。お父さまは大層お怒りで、すぐ麹町署に出かけて行かれたわ」

「烏丸お兄さまが？　そんな、まさか」

「緋那子さん、あたくしはどうしたらいいかしら。嗚呼、やっぱりあんなゴロツキ小説家のところになんてやるんじゃなかった。あの男の悪影響で烏丸さんは……絶対にそうよ」

「お母さま、落ち着いて。大丈夫よ、緋那子がついてるわ」

「奥様、お嬢様、どうか気を強くお持ちくださいませ。きっとなにかの間違いでございますよ」

僕は大げさに崩れ落ちる母娘《おやこ》を見下ろし、慰めるふりをしながらも、僕の内心は、〝土蔵の中〟のことで頭がいっぱいだった。

◆　◆　◆

店の外からかすかに太鼓の音が聞こえる。街頭宣伝の定番曲『美しき天然』だ。

ここは人気のカフェーみたいだけれど、お酒を呑むには早い時間だからか、まだお客さんは少ない。

それにもかかわらず、あたくし——緋那子の向かいに座る兎田谷朔先生は、二本目のビールを既に注文していた。

この人に任せて大丈夫なのだろうかと疑念が再度よぎる。だが、お兄さまの潔白を証明してもらうため、たったひとりで銀座まで来たのだ。先生を信頼し、自分もできる限りのことをやらないと。

「そうだわ！　今回は烏丸お兄さまの代わりに、あたくしが探偵助手を務めてあげてもよろしくてよ！」

「いや、代わりはもういるから、いらない」

乙女の提案をあっさり却下して、泡の立つ液体を幸せそうにグラスへ注いでいる。

「まあ。お兄さまの他にも書生がいたの？」

「ふっふっふ、紹介しよう。俺の優秀な助手、小夏ちゃんだよ！　先日も、開かずの幽霊屋敷の謎を見事に解き明かしたんだ」

「ニャア」

なぜか懐から茶トラ柄の毛玉が出てきた。まさかずっと入れていたのだろうか。

「今日は冷えるものね。でも飲食店に連れて入ると怒られるわ。って、そうじゃなくて、その子が助手!?　どこからどう見ても、猫だけれど!?」

「エッ！　きみには彼女が猫に見えるのかね!?」

「違うの!?」

顔を近づけて小さな生き物をじっと見つめる。首に巻かれた縮緬《ちりめん》のリボンはきっと烏丸お兄さまの手作りだろう。

　小夏ちゃんは店内にもあたくしにも興味なさそうにあくびをすると、また先生の懐へともぐっていった。

「じゃ、本題に戻ろうか」

　あっ、誤魔化されたんだわ。

　そう気づいたときには、すでに話を変えられていた。

「きみの依頼は二件。烏丸の無実の証明と、赤日家にある土蔵の調査。蔵の件はのちほど詳しい話を聞くとして……今回の事件について、まず確認しておきたいんだけど」

　先生は胸ポケットから手帳を取り出した。

　舌に甘さの残るミルクセークを飲みながら、少し緊張して質問の続きを待つ。

「緋那子クンは、烏丸に嫌疑がかかった理由を知ってる？　警察署に行ってみたんだが門前払いされて、今日もまた麹町で調査する予定だったんだ。きみと話をしたほうが早そうだと思ったから、こうして連れてきたわけなんだけど」

「ええ、うちに麹町署から連絡があったもの。でも、お母さまからの又聞きよ。あらましだけ」

「十分だよ。知っている範囲で話してくれれば」

「匿名で通報があったらしいの。名乗りもせず、電話口で『赤日烏丸に妹を殺された』と言ったのですって。時刻は一昨日の夕方頃」

「妹……？　どこの妹だろう。心当たりはないなぁ。通報が一昨日の夕方、連行されたのが昨日の午前。そして今日に至る、と」

しばらく考え込んだあと、先生は指を一本立てた。

「さて。我々は大前提として烏丸の無罪を信じている。だからそれを共通認識に話を進めるが……まず第一の疑問。本当に通報にあったように『妹は殺された』のか？　烏丸が故意に犯人に仕立て上げられたにしろ、誤解されてるにしろさ」

「殺人事件は実際に起こったのか、ってことよね？」

「そう。刑事は参考人と言っていたし、状況からして具体的な事件とは思えないんだよね。大方きみのお父上がお怒りで、うちに帰ってこられなくしてるんじゃないかなって」

お父さまとお話する機会はなかったけれど、お母さまの嘆きっぷりからして大層怒っているのは間違いないだろう。

「あたくしも、先生がおっしゃるとおり、殺人のような凶悪犯罪だったらもっと大変な騒ぎになっていると思うわ。お父さまがすぐ警察署に出向いたとはいえ、連絡は電話だけで、家に刑事さんも来ていないのよ」

「ふむ。ではおそらく通報のみだな。現実に死体が転がっていたら、連行されるのが遅すぎるし、俺もきみも事情聴取くらいは受けているはず。問題は誰がそんなことをしたかだけれど……」

金ピカに光る瓶ビールの蓋《ふた》を指でいじりながら言った。

「次の疑問。犯人の目的が烏丸にあるのかどうか」

「というと？」

「目的の主体が烏丸自身なら、調査を知人に絞れるからさ。少なくとも、向こうは知っているはずだ。私怨《しえん》や逆恨みの線からも探れる」

「そうじゃなかった場合、烏丸お兄さまじゃなくて別の人でもよかったって意味かしら」

「そう。でも、犯人がはっきりと烏丸を名指ししているのに対して、個人を特定できない『妹』を殺されたという曖昧な事件内容が気になるね。だから俺の予想は前者。烏丸を狙って陥れている」

まあ机上の推理だが、と前置きして先生は続けた。

「『誰でもいいから容疑者にしたい』なら、事件の中身をきちんと作ってから罪を着せないと成り立たない。あのお父上がいなきゃ、警察がただの悪戯として片付けておかしくないレベルの通報だからね。犯人がまったくの他人だと仮定して、家族の性格や警察に顔が利くことまで調べるほど用意周到なら尚更、もっと確実に連行される事件をでっちあげるはず。元々それらを知っている、かなり近しい知人による犯行かな。つまり『何でもいいから烏丸を取り立てたい』っていうのが目的に感じる」

すごく探偵っぽいことを言っている気がする。

正直、今の今までちゃんと仕事をしている姿がまったく想像できなかったのだけれど。

「すごいわ！　先生、やっぱり本物の探偵なのね！」

「緋那子クン、先ほどから理解が早いのはありがたいが、なんだかワクワクというか……生き生きしていないかね？」

「そ、そんなことないわ。実のお兄さまが疑われているのに」

「まあいいや、続けよう。事件の中身は何でもよかったのかもしれないが、『妹を殺された』という言葉そのものがまったくの無意味とも思えないんだよねえ。具体的じゃないけど、なんらかの含みか意図はある気がする。やはり怨恨とか、人の情緒みかもしれないね」

怨恨……

もし自分が誰かを、男の人を恨むとしたら、どんなときだろうと想像してみる。

「あ、こういうのはどう？　殺人ではなく、比喩的な意味で『殺された』と言ったの」

「ほう、面白い考えだね。例えば？」

「どこかの娘を弄《もてあそ》んで、手酷く捨てたとか……大変だわ、乙女の純潔が死んだって意味だったらどうしましょう⁉　お兄さまに限ってそんな」

「落ち着いて。烏丸に限ってそれはない。と、思う。たぶん」

「先生はどうなんです？」

「なぜ俺の素行を確認するのだね。ちょっと警戒するのもやめ給え」

反射的に引いてしまった体の位置を戻し、座り直した。

「本来は事件性がなく、どうにもできない類の怨恨か。曖昧な通報の動機としてはいい線だ。きみの家は権力があるし、余計にね。しかし、妹、妹ねえ……烏丸には姉妹が何人かいるんだっけ。妹はきみだけ？」

「上にお姉さまがふたりいて、もう他家に嫁いでいるわ。下はあたくしだけよ」

「きみはなにも考えてなさそ——元気そうだしねえ」

「まっ。失礼な！　あたくしだって悩みのひとつくらいあってよ」

「一応聞くが、最近危険な目に遭ったりしてない？　誰かに声をかけられたとか、尾《つ》けられたとかさ」

「なにも。外出の際は必ずお付きがいるもの。お兄さまの件以外は、普段と変わらないわ」

「じゃあ、烏丸の知人や友人関係で『妹』に当てはまりそうな人物は知ってる？」

「今回の事件とは、関係ないかもしれないのだけれど……あたくし、どうしても気になっていることがあるの」

「いいよ、なんでも話してみて」

随分昔の記憶。

でも頭の片隅で、ずっと忘れられなかった女の子。

「あたくしのお付きは織部というのだけど、親の代からうちで働いているの。元は庭仕事をしてたのだけど、運転免許を取得してから、あたくしの通学の運転手を兼ねてお付きになったのよ。ちょうどお兄さまが兎田谷先生のお宅へ押しかけていた頃ね」

「緋那子クンとお母上が乗っていた車の運転手かな？　いつも家の前に停まっていたよね」

「そうよ、覚えていて？」

先生は前で腕を組み、首を何度もかしげた。

「職業柄、人の顔を覚えるのは得意なほうなんだけどな。あまり印象がない」

「たしかに、少し薄めの顔ね」

「あ～、薄めでなんとなく思い出した。シュッとした雰囲気で、肩下くらいの髪を後ろで縛っていた男の子だよね？　いまは髪型が違うかもしれないけど」

「伸びただけで基本的にはずっと同じよ。つい最近ね、彼に『妹』がいなかったかと尋ねたの」

「いなかったか？　親の代から赤日邸で働いているのに、きみは知らないのかね」

「ここでもうひとつの依頼、うちにある〝土蔵〟と〝女の子〟の話が出てくるのよ」

話すのは少し躊躇われた。

だってこれは、まるで蜃気楼《しんきろう》みたいに遠い昔の思い出なのだから。

麹町区は大名や旗本《はたもと》のお屋敷が立ち並ぶことで有名な邸宅街《ていたくがい》。現在は多くが華族や商家に買い取られていて、赤日家もそのうちのひとつ。

古い日本家屋だから夏は暑くて、冬は寒い。虫だってたくさんいる。なによりモダンじゃないと、お姉さまたちは嫌がっていたけれど、あたくしはむしろ華々しい洋館のほうが苦手。派手な邸宅に住んでいたら〝見栄だけはご立派〟なんて、由緒ある名家のクラスメイトたちに皮肉を言われてしまいそう。

うちのように歴史の浅い家は、上流階級からも平民からも爪弾《つまはじ》きにされがちで、意外と面倒な立場なのよ。

母屋以外は明治に建て替えたと聞いたけれど、一カ所だけ古いままの土蔵がある。そこに、女の子が住んでいた。あたくしが物心ついたときにはすでにいて、いつ、いなくなったのかはわからない。

使用人の住居は母屋の隣にあって、家族で住み込みの者もいた。お兄さま、お姉さまたちがまだ家にいた頃は、今より使用人の数もずっと多く、賑やかだった。

あたくしは子供ながらに周囲を観察して、女の子はどうやら庭師の身内らしいとわかった。でもどうしてだかその子はひとり土蔵で暮らしていて、決して外には出てこなかった。

当時の庭師というのが、あたくしのお付きをしている織部の父親。スペイン風邪で亡くなってしまったのだけど、息子のほうも小学校卒業くらいの年齢になると、すぐにうちの下男になった。

土蔵に住む女の子だけが学校に通うことも、外に出ることもなく、二階にある格子の窓からときどき顔を覗かせていたわ。

子供の空想じゃなくってよ。一度だけ、たしかに遊んだ思い出があるもの。

大人に秘密で土蔵から連れ出して、宮城《きゅうじょう》を見に行こうとしたんだけれど……どうなったかしら。転んだり怪我をしたりして、屋敷に帰ってから家族にこっぴどく叱られたこと以外、あまり憶えていない。

女の子はたぶんあたくしよりいくらか年上で、肩くらいまでの黒髪をしていて、色白で、ほとんど喋らなくって……子供の頃の織部は今より中性的に見えたから、薄めの顔立ちが兄妹そっくりだった。まったく似ていないあたしと烏丸お兄さまとは大違いね。

あたくしもいくらか成長すると、あの子が土蔵で暮らしていることに疑問を持つようになったの。でも、どれだけ大人に尋ねても、両親も使用人も言葉を濁して決して教えてくれなかったわ。

そして、ある日姿を消した。

いったいいつ頃かは分からない。遊びに行って叱られてからは、蔵に近づくのをそれとなく禁止されてしまったから。

窓から覗く顔をこっそり確認しに行ったことはある。何歳頃までいたのかしら……幻だったみたいに、いつのまにかいなくなって。

二度とその子には会えなくなった。

おしまい。

一息に話し終え、女給さんにソーダ水を注文した。

すぐに瓶とグラスが運ばれてくる。あたくしは冷たい飲み物で喉《のど》の渇きをうるおす。

兎田谷先生は正面の席でしばらく黙っていた。あたくしが飲み終えるのを待っていたわけではなく、じっと考えているみたいだ。しばらくして、彼は口を開いた。

「――蔵の中の子供、ね。おそらく閉じ込められていたんだよね」

「わからない。お父さまもお母さまも、使用人に酷い仕打ちなんてする人たちじゃない。外に出られないくらい体が弱かった可能性もあるし、病気で亡くなったか、どこかにもらわれていったか……でも、お話したとおり遠い昔のことなの。一昨日警察に通報があったばかりの『妹』とは関係ないはず」

「だけど、引っかかる？」

二杯目を注ぐと、グラスの中で透明な液体がしゅわしゅわ揺れた。その泡を眺めながら、先生の問いにこくんと頷く。

「だってね、烏丸お兄さまは子供の頃、あの女の子を好きだったと思うの。どうしたら出してあげられるだろうかって、よく悩んでいた」

「ほう、つまり初恋！　あの唐変木《とうへんぼく》がどんな子を好きになるのか想像できなくて、興味深いな」

「だから……『妹を殺した』という言葉を聞いて、まずはあたくしにとって身近な話で、行方不明のあの子が浮かんだわ。それで、土蔵と女の子の秘密を調べたら、なにかわかるんじゃないかと思ったの」

西洋人形のように可愛らしいと幼い頃から大人たちに愛でられて、大きな瞳が自慢だった。

彼ら兄妹の細くて鋭利な目は、あたくしとは全然違っている。でも、少し視線を下げたときのしっとり憂いを含んだ横顔はとても儚くて綺麗。

ミステリアスというのかしら。まるで狐が化けたみたいな雰囲気。

織部によく似た――あの子の名は、なんだったかしら？

「興味深いが、なかなかに突飛《とっぴ》な話だ」

「でも他に『妹』のあてはないし、調べてみていただけないかしら」

「ふむ。だったら緋那子クン、一度赤日家に案内してもらえる？」

「あたくしが依頼したのだし、もちろん構わないけれど……両親に見つかったら叩きだされるかも。今回の事件が起こったのは、先生の悪い影響だと思い込んでいるのよ」

「悪影響を与えていない自信はないけど、ばれないように侵入するから大丈夫」

「侵入⁉　探偵小説の犯人みたいだわ！」

「いや、俺は探偵の側だから。ところで、今日はひとり？　件《くだん》のお付きは？」

「元々お休み。築地まで送り迎えだけしてもらう予定だったのだけど、この騒動でそれも中止になって。あたくしが行くはずだった劇場の席、せっかくだから観劇が趣味の彼に譲ったわ」

入場料が高くてなかなか手が出ないと言っていたから、喜ぶと思ったのに。彼は仏《ぶっ》頂面《ちょうづら》で頭を下げただけだった。

「あたくしは、この週末は家から出ないようお母さまに命じられていたの。昨日はちゃんと大人しくしてたわ。でもやっぱり居ても立ってもいられなくなって、兎田谷先生に会うためにこっそり抜け出してきたのよ」

「え。見つかったら俺が誘拐とかで警察に突き出されたりしないよね？　探偵と助手が両方捕まるラストなんて小説にもないし、前代未聞《ぜんだいみもん》で最低のオチだよそれ」

「念のために制服を着てきたから大丈夫。万が一のときは、学校に課題を忘れたって無理やり誤魔化せてよ」

「お嬢様が両親に背《そむ》いてまで動くなんて、随分と兄想いだねえ。本当に目的はそれだけかな？　烏丸のためだけ？」

おちゃらけた態度から一転。

探偵・兎田谷朔は見透かすような視線をこちらに向ける。

その瞳に、ぎくっと心臓が震えた。

あたくしが烏丸お兄さまを尊敬しているのは間違いない。無実を証明してほしいのも本当。

でも、この一見信用ならない探偵は、なにもかもお見通しなんじゃないかという気になる。

あたくしが黙りこくったのを見ると、先生は少し声音《こわね》を和《やわ》らげて言った。

「緋那子クンさ、要はそのお付きが好きなんだろう？」

「ど、どうしてそう思うの⁉」

「見てりゃわかる。名前を口にするときに、口数とかよけいな動作が多くなる。惚《ほ》れた腫《は》れたの話は慣れてるんだ」

「まあ。先生、まさか百戦錬磨《ひゃくせんれんま》⁉　もしくは詐欺師かしら」

「仕事で嫌というほど、痴情《ちじょう》の縺《もつ》れと修羅場を見てきたからね」

と、げんなりした表情をする。

探偵業もいろいろと大変のようだ。

「それに、お嬢様が身分差の恋に落ちるのは定番中の定番だし。大団円のあとは現実の生活が待っているのだと、ちゃんと分かっているのかね。庶民は働けど働けど今日を生きていくのも大変なのに。好きだの嫌いだので飯は食えないのだよ。ハァ」

人の恋路を通俗小説みたいに。

しかも、あまり働いてなさそうな先生に言われてしまった。

でも、指摘は間違っていない。

兄のためじゃなくて、自身の浅はかな欲望のため。まんまとそう暴《あば》かれた気がして、頬が熱くなる。

「……あたくしは、彼のことをもっと知りたい。いつもどこか突き放すような態度だって気づいてるから、理由があるなら理解したいの。だけど——お兄さまが、故意に人を傷つけるような人じゃないと言ったのも本心。だから先生に解決してほしい。この言葉に嘘はないわ」

「うん、わかってるよ」

先生は立ちあがり、どんと胸をたたく。

「文豪探偵にまかせておき給え！　じゃあ、依頼の調査を始めようか」

「今回はあたくしが助手ね!?」

「それはちょっと。とくにいらないというか、なんというかだね」

ごにょごにょ言いながら、そそくさと出口へ急ごうとする。

そこへ千歳と呼ばれていた女給さんが素早く現れ、会計の紙を差し出した。

「あら、兎田谷先生、お帰りでしょうか。今日ツケにしようとしたら完全に出禁にしろと店長に命じられておりますので、現金払いでお願いいたしますね」

「えっ」

「あたくし、このくらいなら手持ちで払えてよ? でも助手はいらないって言われちゃったし、先生は助けを必要としていないようだから、しかたないわね」

「緋那子クン、今回はきみが優秀な助手だ！ いい働きを期待している！ いてて、小夏ちゃん、不満なのかね。引っかかないで」

赤日邸へ——

自分の家なのに、まったく知らない場所に行くみたいで心臓がどくどくと高鳴った。

タクシーを拾って、あたくしたちは銀座から麹町へ向かう。

正門から少し離れたところで降り、庭をこそっと覗いた。

お父さまの自動車を整備している下男の姿が見える。お付きの織部ではなく、ふたりいるうちの片方だ。

「ここが赤日邸か。随分と静かだね。烏丸の件でもっと騒がしいのかと思っていた。やはり警察も来ていないようだし」

「織部はたまたま居合わせたけれど、事件について知らされているのは使用人の長である家令だけなの。男爵家の嫡男が逮捕されたなんて噂が広まったら大変だもの。ところで兎田谷先生、その恰好は……？」

先生は右下に小さく『鎮野洋酒店』と刺繍された布を腰に巻いている。上半身はシンプルな白い立襟シャツ。

「たまに行く洋酒店の店員が一名辞めてさ。誰にも長さが合わず余っていたらしいのを、小説の資料にしたいと適当な理由をつけて前に譲ってもらったんだ！」

「探偵ってやっぱり変装するのね！」

「必要に応じて仕方なくね。服を替えるだけでも尾行では目くらましになるから、鞄には常に数着用意してある。ほら、試飲用の葡萄酒も何種類か揃えてきたよ。見つかったら売り込みだと言って誤魔化そう」

仕方なくというわりに楽しそうだ。

そういえば先生は着道楽なのだと、いつだかお兄さまが話していた。個人の趣味も入っている気がする。

「見つからなかったら？」

「持ち帰って飲むさ！　だから、できれば見つかりたくない。経費がもったいない」

「まあいいわ。少しばかり不審でも、あたくしと一緒なら先生の口八丁でなんとでもなるでしょう。さ、どこから調査しましょうか」

「どことなく助手っぽい空気出してきたなぁ。緋那子クンさ、さっきから気になってたんだけれど……きみ、もしかして探偵小説が好きなの？」

悪戯が見つかった子供みたいに、肩がぎくっと上下した。

先生に隠し事は難しいようだ。本人を前にすると気恥ずかしくて、あたくしは目を伏せたまま白状する。

「じつは……お兄さまが大切に保管していた兎田谷先生の『正直者探偵シリーズ』を読んだの。辞書を借りようと部屋に入ったら偶然見つけて、あたくしすっかり夢中になってしまったの。もう全巻読破したわ」

「うん、ずっと探偵小説ファンみたいな発言してるから薄々そうだろうとは思ったんだ。世間知らずのわりに成り代わりだの変装だの変な言葉を知ってるし、隠れて読んでいるなんて、怒られても知らないよー」

「学校でも勿論娯楽小説なんて禁止だし、両親に見つかったら『低俗な書物を読むな』と叱られてしまうでしょうね」

「面と向かって低俗とか言うんじゃないよ！　日本の探偵小説の地位を向上させるために常日頃から頑張っているんだよ。江戸川乱歩君が」

女学校では級の友人らとロセッティの詩集を読み合うことが多い。そして「カフェーでインテリジェンスな帝大や慶應の学生とお近づきになって、文学の話をしてみたいわね」なんて会話を交わしているけれど……本当はそれほど興味がない。

自室で探偵小説をこっそり読んでいる時間のほうがずっと楽しくて、胸が躍った。

「難解な事件が次々と起こり、名探偵が謎を見事に解き明かしていく快感。華族令嬢の退屈な日常じゃ決して味わえない刺激。あっというまに惹き込まれたの。お兄さまが先生に弟子入りすると言いだしたときは乱心したのかと思った。でも、いまなら少しだけ理解できるわ」

「きみ、思っていたより話のわかる良い子じゃないか。来春発売の最新作もぜひお小遣いで買ってくれ給えよ。十冊くらい。依頼での実体験を元にした渾身の密室トリックなのだよ。夜な夜な歌が聴こえてくる恐怖の幽霊屋敷！」

先生は新作の素晴らしさをひととおり語り、やがて気が済んだのか、仕切り直して調査を開始した。

「ハァ、ここに烏丸がいれば勝手に熱弁してくれるんだが。まあいい。では、緋那子クン。まずはお屋敷を一通り案内してくれるかね」

下男が一時的に場を離れたのを見計らい、表門から敷地内に侵入した。

今日は織部が休みだから、もうひとりの下男の位置さえ把握していれば、難なく庭を歩ける。

母屋、使用人の住まいと、順番に回っていく。

あらためて眺めると、華美ではないが手入れの行き届いた日本庭園だ。生垣がすっきりと生え揃い、池の傍らで寒紅梅《かんこうばい》が先端の染まった可愛らしい蕾《つぼみ》をつけ始めている。

これは先代の庭師が存命だった頃、赤日家には娘が多いから一年中彩《いろど》りが絶えないようにと冬咲きの花梅を植えてくれたのだ。織部が父親に教わりながら、初めて土植えをした木でもあった。そのときのふたりの後ろ姿をなんとなく憶えている。

現在はあたくしが学校に行っている時間に、織部がお付きの片手間で草木を整えている。本音が見えない彼の息遣いを唯一感じる場所。きっと彼は庭仕事が好きなのだろう。

「なかなかいい景観だ。隅々まできちんとしている。広さのわりに使用人が少ないいな。現在赤日家にいるのは何人？」

「もう両親とあたくしだけだもの。使用人は六人よ。家令、父専属の運転手、家仕事をする女中が二人、雑用の下男が二人」

「使用人の中で、土蔵にいた『妹』のことを知っていそうなのは？」

「家令と、一番古株の女中なら知っているはず。どちらも祖父の代からうちにいるから」

「家令は今回の件も聞かされているというし、さすがに口が堅いだろうな。女中と話す隙を窺ってみるか」

「裏庭には焼却炉があるの。勝手口付近で待っていれば、そのうちゴミを捨てに出てくるわ」

やがて、背の高い松に隠れるようにして裏庭の最奥に鎮座《ちんざ》する土蔵が見えてきた。

「消えた『妹』が閉じ込められていたという蔵だね。どれどれ」

一階は板張り、二階は漆喰。年季のせいで白壁のところどころに黴《かび》が浮いている。屋根のすぐ下には格子の入った小さな窓。女の子はいつもあそこから、じっと外を眺めていた。

「緋那子クン、蔵の中に入ったことは？」

「幼い頃、女の子を遊びに連れ出した日に一度きりよ。あまり物が置かれていなくて、奥に急勾配《きゅうこうばい》の階段があったわ。憶えているのはそのくらい」

「普段出入りしている人はいる？」

「織部の父親が通う姿は何度も見かけた。敷地にある蔵はぜんぶ庭師の管理だったの。先代が亡くなってからは織部が引き継いだはず……でも、彼が出入りするのは見たことない。他の使用人や家の者もいっさい近寄らなくてよ」

女学校や自室にいるあいだまではわからないが、少なくとも目の届く範囲では見ていない。

「土蔵自体は古いだけでごく一般的な蔵造りだ。外側の扉に後付けの南京錠《なんきんじょう》が掛かっているのが気になるな。これはいつ頃からあるのかね」

「いつからあったのかしら。でも、相当前からついていた気がするわ」

先生は中腰になり、観音扉《かんのんとびら》にぶら下がった鍵を観察していた。

「四桁の解除番号で開く、ダイアル式南京錠か……」

「探偵は、どんな鍵でも仕組みが分かればパッと開けられるのでしょ？」

「多少は心得があるけどさ。ふむ、見給え。扉には元々、武家の家紋入り和錠が取りつけられている。土蔵建設時からの年代物だろう」

先生は扉の取っ手に備えつけられた、旧式の装飾的な錠を指さした。

「施錠はされていないが壊れてもおらず、まだ現役で使えそうだ。これの鍵は屋敷にある？」

「ええ。古い形だから知ってる。敷地内の鍵はすべて母屋の金庫室で保管する決まりなの。でもこの南京錠はダイアル式だから鍵がないし、きっと今は織部にしか開けられないわね。どうせ使われていない土蔵だもの」

「元の鍵を外し、わざわざ別のものにつけ替えているってことはさ。外部の泥棒対策ではなくて、家の者にも開けられなくしているわけだ。南京錠の錆付《さびつ》き具合から年数はそれなりに経過している。戸外に晒されているのを考慮して十年ってところかな。年代的に、つけたのは父親の庭師かな」

ただぶら下がっているだけの鍵を触れもせず、これだけの情報がわかるなんて。

先生の小説に登場する主人公・正直者探偵と性格はまったく違うのに、手際《てぎわ》はそっくりだ。

「考えられるのは外に出さないため。そして出させないため、かな」

「出させないため……」

子供の頃、烏丸お兄さまはよく「出してあげたい」と言っていた。あたくしも好奇心から何度も開けようとしたことがある。だから家の者にも手出しできない鍵がついているのだろうか。

「一応中も見ておきたいが、織部くんに頼めば早いんじゃないのかね？」

「それができればね。彼に〝土蔵の妹〟の話を切り出したとき、一瞬なのだけれど、ものすごくつらそうな顔をしたの。苦しい、憎い……悲しい？　あんな表情をされては、もう訊けないわ。うちでは誰に尋ねても要領を得ないから、先生に依頼したのよ」

「え？」

「うーん、しかたないな。きみがいるから泥棒扱いにはならないよね」

そう言うなり、先生は南京錠を手に取って弄り始めた。ものの数十秒もしないうちに、かちゃりと金属の音が鳴る。

「開いた」

「えええ！　早すぎないこと!?」

鍵には『0～9』の数字が書かれたダイアルが四つ並んでいる。四桁ならば暗証番号は『0000～9999』の一万通り。そのくらいはあたくしにも計算できる。

土蔵にいた女の子はいったいなんだったのだろうと気になって、何度か開けようと挑戦した。でも裏庭は焼却炉があるから、うろついていては女中に見つかる可能性が高いし、両親が過保護なため自室以外でひとりになれる時間は少ない。結局、一万通りも試せずに終わった。

「すべての数字を総当たりする必要はないよ。U字になっているツルを引っ張りながらダイアルを回していくと、当たりの数字にきたとき浮くような違和感があるんだ。指先の感覚を頼りにそれを四回繰り返すだけ」

「すごいわ、先生ったら犯人みたい！」

「褒め方おかしくない？　そのへんで売っている簡単な構造の南京錠なら、大抵は俺でも開けられるさ」

先生と左右に分かれ、重い扉を二人がかりで開けた。

土蔵は防火のため扉が三重に造られている。外側は重量感のある観音扉、開くと中に裏白戸《うらじろど》と呼ばれる引き戸、格子戸《こうしど》と続く。

格子戸はただの虫除けだから、二枚目の戸さえ開ければ中に入れる。

そのはずだったけれど――

「また、鍵……？」

蔵の観音扉を開けると、二枚目の引き戸が現れた。

「鍵だね……引き戸に落とし錠があるのは予想していたが、次も南京錠か」

兎田谷先生が言っている落とし錠というのは、戸板の下のほうに空いている鍵穴のことだ。戸を閉めると内側で棒が落ちて自動的に施錠される仕組みで、一般的な蔵には大体ついている。特徴的な形をしたこの鍵も、きちんと母屋に保管されていた。

「針金を突っ込んでも引っかからないから、落とし棒は外すか固定されていて施錠されないようになっているな。外側の扉と同じく、元の鍵が掛からないようにしたうえで新しく南京錠をつけている。よほど家の者を中に入れたくないのかね。いや、もう施錠というより封鎖だよね、これは」

さっきの小さな鍵とはまったく違う。明確に侵入者を拒否していた。

引き戸がはまっている壁の左右に、コの字の形をした金具がいくつも埋め込まれている。その部分に太い鎖を通して全面的に覆い、両端を鋳鉄《ちゅうてつせい》製の南京錠で繋いでいた。戸の取っ手も通過しているので、一緒に固定されていて開かない。

先生の言ったとおり、施錠を超えた完全な封鎖だ。上から下まで交差した鎖に思わず息を呑む。

しかも、中心で存在感を放つ南京錠は――大きなハートの形をしていた。

見た目だけでなく鍵の仕組みもよく売られているものとは異なっていて、ハートの真ん中につまみ式のダイアルがついている。

「これ、右や左にひねって開けるのかしら……」

「そうだね、金庫の施錠と同じだ。つまみを回して目盛りに刻まれた数字を上部の『▼』に合わせていくタイプ」

先生はからからと空回ししながら、解説をしてくれた。

目盛りは『0～9』まで。

数字だけでなく左右も決まった順序どおりに回さなければならない。

さっきの四桁とは違い、当たりの数字を一つずつ探していく方法は使えない。つまみ式はすべての手順が終わって初めて内部で一挙に解錠されるため、最後までツルに違和感が現れないからだ。

何回数字を合わせるかさえ不明であり、左右の選択が加わるだけで組み合わせは一万通りどころかほとんど無限大になる。

「つまり正解を知っている人間じゃないと開けられないってことね。破るのが不可能な場合、諦めるしかないの？」

「いーや、その場合は入手経路から洗う。これはキャストハートと呼ばれる型で、耐久性、耐腐食性に優れ、雨風に強い。外国じゃ鉄道なんかに使われているんだ。ほら、裏に英語で社名が入っているだろう。亜米利加製《アメリカせい》の南京錠だね」

「こんな鍵、他じゃ見たことないわ」

「だろうね。依頼でいろんな鍵に触れる機会のある俺だって、滅多にお目にかかれないよ。だが、めずらしい物はかえって出処《でどころ》を探しやすい。この型を取り扱っている店をあとで調べてみよう。近辺なら銀座通りの鍵屋くらいしかないんじゃないかな」

先生の手に握られた重たそうな南京錠。男の人の掌にちょうど収まる大きさだ。

鋳鉄の質感、重量感の印象とは反対に、丸っこくて可愛らしい形。

「ねえ。ハート型の鍵だなんて、心に施錠をしているみたいね。まるで織部そのものみたい……」

「うわぁ」

「えっ、なにその反応は」

とても素敵なことを言ったつもりが、殿方には通じなかったようだ。

「小説家の先生にならこの乙女心をわかっていただけると思ったのに」

「悪いが、恋愛小説も少女小説も詩も専門外なのでね」

そのとき、どこかで扉の開く音がした。台所の勝手口から誰かが出てきたのだ。

少し奥まった場所にあるこの土蔵からでは、姿までは見えない。悟られないように近づいていって陰から確認すると、ゴミの入ったバケツを抱えた女中が焼却炉に向かうところだった。

「先生、今出てきたのが古株の女中よ」

「よし、話しかけてくれる？　俺のことはこんな感じに説明してくれればいい」

ひそひそと打ち合わせしてから、今まで外出していたのがバレないよう帽子を脱ぎ、偶然を装って声をかけた。

「あら、スヱヨ、お疲れさま」

「緋那子お嬢様、お庭を散策してらしたのですね。日曜なのに制服ですか？」

「課題を学校に忘れてしまったの。取りに行こうと思っていたのだけれど、そういえば織部も休みでいなかったのよね。諦めて明日先生に叱られることにするわ。両親には内緒ね」

「承知しました……あのう、そちらは？」

スヱヨは後ろに立っている先生に気づき、不審そうな視線を投げかけた。

コホンと咳払いをし、先ほど教えられていた言い訳を口にする。

「銀座通りにある洋酒店のかたよ。女学校で仲良くしてくださってる子爵令嬢《ししゃくれいじょう》のご紹介なの。そちらのお家では欧州から輸入した素晴らしい葡萄酒のお店を経営されているのですって。わざわざ訪ねてきてくださったから、お父さまのところへご案内するわ」

「どうもどうも。ご挨拶の前に、赤日男爵がどんな酒を好まれるのか、貯蔵庫を見せてもらおうと思ってね！」

「はあ、左様《さよう》でございましたか。お身内以外の殿方とふたりきりなど感心いたしませんが、子爵家のご紹介ならお断りできませんものね」

疑いよりも同情に傾いた視線だった。

うちは男爵家だが、下位の華族の中では裕福なほうだ。序列的に逆らえないのをいいことに、商いに手を出した子爵家から高級酒を押し売りされているのだろう、可哀想に
――そう顔に書いてある。

華族令嬢の付き合いもなかなか面倒なのだと、長く勤めている女中だけあってよく知っていた。

「酒類でしたら、すべて向こうの新しい蔵です。夕食の準備が終わるまでは開いておりますよ」

「ああ、そうなの。久しぶりに裏庭の奥まで来たけれど、この土蔵は老朽化していて見目が悪いわね。綺麗な庭が台無し。今は何に使っているの？」

「なにも。ただのガラクタ置きです。先代の庭師が亡くなってからは、一応織部が管理を引き継いでいますが……もう使われておりませんし、そのうち取り壊すから放っておいていいと、旦那様もおっしゃっておいでです」

「ふうん。ねえ、なんとなく思い出したのだけど、昔ここで女の子が暮らしていなかった？」

さりげなく切り出したつもりだったのに、一瞬で空気が凍った。

いつも控えめな白髪混《しらがま》じりの女中が、声をひそめながらも厳しい口調で言った。

「お嬢様、その話は二度とお口に出さないでくださいまし」

やはり昔と同じで禁句のようだ。あの女の子のことを聞こうとすると、大人は揃って口を閉ざす。

叱られるのが怖くて踏み込んだことはなかったが、今のあたくしは探偵助手なのだ。調査のためだと自分に言い聞かせ、あえて平然とした態度を貫いた。

「あら、どうして？　あたくし幼かったものだから、よく憶えていないのよ」

「蔵にいたのは物憑きです。もう済んだ話ですから、そうっとしておいてやってくださいな。誰も悪くないのです。赤日家の方々は皆お優しく、悪い人などおりません」

『これ以上は深追いしなくていい』

先生が目線でそう合図してきたので、しつこくして怪しまれないよう、すっぱり話を切る。

「わかったわ。さ、そんな昔のことより、こちらの洋酒店を贔屓《ひいき》にしていただけるように、お父さまを説得しに行きましょ。子爵家のご令嬢ともっとお近づきになれる折角の機会だもの」

気まぐれで尋ねただけ、古い蔵になんて興味ない。そんなふうに演じると、女中はほっとした様子で頭を下げ、そそくさと仕事に戻っていった。

たったこれだけのやり取りで無性に疲れてしまい、思わず息をつく。

「ふう。探偵のお仕事って、嘘ばかりつくのね。なんだか心苦しい。あの実直なお兄さまがこんなお手伝いをしているだなんて、信じられないわ」

「探偵というか、嘘をつくのは俺の個人的なやり方で性格なんだがね。烏丸にはあまりやらせないな。挙動不審になってすぐバレるだろうから」

「ふふ、違いないわね」

「その点、緋那子クンは素質あるよ。上手、上手」

兎田谷先生が、ぱちぱち手を叩く。

探偵に憧れていたのはたしかだけれど、この褒められ方はあまり嬉しくない。

「ところで、さっきの言葉はどういう意味？　ものつきって？」

「狐憑きの古い言い方さ。知ってる？」

「狐にとり憑かれてるってこと……!?」

「お年寄りなんかは、いまだにそう信じている人もいるね。その実態はなんらかの精神疾患だったり、破傷風《はしょうふう》や動物から感染する病気だったりする。狂犬病は近年の大流行でかなり知られてきたけれどね」

　みなまで説明される前に勘づいた。先生も女中の一言ですでにわかっていたようだった。

　あの子が閉じ込められていた理由を。

「要は、まるで憑かれたように見える正体不明の病をひとまとめに『狐憑き』と呼んだんだ。外聞の悪さから、そういう人たちを離れや蔵の座敷牢《ざしきろう》に隠す慣習は、昔から存在するのだよ。現代の法律でも私宅監置《したくかんち》といって公認されているが、つまりは隔離と監禁だ」

「じゃあ、あの女の子は……」

　きっと病気のせいで、外に出られなかったのだ。

「狐憑きの妹――ね。現状、烏丸が連行された事件との関連は見つからないな」

「でも、お兄さまの実家なのよ。ここで起こっていた以上、調べる意味はきっとあるわ」

　ぼんやりとした記憶だったが、やはりあの子は間違いなくここにいたのだ。

独りはとても寂しかっただろう。よく似た織部の横顔が思い出されて、土蔵には心なしか悲しい雰囲気が漂っているように見えた。

「そろそろ離れる？　顔色悪いよ」

「ええ……そうだ、先生、葡萄酒を置いていって。スヱヨにはああ話したのだし、お父さまの耳に入ったら怪しまれるわ。おすすめの品を置いて帰ったと言っておくから」

「全部かね⁉」

「もちろん。華族相手に一本なんてケチな商売人はいなくってよ。父は洋酒を好まないから贔屓にはしないと思うけれど、そのほうが都合いいわよね」

「この美味さがわからない者に渡すなんて、もったいないな～」

ものすごく渋々と、先生は瓶の詰まった布袋をこちらに手渡した。

そのままあたくしはいったん台所に顔を出し、事情を説明して葡萄酒を預ける。

「お嬢様、ご気分がすぐれないのですか？」

若い女中が心配そうに聞いてくる。あたくしは相当ひどい顔をしているようだ。

「少し貧血気味なだけ。両親には言わないでね。お父さまはお忙しそうだし、お母さまもなにやら寝込んでいるから、よけいな心配をかけたくないの。夕食まで自室で休むわ」

「わかりました。御用がございましたら、すぐお呼びください」

「ありがとう」

裏門から路地に出ると、兎田谷先生が塀にもたれて葡萄酒の瓶を傾けていた。

「おかえり～」

「一本隠し持っていたの⁉　仕事中にお酒を飲んではいけなくてよ！」

「今は酒屋だから大丈夫。配達中のふりさ」

「配達の途中に商品を飲む酒屋さんなんて、いるのかしら……」

すでにカフェーでビールも飲んでいたし……深く考えないようにしよう。

「次はどう動くのかしら？」

「そうだな、まずは銀座通りの鍵屋に行こう。あと、きみのお付きを実際に見てみたい。今日は築地小劇場にいるんだっけ」

「ええ、十三時半に開幕よ。タクシーを使えば余裕で間に合うわ」

「さすがは優秀な助手だ。さっそく現場に向かおうじゃないか！　というか、それほど広い範囲を移動しているわけじゃないのに、またタクシーか。きみの制服は目立つからありがたいんだが、普段からこんなにバンバンと大金を使っているのかね。住む世界が違うな、お嬢様は」

あたくしは絡み酒になってきた先生から葡萄酒を取り上げ、ふたたびタクシーに乗って銀座に向かった。

◆　◆　◆

小弟の夢の中に、幼き日の記憶が映し出された。

あの子はいつも格子の隙間から外を眺めていた。

小弟と同じ年頃だったが、蔵に閉じ込められているあいだは小学校にも通っていなかった。

授業が終わったあと、食事後の自由時間、よく人目を忍んで裏庭の土蔵に様子を見に行っていた。

小弟は地面に立ってめいっぱい腕をあげ、手を振る。こちらを見下ろす瞳に一生懸命に存在を伝えようとした。

庭師や女中にその光景が見つかれば叱られたし、両親は口を閉ざしていた。

あの子が〝狐憑き〟だったから。

言葉でしかない『嘘』が、いともたやすく誰かを刺す刃物になるという事実。

だから彼の妹を殺したのは、間違いなく自分なのだろう。

そこまで考えたところで、番号札のかかった狭い部屋で小弟は目を覚ました。

一瞬戸惑い、すぐに留置所にいるのだと思い出した。

簡素なベッドから下り、気分転換も兼ねて軽く運動をおこなう。木板の床は冷たくも肌なじみがよかった。

最低限の寝床だけが用意された閉所。まだ幾日も経過していないというのに、閉じ込められるとはこうも心許《こころもと》なく、落ち着かないものなのか。

麹町署で勾留《こうりゅう》されてから今日で二日目。

いずれ解放されるならいいが、このままなし崩しに罪状を押しつけられてしまう恐れもある。なにしろ、外でなにが起こっていてもこの中にいてはわからないのだ。

状況に変化はなかった。新しい情報もなく、まだ面会も許可されていない。

殺人の容疑をかけられる謂れはない。それは本当だ。

だが、もし〝あの兄妹〟と関係があったら？

――幼き日の罪が、白日の下に晒しだされることになるだろう。

『烏丸、おまえはほんとうに真面目で立派だねえ。どうしてそんなに良い子でいられるのかね』

古い記憶をたどっていたら、唐突に兎田谷先生の言葉が蘇《よみがえ》ってきた。

弟子入りを許されて数週間が過ぎた頃、酒を嘗《な》めながら言われたのだ。

『おかげでいつも家は片付いているし、飯は美味いし、それはもうありがたいんだけどさ。なんで俺なんかの弟子になりたかったのかわからんね』

『最初にお伝えしたとおりでございます』

『おまえが言ったのは、どうしても俺じゃないとダメだってことだけで、この道を志した理由にはなってない』

『ふたつのご質問、どちらも同時にお答えするならば……小弟は、自分が嫌いだったからです』

自分が嫌いだったから。

せめて真面目で、誠実で、立派で、信頼に足る人物であろうとした。

初めて兎田谷先生の小説を読んだのは十四のとき。大学在学中に執筆されていたという若年層向けの『正直者探偵シリーズ』である。

当時入学したばかりの地方陸軍幼年学校で、同室の生徒に読んでみろと押しつけられたのがきっかけだった。大衆小説など、厳格な父に禁じられて、それまで触れたこともなかった。

陸幼《りくよう》は未来の将校となるべく選抜された少年たちのエリート軍人養成校だ。毎日が訓練と勉強の繰り返し。就寝時でさえも上級生の見張りがいて、心休まる時間は少ない。こそこそと雑誌を回し読みして感想や先の予想を語る。皆、娯楽《ごらく》に飢《う》えていたのだ。理路整然と謎が収束していく見事さは、堅物の自覚がある小弟に虚構の愉《たの》しみ方を教えてくれた。

当時、日本の創作探偵小説はまだ評価が低かった。今でこそ文芸雑誌『新青年』などの影響もあって人気が出始めているが、ドイル、ポー、ルブランといった異邦《いほう》の翻訳小説が知られている程度だったのである。

『先生の書かれる名探偵は、心根が真っ直ぐで、正直者で、誠実で、勇気があり……初めて探偵小説と出会った日、小弟もこのような男になりたいと、そして生みの親であらせられる先生もきっと素晴らしい御方であろうと思ったのです』

『あ～そういう……正直者探偵シリーズは少年少女向け雑誌での連載だったから、わかりやすい主人公にしただけさ。愛読者に過剰な理想を抱かれるのは、わりとよく聞く話だが』

作品の印象で作家の人間性を過大評価されるのも困りものだな、と先生は頭を掻いていた。

『現実の作者はまるきり正反対で、とんでもない嘘つきだった。短編小説のように綺麗なオチだ。なんていうか、残念だったネ』

『残念ではありません。少年時代の一方的な理想とは異なっておりましたが、あなたこそが……架空を思いのままに書き綴り、口にする兎田谷先生こそが、きっと小弟の探していた師なのだと想いは強まりました』

つまるところ、駄々をこねる子供のように、自分より大きな存在を求め、雁字搦《がんじがら》めになっていた狭い自己を簡単に超越してくれる存在を欲していたのだ。

『過去、嘘によって人を傷つけた経験があります。だから小弟はせめてもの罪滅ぼしとして、人から信頼される誠実な人間になろうとしました。ですが、周囲の信頼を得るほどに、期待が膨らんでいくほどに、裏切ってはならないという焦燥《しょうそう》と、過去の罪が重くのしかかるのです』

『ふむ、真面目すぎるのも考え物だな。俺なんて、今更どれだけ嘘をつこうと誰も落胆しやしないが。人を信じるとは、結局相手に自分の望みどおりの姿を期待することでもある。いつだってその期待に応えられればいいけれど、重荷にもなるだろう。じゃあ、こうしよう』

もし先生の小説と出会っていなければ。弟子入りを許していただけなければ。

『罪滅ぼしを続けたいなら、荷が大きくなりすぎないよう、おまえは俺の信頼にだけ応えていればいいさ。弟子にした以上は見守る義務があるからね。折角親に反抗して家を出たんだ。たとえ模範的な両親や世間の期待を裏切る事態になっても、最後の砦《とりで》があると思えば、気が楽だろう？』

もし、先生のお傍にいられなければ、樹海のような深い罪悪感の奥底に沈んでいたかもしれない。

『悩むのはいい。おまえのような若者なら尚更だ。〝心が年中晴れやかな者に小説なぞ書けないものだよ。鬱屈《うっくつ》した精神は文学に昇華し給えよ』

『はい！　拙《つたな》い作品でございますが、短編を何本か書きあげました。何卒、ご助言を』

『どれどれ。添削してあげよう』

『いかがでしょうか』

『……いや、待って、もしかして俺より上手くない？　いやいやそんなわけないか。だってここの表現とか稚拙《ちせつ》だし、まだまだ粗削りだし。でもこれ、俺が書いたことにしてくれないかな』

兎田谷先生は軽快な冗談でいつも緊張を解《と》いてくださった。

いただいた言葉のとおり、先生の信頼にだけは背かないでいようと決めた。

『ところで、ずっと先生にお聞きしたいと思っていた質問がございます。正直者探偵シリーズの最終回について』

『んー？　初の著作も出版してもらえたし、結構いい仕事だったんだけどねえ。まあ雑誌が廃刊になったからしかたない。慌てて最終回を書いたな』

『正義の探偵はなぜ最期に殺されたのでしょうか。それも第一話で主人公の正しさに胸を打たれ、改心したはずの犯人に』

『なぜって、そこまで深く考えてな……いやいや、おまえが自分で答えを出してごらん。読者の数だけ、解釈は存在するのさ』

そうすることが正しいのだと思い込んで嘘をついた。

だが、その嘘のせいで傷ついた者がいた。気づいたときにはすべてが遅かった。

優しく美しい嘘。恐ろしくて目を逸らした真実。

どちらが正しかったのか、答えはいまだ出ていない。

そんなことを考えていると、廊下を歩く音が近づいてくる。

軍人とは異なるが、訓練を積んだ人間特有の歩き方だ。

昨日話をした刑事が扉を開け、また小弟を同じ取調室に連れていく。

何度尋問されようとも、殺人事件は起こしていない。

そう主張しようとした矢先、刑事が口を開いた。

「電話を繋いだ交換手の確認が取れた」

新しい情報があったようだ。

「相手の番号は築地の公衆電話だ。麹町署に通報してきたのは若い男だったのだが……」

若い男と妹。

まず、頭に浮かんだのは小弟が知る兄妹だが――

妹はすでにいないはず。

では、いったい誰が電話の主なのだろうか。

◆　◆　◆

先に鍵の手がかりを探すため、探偵の兎田谷先生とあたくし――助手の赤日緋那子は銀座通りに戻ってきた。

織部に席を譲った公演の開始時刻まで、まだ余裕がある。

「やほー、おやっさん。あのとき以来かな。奥方から素行調査の依頼があって――」

「兎田谷の坊主《ぼうず》か。なにが知りたい？」

兎田谷先生が老舗《しにせ》の鍵屋さんに入るなり、話は進んだ。

触れられたくない話題だったのだろう。

探偵としてあるまじき圧をかけたような気がするけれど、聞かなかったことにする。

「亜米利加製の南京錠？　ダイアル式でキャストハート型か。何年か前に少量仕入れた。

取り扱いはうちの店だけだろうが、今は在庫はないぞ」

「ここだろうと思ったよ。おやっさん、めずらしい鍵好きだもんね。現物が欲しいわけじゃないんだ。購入者と購入時期が知りたい」

「顧客簿を見ればわかる。大体の時期しか覚えていないから、探すのに少しかかるぞ」

初老の店主は硝子《がらす》のショーケースの下からノートの束を取り出した。

「まだ時間はあるし、構わないよ。どんな客が購入したか、ぜんぶ残してるの？」

「まさか。金庫と特殊な鍵を売ったときだけだ。庶民はそんなもの買わないからな。少なくとも隠す財産がありそうな上客は記録している」

様々な形をした鍵や、普段は見えない内部の仕掛けが宝石や時計みたいに並んでいるのを眺めながら待つこと十数分。ぱらぱらとページを捲《めく》る店主の手が止まった。

「あった。一昨年に三点輸入して、同年にすべて売れた。四月に一点、十月に二点。十月の客はどちらも顔見知りで、銀座に店を持つ商家。焼け出されて残った家財を守るために必要だと買っていった。震災の直後だ」

「四月のほうは？」

「身なりからおそらく使用人、とだけ。取り付けや修理があれば氏名住所まで記入しているんだが、多少高額でも南京錠程度で身元を聞いたりしないから、それ以上はわからん。輸入時点で最新型、他に類似品も入ってきていないのは確かだ」

「解錠番号はおやっさんにもわからないよね？」

「いくらでも設定し直せるから無理だな。購入者がすぐ変更しているだろ」

先生は今聞いた情報を手帳に書きつけている。

「これだけ絞れたら十分だよ。助かった」

「貸しだぞ。次の調査報告には手ごころを頼む」

「俺はお金を払ってくれる側の味方だから、そういうズルはできませーん。というわけで、これ情報料ね」

マントの内側から薄い封筒を抜いて硝子の上に置いた。ちゃんと謝礼は払うのね、と思ってよく見ると『尾行一回無料券』と書いてある。どんな機会に使うのかは不明だ。

「あとさ、お宅の娘さんって、電話交換局で働く職業婦人だったよね。今日も仕事？」

「休日で奥にいる。余計な話をしないなら呼んでやるが」

「うん、お願い」

鍵屋さんが娘の名前を叫ぶと、住居になっているらしい扉の向こうから、女性が顔を出した。

「兎田谷先生じゃない。なにか？」

「調査に協力してほしくてね。一昨日の夕方さ、交換局から警察へ通報を繋がなかった？」

「その時間帯なら確かに一件あったみたいだけれど、守秘義務があって話せないわ」

「そこをなんとか！　秘密が漏洩《ろうえい》するかどうかが娘のきみにかかっているんだ」

「おい」

何かを察した店主が兎田谷先生にツッコミを入れる。

「ま、いいわ。新聞にも載らないから、悪戯だったのでしょ」

電話交換手の女性は不審げに先生と父親を眺めた後、話し始めた。

「殺人事件が起こったから警察に繋いでくれって。それだけよ。わたしが受けたのではないから、そのあとの内容までは詳しく知らないけれど。若い女性からの通報だったそうよ」

「若い女……？　ふうむ、なんとなく男を想像していたのは先入観だったか。緋那子クン、知ってた？」

「いえ、性別までは聞いていなかったわ」

女性は声をひそめて念を押す。

「先生が探偵をしてらっしゃるから話したのよ。他言無用でお願いね」

「わかってるよ。知り得た情報は調査以外に利用しないさ」

彼女にも同じ封筒を手渡し、住居に戻るのを見送った。

「よし、こんなもんかな。おやっさん、カフェーの女給に入れあげるのもほどほどにしときなよ。ただの追っかけでも、貢いだ金額バレたらまた怒られるよー」

「うるさい、次は菓子折りくらい持ってこい」

「はいはい。じゃ、ありがとう！」

鍵屋を出て、あたくし達は今度こそ築地新劇場へ向かう。

銀座通りからさほど離れていないので徒歩だ。

「先生の情報網ってすごいのね。驚いちゃった」

「銀座は地元だから。長年かけて築きあげた信頼と実績さ。探偵は一日にして成らずってね。ローマと一緒」

「信頼……？」

脅していたような気がしたけれど、それはともかく。

息子や孫に接するような気安いやり取りが、なんだか微笑ましかった。

あたくしだってずっと麹町で育ったのに、近所の人たちとあんなふうに軽口を叩いたりはしない。挨拶されることはあっても、大概は遠巻きに頭を下げられるだけだ。

代々軍人の家系で地域に根ざした事業をおこなっていないからだろうか。

それに赤日家の側にも隠匿主義《いんとくしゅぎ》のきらいがあって、お兄さまが小説家に弟子入りした事実も、現在警察に連れていかれたことも、外に漏れないよう隠している。

つまるところ、周囲に対して開かれていないのだ。

「〝狐憑き〟の子を土蔵に閉じ込めていたのも、そういうことなのかしら……」

「そういうって？」

「我が家には秘密が多いという話よ」

「隠すのは世間体《せけんてい》が大抵の理由だろうからね。ましてや華族なんだ。きみんちなんて厳しい分、まだ公明正大なほうに見えるが。家長があのお父上だし」

「あたくし、両親をとても尊敬しているの。少しお堅いけれど話せばちゃんと聞いてくださるし、使用人にも酷い仕打ちをしているところなんて見たことないわ。なのに……

世間体ってそんなにも大切かしら」

家のためとはいえ、お父さまが優先するほどのものだろうか。

末っ子として可愛がられてきただけの自分にはわからない。

その裏で、家族を守るために大変な苦労をされている可能性だってある。

「さあねえ。追い出さなかっただけ良い人たちなのかもしれない。なんにせよ、生まれながらに庶民の俺にはわからんね。守るべきものなんて持たないほうが気楽さ」

「あら、そんなことおっしゃって。じつは生まれ育った街の平和を守るために活動しているのではなくて？　正直者探偵ではそう書いていたわ」

「君も烏丸と一緒で作家と作品を重ねるクチかね。残念、俺が探偵をやっているのは生活費と小説のネタ集めのためだよ。治安の維持は警察にお任せしたい。さて、さっき情報を得た鍵の件を、歩きがてらまとめておこう」

兎田谷先生は話題を切り替えると、メモを取っていた手帳を開いた。

「十月に売れた分は鍵屋さんも知ってるお客様だったのよね。じゃあ、うちの蔵にかかっているのは四月に買われた物かしら」

「出回っている数がごく限られているし、間違いないだろう。購入時期は二年と八カ月前か。案外最近だな」

「一九二三年の四月……ちょうどお兄さまが先生に弟子入りを許された頃ね。織部がお付きになった時期でもあるから……それなら、土蔵の『妹』はとうにいなくなっていたわ」

女中は『もう使われていないただのガラクタ置き』と言っていた。なぜそんな場所のためにわざわざ入手した頑強な鍵をつけ替え、鎖で封鎖までしているのだろう。

「誰もいないなら余計に無意味とは思えないね。閉じ込めるって理由さえもうないはずなんだから。使う予定もなく、完全に封鎖する気なら、元々ついていた鍵を外す必要もない。家の者は入れず、鍵をつけた本人だけが出入り可能にしている。まあ、中になにかはあるんだろうねえ」

鍵をかける行為。すなわち隠匿と同じだ。

なにかそうする意味があるはず。

「鍵屋で南京錠を購入した人物だけど——先代の庭師、織部くんの父親が亡くなった原因は、流行性感冒だったよね」

「ええ、大流行の早い段階で罹患《りかん》して、家で感染が広がったら大変だって大騒ぎになったみたい。今でも世間話にときどき出てくるわ」

あの病気が日本で猛威をふるったのは一九一八年から一九二一年。まだ幼かったけれど、大人たちの慌ただしさをなんとなく憶えている。

「流行初期なら一九一八年の秋から翌年春くらいか。死亡したのは六、七年前。つまり二年八カ月前にハートの南京錠を購入し、扉を鎖で封鎖したのは父親じゃない。息子の織部くんで確定ってことだ」

「織部……」

儚げな横顔が思い浮かぶ。

土蔵に施錠をしたのが彼なのだとしたら――いったい、どうしたいのだろう。

ずっと一緒にいるのに、なにを望んでいるのか見当もつかない。

彼の妹はもういない。

でも、狐憑きのあの子がいつ、どこに消えたのかもわからない。

肝心な部分の記憶がとても薄くて頼りない。昔とはいえ、思い出せないほど前だっただろうか。

ほんとうに消えたのだろうか。

あたくしが知らないだけで、まだ……

そこまで考えて、頭を横に振った。

「いいえ、土蔵の中にはもう誰もいないのよ……解除番号を知っていれば出入りできるといっても、鎖だらけのあの状態じゃ簡単には開かないし、人の気配だってなかった。なんでこんなことを考えてしまったのかしら」

「ん？　どした？」

「いえ……」

織部の行動の意味を探っていたら、思考がめぐって恐ろしい発想にたどり着いてしまった。

あの中にいられるとしたら幽霊くらいだ。狐憑きの話を聞いてからというもの、蔵の内部を想像すると不安に駆り立てられる。怖い話は嫌いなのに。

「よし、一度年表を作って時系列を整理してみよう。可能な範囲でいいから思い出してくれる？」

先生に肩を叩かれ、現実に戻されたような気分になった。

濃い緑色が路傍を埋めている。あの日、織部と歩いた葛の群生する小道。

自然の色彩に少しほっとして、深く息を吐いた。

「じゃあ、時系列を整理するためにいくつか質問するね」

銀座から築地へと向かう道中、先生は歩きながら手帳にメモを取りはじめた。

「『妹』の存在をきみが初めて認識したのはいつ？」

「ええと、物心ついた頃には、女の子はもう土蔵にいたわ。あの子と一緒に遊びに行ったのはまだ就学前だった。たぶん五歳くらい……それより前は憶えてない」

手を繋ぎ、あの女の子を引っ張って駆けた。川の流れる方角を目指して。

自分の持っている最初の記憶。

「最後に姿を見たのは？」

「わからないの。裏庭に近寄ると叱られるようになってしまって、格子の窓を見にいく頻度も減った。そのうちにいつのまにか消えていたから。あたくしが小等科に通っていた頃だと思うけれど」

「織部くんの父親は存命のとき、よく蔵に出入りしてたんだよね？」

「食事を運んでいるのは何度も見かけた。でも、先代が亡くなってぱたりと誰も出入りしなくなったわ。同じくらいの時期にいなくなったのかも」

「じゃ、少なくとも父親が死亡するくらいまではいたわけだ」

「その頃はお姉さまたちがお嫁にいって、烏丸お兄さまも陸幼の寮に入ったから、家の中が急に静かになって寂しかったわ」

あたくしの頼りない記憶を参考に、出来事を並べていく。

一九一五年（一〇年前）：妹の姿を確認した最初の記憶
一九一八年（七年前）：織部父死亡、妹が消える、烏丸が進学で家を出る
一九二三年四月（二年八カ月前）：烏丸の弟子入り、織部がお付きになる
ハート型南京錠購入
一九二五年一二月：現在

妹が土蔵に閉じ込められていた確定期間：一九一五年～一九一八年

「う～ん、年代はほぼ推定だな。緋那子クンはまだ十五だから正確に憶えていないのは仕方ないいか。烏丸なら当時の状況をきみよりは把握しているのだろうが。そういや、織部くんっていくつ？」

「お兄さまと同じよ。数えで二十一」

「使用人の子供って、義務教育はどうするの？　烏丸と緋那子クンは華族御用達の官立に通っていたんだよね」

「使用人の件は、公立の尋常小学校に奉公先から通う子が多いわ。織部もちゃんと卒業してるはず」

織部とは六つ離れているから、彼が小学生のときあたくしはまだ就学前。ぼんやりした記憶を一生懸命引き出して探った。

「でも、六年間きちんと通ってた印象はないわね。まだ父親が生きていた頃は、勉強より庭師の仕事を教えられていたのではないかしら。妹のほうは……」

学校どころか蔵の外に出ていないのだから、おそらく一度も行っていないだろう。

「妹の年齢は分かる？」

「一緒に遊んだ日の記憶だと、あたくしより大きかったから、少し年上だと思う」

「緋那子クンと織部くんのあいだってことね。生きていれば十六から二十。父親の死と同時期に消えたのなら同じ感染症で亡くなった可能性もあるが、さっきの古株女中の態度から、違う気もするな」

何度尋ねても、頑なに事情を教えてくれなかった大人たち。

流行り病で死んだならそう説明すれば済む。濁す必要もないし、あたくしもすんなり納得したはず。きっと別の事情があるからだ。

「あやふやだが、とりあえずこんなものか。ほら、ちょうど見えてきたよ、築地小劇場」

先生の指さした方角に、モダンな平屋が佇《たたず》んでいた。

織部と訪れたのはつい先日。それなのに、周囲が目まぐるしく動いてもう随分前のように感じる。

「この木陰《こかげ》なら入場する客がよく見える。よし、開演まで張っていよう」

「席を譲ると伝えたときはあまり乗り気じゃないようだったけれど、観劇が好きならきっと来るわよね……普段は手が出ないと言っていたもの」

「入場料一円五十銭。高いなぁ。浅草オペラの十倍だし、活動なら五回は鑑賞できる。蕎麦も十五杯食えるじゃないか。これだからインテリジェンス気取りの連中は嫌いなんだ。値段で芸術の格が決まると思っているんじゃないのかね」

愚痴が明後日の方向に長引きそうだったので、あたくしは先生の言葉をすっぱり切った。

「文句言わないで、ほら、待ちましょ」

そうして待つことしばし――

「……現れないわ!!　どうして!?」

帽子とスーツを着こなした洋装の紳士たちが、ぽつぽつと扉から出てくるが、織部の姿はどこにもなかった。

入場時と退場時、念のためどちらも見張っていたが、不発だったようだ。

「ほらほら、文句言わないで。探偵は忍耐だ。待ち伏せも聞き込みも徒労に終わるなんて、ザラにあるからね」

「屋敷にもいなかったから、外出しているのは間違いないのに……」

「もしかして他に用事があったのかもよ。奉公先のご令嬢相手だから、断れなかったんじゃない？　そろそろ客も全員捌《は》けただろう。劇場で尋ねてみよう」

「中に入れるの？」

「これでも小説家だから、脚本関連で多少は顔が利くのさ」

そう言った兎田谷先生に付いて行く。先生の作家仲間が翻訳に関わっていたので話を伺ったところ……赤日男爵家の名で確保してもらっていた最前列の席は空いたままだった。

「なんてことだ。一円五十銭が無駄に失われるとは」

「金銭はいいのよ、お父さまに払っていただいているのだし」

「一円五十銭を稼ぐのがどれだけ大変か、自分で働いてみてから言い給えよ！」

「もっともですけど、今はそれどころじゃなくてよ」

別の用事があったたか、好みの劇じゃなかったのか。

とにかく、織部は築地小劇場に来なかった。

理由がそのどちらかならまだいい。あたくし自身を嫌がられたのだとしたら、どうしよう。

気持ちを表に出さない性格なのだろうと勝手に納得していたが――お付きになってからというもの、織部が本心から笑った顔なんて見たことない。

施錠されたみたいに、閉じた心。

「ねえ、先生、お金持ちって鼻につく？」

「どうしたんだね、急に」

「今みたいに、自分で稼いでもいないのにお金を軽く扱う発言をしたり、使用人が気軽に買えないような値段の席をあっさり譲ったり……高慢《こうまん》と思われているのではないか、気になって」

「物怖《ものお》じしないお嬢様が、いやに弱気じゃないか。俺としては、金持ちは即《すなわ》ち上客だから、まったく気にならないかな。羽振りがよくて結構！」

「聞く相手を間違えたわ……」

織部がどんなふうに感じ、なにを考えているのか。

彼の『妹』にまつわるこの件を解決すれば、多少は理解できるのだろうか？

まずは彼を探さないと――

「あら、今日は上演してるのね」

「なにが？」

「隣の小さな劇場」

最新の設備が整った築地劇場とは正反対の、まるで見世物小屋のような平屋。

入り口には前見たのと同じポスターが貼ってある。顔を隠して悲しげに去っていく葛の葉。姿は人間なのに、ひと目で隠世《かくりよ》の存在だとわかる妖艶な白狐の表情、仕草。

「織部くんはかなりの芝居好きなんだっけ。もしかするとこっちにいたりしてね。通人《つうじん》ほど寂《さび》れた場所を好んだりするものだしさ。入場料も庶民に優しい十銭だ。今いなくても、普段観にきている可能性もある。一応聞き込みしてみようか」

「あたくしもこの劇場は気になるわ。じつをいうと、前衛的な劇よりもこちらのほうが興味あったの」

「開演まで少し時間があるな。重要な調査と称して、楽屋に入れないか頼んでみよう。まあ、この規模の劇団なら断られはしないだろう」

そう言って、先生は断りもなくいきなり裏口から入っていった。慌てて追うと、男子用楽屋と書かれた部屋の前にいた青年を早くも捕まえている。

「今日公演をする劇団の子だよね？　観客の情報をちょっと聞きたいんだけど」

「ええと、自分は裏方なんで、客のことなら役者のほうが詳しいです。でも中は関係者以外立入禁止なんですが……」

「じゃ、座長に話を通してくれる？」

「は、はい」

裏方の若者は命じられるまま、近くの扉をノックして中に入っていく。やがて廊下に漏れるくらいの不機嫌な大声が聞こえてきた。

「……兎田谷？　銀座で探偵をやっているっていう、三文文士の？　噂じゃ関わると碌なことにならないらしいぞ。すぐに追い返――」

「どうも～。調査、追跡、監視、仲介、相談。報酬次第でなんでもおまかせ！　にこにこ明朗会計《めいろうかいけい》がモットーの兎田谷文豪探偵事務所代表、兎田谷でーす！」

取り次いでくれた青年を押しのけ、先生は無理やり室内に入っていった。

座長に調査の許可を求めると、よほど関わりたくないのか他人行儀かつ雑な返事が戻ってきた。

「わたしは忙しいから一切お相手できないが、役者たちの邪魔にならないなら調査してもいい。ただし長居は禁物だ。以上」

断って面倒事になるくらいならさっさと終わらせてくれと言わんばかりだ。

「兎田谷先生、人脈はあるのに、人望はないのね……」

「上手いことを言うじゃないか、緋那子クン。こりゃ一本取られたナ、ははは」

「なんでもいいから早く帰ってくれ……」

機嫌よく笑う先生をよそに、座長はため息混じりの声で嘆いていた。

◆　◆　◆

わたしは白《ツクモ》。

ふと先ほど耳にした、聞き覚えのある華やいだ高い声を思い出す。

明に対しては誤魔化したけれど、わたしは彼女を知っている。

きっと『たづね来てくれる』と信じていたから。

はじめまして、緋那子お嬢様。


衣装の小袖を壁に吊るす。かわりに元々着ていた羽織と長着を下ろすと、袂《たもと》に紙片が入っているのに気がついた。いつもの人からの手紙。内容も同じ。

一応目を通し、折り畳んで戻す。背後にいた明が一部始終を見ていたらしく、声をかけてきた。

「なんだ、また男からファンレター？　おまえの正体を知らない客、たまにいるよな。見りゃわかりそうなもんだけど」

「わたしの正体なんか、わたしも知らない」

「言い方悪かったか？　ごめんって」

「べつに、明に怒ってないよ」

「じゃ、顔洗ってくる」

彼のせいではなかったのだが、わたしの不機嫌さを感じ取ったのか、明は楽屋から出て行ってしまった。

汗が染みた衣装を真綿で叩く。あとは乾かして荷に仕舞うだけだ。そのあいだにわたしも化粧を落としておこうと、石鹸《せっけん》やヘチマコロンの瓶を持って薄桃色の襦袢姿《じゅばんすがた》のまま外へ出た。

この古い劇場には当然水道なんて通っていない。いちばん近い共用栓は裏口からすぐの路地にあった。

近所の人たちに交じり、劇団員も水道に列を作っていた。明も最後尾の近くにいる。後ろに並ぼうと近づいたら、先ほどの騒がしい小説家と、その連れの姿を発見した。

帰ったとばかり思っていたが、役者たち相手にまだ調査とやらの最中のようだ。

「髪の長い二十歳前後の男？　わからないなぁ。年寄りが多いから若いってだけで目立つし、うちは客の数も少ないから、何度か来てくれたら覚えるよ」

「そう……知らないならよくってよ。ありがとう」

足を止めて陰から様子を窺う。ああいう根掘り葉掘り詮索してきそうな手合いは苦手だ。

「手がかりって簡単に見つからないものね。こんなにたくさんの殿方とお喋りしたのは初めて。家や学校にバレたら勘当ものだけれど、今日のあたくしは兎田谷先生の助手だもの。問題ないわ！」

「俺のほうは、いつ誘拐の容疑で捕まるか戦々恐々なんだがね。あ、明くんだ。やっほー、また会ったねえ」

にこやかに手を振られているが、彼は客以外には不愛想だ。面倒そうに煙草を喫《の》んで棒立ちしていた。

「ほら、緋那子クン、若い娘ならあの手のハンサムは好きだろう。以前あの顔に騙された小娘がいるから、きみも気をつけるように」

「いかにも甘いマスクという感じで、あたくしはあまり……もっとさっぱりした凛々《りり》しい顔立ちの殿方がいいわ」

「目の前で人の噂話すんなよ。さっぱりっつーと、うちじゃツクモがいるか。役柄的にオッサンのファンばっかりついてるけど、舞台裏じゃ女優にもまあまあ人気。無関心で冷たそうなのがかえって受けるんだよな」

くだらない雑談が続いているかと思えば、いきなり自分の名前が出てきて、思わず身構えた。

「ああ、『葛の葉』役の子？　ミステリアスな雰囲気だよね。どういう経歴？」

「ツクモのことはおれらもよく知らねえんだ。どこかの劇場で観客席にいたのを座長が声かけて拾ったみたいだけど、稽古《けいこ》も本番も参加は多いほうじゃない。自分の話をまったくしねえし、住んでる場所も言わない。帰る家はちゃんとかあんのかね」

意外にも明はわたしを気にかけてくれている口振りだった。彼こそ他人に無関心で冷たい印象だったから、少し驚いた。

「つくも？」

「聞き覚えがあるのかね、緋那子クン」

「変わった名前だと思っただけ。九十九と書くのかしらね」

「あいつは白と書いてツクモ。百から一を引いたら白になるから、九十九の他にもそういう読ませ方があんの」

もう空には夕方の兆《きざ》しが見えている。帰りが遅くなれば、また文句の手紙が増える。

話が終わりそうにないので、しかたなく彼らの前まで歩みでた。

「おっと、噂をすれば。ツクモくん……立ったら俺より背高いんだね？」

小説家の背丈は明と同じくらい。わたしのほうが指二、三本分ほど高かった。

「ツクモ、おまえなぁ。下着同然で路上に出てくんなって。近所から苦情が来るからやめろって、座長にいつも言われてるだろ」

苦言を漏らす明の隣で、セーラー服のご令嬢は完全に固まっていた。

化粧をして桃色の襦袢のみをまとった長髪の男が現れたのだから、無理もない。

「舞台では華奢に見えたのに、女形の役者というのは不思議だなぁ。ん、緋那子クン？どうしたのかね、そんなに目を丸くして」

まあ、あまり人目に晒す姿じゃないのはたしかだ。

まして男と喋るだけで親に叱られるような華族様のご令嬢相手なら。

だが、少女の驚きはわたしの恰好に対してではなかったみたいだ。

「お、織部……!?　織部よね？　いったい、どういうこと……!?」

なぜかとても楽しそうに瞳を輝かせている小説家と、表情を曇らせた女学生。

「いやぁ、すごく面白い」

「なにが面白いですって⁉」

後片付けも済んで人のいなくなった楽屋で、わたしと明を含めた四人が顔を突き合わせていた。

「そんな驚くか？　ここ、男子用の楽屋。目の前で着替えてたろ」

片膝を立てて座っている明が、呆れ顔で言った。

「や、さすがに男性だってことはわかってたよ。活動俳優にも女形はいるし、さしてめずらしくないさ。話し方が女性的なのは、上演前の役作りなのかと勝手に思ってたけど」

男女別だったから、聞き込みのときひとりで入ってきたのだし、緋那子という少女には隣の女子用に行ってもらったのだと小説家は説明した。

「まさか緋那子クンのお付きだとは気づかなかったな。元の印象が薄いのもあって、化粧がすごく映えるんだねえ」

「待って、当たり前にお話を進めないで。あたくしはまだ状況を把握できていないわ」

少女は正座のままうつむき、両手でこめかみを押さえている。

「つまりだね、きみの好きな織部くんは……」

「女形の役者というだけじゃないのよね。まさか女装癖……!?」

「違う。傍から見たらそうなるかもしれないけど、多分違う。中身は間違いなく女性になっている」

「なっている、って？」

もっと気味悪がられるかと思っていたが、少女と違って小説家は至極冷静だった。

「休日になるとツクモという十七歳の少女になって、舞台に上がっている。もちろん肉体は変化しないから男のままだけど。明くんは知ってた？」

明は紫煙を燻らせながら、なんでもなさそうに答えた。

「要するに、心が女で体が男なんだろ。役者の世界にゃ訳ありが多いしな。そこまで気にしてなかったぜ」

「文壇にも案外いるね。世の中には様々な人間がいるのさ。緋那子クンはたまたまそういう相手を好きになっただけ。人生は探偵小説より奇なり。ご令嬢の日常にも、ちゃんと刺激があるじゃないか、ははは」

「笑いごと!?　乙女の失恋なんですけれど!?　だって、心が女性ならばあたくしは身を引くしかないじゃない……」

沈んだ表情の女学生に言うべき言葉も見当たらず、わたしは他人事のように彼女を見下ろしていた。

「いいや、それはちょっと認識が間違っている。複雑なのはここからさ。ツクモくん、きみは緋那子クンを知らないいんだよね？」

話を振られ、首をかしげる。

「知らない。声と名前はなんとなく憶えがあるけれど、その程度。わたしは劇場でしか生きられないから」

「ふむ、織部くんの女性の心である『ツクモ』は、普段男性として生活している彼の記憶を持っていないようなんだ。女装趣味でも、単純に心だけ女性なわけでもない。彼と彼女は文字通り入れ替わっている」

「そ、そんなことあるの？」

「小説で使用するために調べたことがある。興味深い題材だからね」

小説家はわたしを好奇の目で眺めながら説明をしはじめた。

「欧米では結構研究が進んでいるんだ。狐憑きと呼ばれる典型みたいな症状だよ。無論本当に憑かれているわけじゃなくて、自我の分裂というのかな。精神的なショックが起きたときに、防衛本能が働いて発現するらしいが、理屈はこの際置いとこう。わかりやすく表現すると――ひとりの人間の中に、複数の人物が住んでいるんだ」

「先生の小説で読んだわ。二重人格というのだったかしら」

少女の問いに頷いて、男はますます意気揚々と話し続けている。

「そう。彼女のように、意識や記憶さえも共有しない場合があるそうだよ。ふたりだけではなく、もっとたくさん、時には何十人と存在するケースもある」

「そういえばあたくし、兄妹が一緒にいるのを一度も見たことない。妹は決して外に出なかったから、いつも窓際にいるのを目にしていただけで……」

緋那子という少女は心から困惑した顔をしていた。

「じゃあ、これがあたくしの探していた答え？　土蔵にいた妹の正体――ふたつの人格を持っているせいで狐憑きと呼ばれて、閉じ込められていたのは織部本人だったたってこと？　妹は元々存在していなかったの……⁉」

「いい推理だねえ、優秀な助手らしくなってきたよ」

「でも、ツクモなんて初めて聞いた。そんな名前じゃなかったはず……ああ、役者を始めて芸名をつけたなら、違っていておかしくないわね」

名に関してはそうじゃない。わたしは生まれたときからツクモだった。

だが、彼らの話に参加する理由もないので黙っていた。

「別人だと思っていた兄妹がじつは同一人物だった、か。裏返すと白が現れるのは、まさしく葛の葉らしくてなかなか美しい説だ。だが、探偵小説としてはたいしたオチじゃないな。犯人が双子だったとか、すべて夢だった並の禁じ手に近いよ？」

「物語ではなく現実だから、あたくしはひたすら驚きしかなくてよ」

うう、と唸りながら少女は親指を噛んでいる。

ふと明のほうを見ると、彼もわたしと同様これ以上の話は関心がなさそうで、肩をすくめていた。

「土蔵から妹が消えて、まだ推定七年ほど。赤日家のほとんどの者は事情を把握しているはず。烏丸も年齢的にまるきり理解してないってことはないだろう。緋那子クンだけがすっぽり抜け落ちたみたいに知らなかったのか。一番幼かったにしてもさ」

「聞いても誰も教えてくれなかったし、蔵に近づいたら叱られたもの」

「きみにだけ意図的に大人たちが伏せていたみたいだ。まあ、衝撃的な事実ではあるが」

「驚いたけれど、でも……あの子は亡くなったわけでも、追い出されたわけでもなかったのね。ちゃんと蔵から出ることができて、他の使用人と同じように働いていた。そうわかっただけでもよかったわ」

意を決したように少女はわたしに向き直った。

「あの、ツクモ……さん？」

「なあに？」

「あたくし、一度だけあなたと遊んだことがあるの。一緒に宮城《きゅうじょう》を見にいこうとして、すぐ連れ戻されてしまったのだけど……あれは、あなただったのよね？　憶えていて？」

「いいえ、まったく。わたしの認識してる世界は蔵と劇場、せいぜいその周辺くらい」

「そう……忘れていてもいいわ。もしあの子が生きていたら謝りたいって、ずっと思ってたの。無理に連れ出してごめんなさい。あなたもたくさん叱られたわよね」

記憶にないのだから謝罪されても困るけれど、一応微笑む。

少女は安心したように顔を綻《ほころ》ばせた。

どことなく温かい雰囲気になったところで、小説家がぬっと入り込んできた。

「ちょっとちょっと、なに解決した空気を出しているのだね。まだ幕引きには早いよ。緋那子クンのわだかまりは多少溶けたのかもしれないが、肝心の事件は進展していない。烏丸は連行されたままだし、土蔵の鍵も開いてない。そうだ、警察に通報を入れた女性というのは……もしかしてツクモくんなのかな？」

「通報？　さあ、それは知らない」

わたしの声は男としても低いほうだ。舞台なら仕草や科《しな》で女らしく演じるのは可能だが、電話で騙《かた》るのは難しい。

「そっかー。じゃあ、どれなら知ってる？」

嫌な聞き方をする人。

「土蔵の鍵って、ハートの南京錠のことでしょ？　解錠番号なら知ってる。だって施錠をしたのはわたしだから。そろそろ開けないといけないのかも」

私は令嬢の耳元で囁いた。

「それってどう意味なのかしら？」

畳んで置いてあった長着の袂を探って、紙片を畳の上に広げる。

「……これ、織部の字ね」

差出人が誰か、令嬢はすぐに気づいたようだ。

あの人と入れ替わるたび、毎回のように届くメッセージ。

『鍵を開けてくれ』

それは、必死の形相が浮かぶような筆跡だった。

◆
◆
◆

「ここは――」

僕は気が付くと、葛の群生する小道に立っていた。

毎回、誰もいない場所で僕たちはひっそりと入れ替わる。でも今日は違った。瞼《まぶた》を開けたら、目の前に緋那子お嬢様と例の小説家が並んでこちらを見ていた。

「織部……」

すぐに状況を理解する。

どうせいつかは知られていた正体だ。とくに感慨は湧かなかった。

「すごいすごい、同じ外見なのに雰囲気がまったく違うね。一瞬で無気力な青年に早変わりだ」

「……なにを喜んでいるのかわかりませんが」

兎田谷という小説家は大喜びで、なぜか拍手までしている。

こちらは一旦無視して、気まずそうに僕の顔色を窺っている少女に声をかけた。

「お嬢様、会ったんですね、ツクモに」

「ええ……あたくしが先生に土蔵の調査をお願いして、それで」

緋那子お嬢様には訳ありな僕の体質についても、ツクモの話もしたことがない。

日常会話で自分には二つの人格があるなど説明したところで簡単には信じなかっただろうと思うが。

「まさか、あなたと閉じ込められていた子が同じ人物だったなんて気づかなくて、その」

「なるほど、そういう結論ですか。ところで彼女はなにか言っていました？」

「南京錠の解錠番号は教えないって。でも、そろそろ開けないといけないのかも、とも言ってたわ。だから、恋しくば――」

『恋しくば、たづね来てみよ』

僕に変わる前にお嬢様の耳元であの歌を囁いたのだという。

「相変わらず、考えていることがよくわかりません」

以前はもっと、それこそ兄妹のように通じ合っていたのだが、ここ数年は自分の一部であるはずのツクモが理解できなくなった。

「個人的な興味なんだが、入れ替わるときはどんな感じなの？　互いに意識や記憶は共有していないんだろう？　連絡の手段なんかは決めてあるのかね」

兎田谷は子供のように瞳を輝かせて尋ねてくる。小説家にとってはそれほど面白いネタだろうか。

「他人に感覚が伝わるかわかりませんが……そのとき表に出ている側が、心の中にある扉をノックするように呼びかければ交替できます。眠って目覚めると自動的に替わっている日もあって、どちらかが一方的に支配したり、互いに好き勝手やれるわけではありません。日常生活は僕がこなしていますが、芝居の稽古や公演の日には出してやらないと怒られますし。連絡を取りたいときは手紙を残します」

「ああ、これか」

懐から取り出された紙。僕がツクモに残したメッセージだった。

互いに好き勝手はできないと言ったが、今はその関係が少し危《あや》うくなっている。

「勝手に土蔵を施錠され、僕も困っているんです」

「ハァ。織部くんが解錠番号を知っているものとばかり思っていたのになぁ」

兎田谷の計画では、僕と接触して口八丁で番号を聞き出す。あるいは僕の身の回りをつぶさに観察、習慣や行動範囲からなんとかヒントを得るつもりだったのだという。

「ところで、今の口振りだと、織部くんもあの蔵が開かないと都合が悪いようだね。現在は使われていない物置なんだろう？　どうして？」

挑発するような物言いに構わず、あえて淡々と答えた。

「たいした理由じゃありません。赤日家にある蔵の管理は僕の仕事だからです。取り壊すにも中の不要品を片付けないといけませんから」

「ふうん。それだけにしては、かなり焦った筆跡に見えるけどねえ」

小説家はつまらなそうに紙をひらひらと振っている。

「本当はもっと早く壊す予定でしたが、必死に誤魔化して引き延ばしているんですよ。文士なら偏執病《パラノイア》的とでも表現するのでしょうか。あの異常な封鎖が見つかったら症状が悪化したのかと思われて、今度こそクビになるかもしれないじゃないですか。僕はね、ようやく自分の中のツクモと折り合いをつけ、普通の生活を取り戻したんです」

ツクモとの出会い。

最初は、僕だけの日記からはじまった。

なぜ土蔵に閉じ込められたのか、あの頃は理解できなかった。頻繁に失う意識と記憶。知らない間に進む時間。まったく覚えのない怪我や、誰かと交わしたという会話。

記憶がなくなるのが怖くて、日記をつけ始めた。自分を見失わないように。

しばらく経つと、書いていないはずのページが勝手に増えるようになった。時間をかけて少しずつ意思の疎通をしていき、やがて二つの人格を行き来する手紙になった。

日付が決して被らないため、一見すると個人の日記に見える。だが交替した日は口調も筆跡もあきらかに違う。

名は最初から自然にそう呼んでいた。彼女は白《ツクモ》。僕の裏側。

「僕を土蔵に閉じ込めたのは庭師だった実の父親です。世間体の悪い狐憑きの息子がいるなんて、赤日男爵に申し訳が立たなかったのでしょうね。でも、旦那様はお優しい方ですよ。親の代から世話をしているのだからと追い出さなかったどころか、父が流行り病で死んだのをきっかけに僕を蔵から出してくださいました」

蔵から出たばかりの当時は、ツクモとの関係も良好だった。

彼女は僕の生活や仕事を、僕は彼女がやりたがった劇団での活動を邪魔しないと取り決めを作り、ようやく人並みに働いて暮らせるようになったのだ。

「なのに――ある日突然、ツクモはあの土蔵を封鎖した。仕事の邪魔をするのはやめてくれと訴えたのですが、彼女は言うことを聞いてくれません。膠着《こうちゃく》状態がもう三年近く続いていて、少々腹が立ってきましてね」

無理に笑顔を作って、兎田谷が指に挟んでいた乱暴な筆跡の手紙を指した。

「ふうん、なるほど。で、ツクモくんが蔵を封鎖した目的は？　少し話をしただけだが、彼女は織部くんの生活にも、現実の世の中にも、劇場以外の世界にたいして興味がなさそうに見えたからさ。そんな行動に出るイメージが湧かない。なんらかの理由があると思うんだが」

「さあ？　僕にも理解不能です。日記も普段通りでしたし、前触れはありませんでした」

「封鎖されたのはいつ頃？」

「一昨年の春です。一九二三年の四月。強風の影響で外扉の立てつけが悪くなってしまい、倒れないように、とりあえず僕が修理することにしたんです」

「そういえば、自動車の中で話していたわね」

緋那子お嬢様の言葉に頷き、話を続けた。

「午前は劇団の稽古に行きたいというので、終わったら交替する予定でした。でも彼女は一方的に約束を破った。修理ですから多少大きい音を立てても変に思われませんし、その日を狙って鎖やあんな輸入物の南京錠まで用意していたようです。いったいどんな目的があって、なぜ蔵を封じる必要があったのか。僕にもさっぱりわかりません」

あまり刺激したり怒らせたりしないように過ごしながら、鍵を開けてほしいと訴え続けている。だが現在まで効果はない。

僕がそこまで話し終えると、小説家は自分の手帳をめくりながら言った。

「蔵の封鎖に関してのみ、ツクモくんが勝手に動いてるってことね。ふむ、一九二三年の四月なら鍵屋で南京錠を購入した時期と一致する。この頃、彼女を動かす原因となる出来事があったのかな。織部くんが緋那子クンのお付きになったくらいしか把握していないが」

「購入した日付まで？　さすが探偵だけありますね……まあ、これが僕の話せるすべてです。調査のお役には立てないようで、申し訳ありません」

「話せるすべて、ね。知っているすべてとは言ってないよね」

まったく、いちいち含みのある喋り方をする男だ。

「蔵の鍵を開けたいのは僕も同じです。重要な情報を思い出したらちゃんと報告しますよ」

「報告なんて言わずにさ、一緒に開けに行こうよ！」

と、前のめりに勧誘してきた。

「あの変わった形の南京錠を見たんでしょう。開けられるんですか？」

「方法は今から考えるのさ！」

この自信がいったいどこから湧いてくるのか。彼は得意げに言ってのけた。

「休日もそろそろ終わりです。夜はどのみちお嬢様のお傍に付いてなきゃいけないので、べつに構いませんけどね……」

胡散臭い男だが、どうせ駄目で元々だ。

兎田谷とお嬢様、そして僕の三人でタクシーに乗り、赤日邸へと向かうことになった。

移動中の車内——緋那子お嬢様を挟んで反対側に座っている兎田谷朔は、自分の手帳を見つめてなにやら考え込んでいた。

「あの、とりあえず向かっていますが、本当にどうにかなるんですか？　すでに一度行ったんでしょう」

小説家は僕の疑わしげな視線をまったく意に介していないようだ。手帳から目も離さず答えた。

「鍵のないダイアル式は、番号を忘れると二度と解錠できなくなる。念のためどこかに手がかりを置いている可能性は高い。案外忘れやすいし、頻繁に意識が入れ替わり、記憶に空白ができるきみたちのような事情があるなら尚更だ。あと、彼女が緋那子クンに残した言葉……」

「葛の葉の歌？」

「そう、まるでヒントを与えるような言い方だった。考えればたどり着ける場所にあるからこそ、教えたんじゃないのかな。優秀な助手は気づいたようで頭を悩ませているところだよ」

めずらしく大人しくしていると思えば、お嬢様は親指を噛みながら独り言を漏らしている。

「信太の森って現代の大阪にあるのよね……大阪なの？　大阪まで行けばいいの？」

「大阪は僕も行った経験がありませんから、関係ないかと思いますが」

助手ごっこは放っておくことにして、兎田谷との話に戻った。

「でも、あれほど頼んでも頑なに拒んでいたのに」

「真意はわからないが、ツクモくんは『そろそろ開けてもいいのかも』とも言っていた。絶対に開ける気がなかったわけじゃなさそうだ」

「……つまり、たどり着けるなら開けてやってもいいって感じですか。傲慢《ごうまん》だなぁ。『恋しくば、たづね来てみよ』の葛の葉と同じだ。宝物なんて最初から置いて去ればいいものを、逢いに行かなきゃくれないなんて」

「うわぁ。織部くん、解釈が捻くれてるなー」

「あなたには言われたくありません」

常に人を食った態度のこの男の方が、よほど性格が悪い。

「ところで、ツクモくんは昔から『葛の葉狐』の話が好きだったのかな」

「そうですね。蔵の中に両親が買ってくれた子供向けの本がありました。役者をやりたいと言い出したのも、あの劇団が定期的に葛の葉を上演しているからです」

「なるほどね、正体を隠して暮らす狐に、共鳴する部分でもあったのかもねえ」

「ちなみに兎田谷さんの『正直者探偵』もありましたよ。第一巻だけ。続きが出版される前に、僕が蔵から出てしまいましたけど」

「今から全部買ってくれてもいいのだよ。全十二巻だよ。まあそれは置いといて、彼女がどこかに解錠番号を残しているとしたら、ひとつ心当たりがある。葛の葉の物語に擬《なぞら》えた隠し場所さ」


季節柄、日が落ちるのが早まってきている。

赤日家に到着した頃にはあたりが薄暗くなっていた。

お嬢様は一応外出禁止令を出されているので、家の者に見つからないように入り込む。

裏庭に移動するなり、兎田谷に明かりとスコップを用意してくれと頼まれた。

「スコップ？　地面を掘るんですか？」

「うん。織部くんと入れ替わっても土の中じゃそうそう見つからない。埋めるところを誰かに目撃されたとしても、きみは庭の手入れが仕事のうちだから怪しまれないだろう？」

「それはそうでしょうが、ツクモは土蔵から離れて歩き回ったりしませんよ」

「まあまあ、俺の推理を聞き給えよ。ツクモくんは圧倒的に経験が少なく、子供の頃に過ごした蔵と劇場が世界のすべてだ。それほど予想外の場所には隠してないんじゃないかな。ではここで、葛の葉が去ったあとの物語をおさらいしてみよう」

「はぁ……」

どうせ、僕がいくらツクモに頼んでも駄目だったのだ。

地面なんていくら掘っても減るもんじゃない。黙って従うことにした。

「歌に従って信太の森へ行った幼少時の安倍晴明は、母親と一度きりの再会をはたし、狐の不思議な宝物を手に入れる。あらゆる天地を見渡せる護符と、万物の言葉がわかるようになる白い玉。これらの宝を使って帝の病を治し、大手柄を立てるわけだ」

蔵にあった挿絵つきの本。いまだ細かな部分まで憶えている。

晴明は葛の葉にもらった宝の力を使い、帝の病は御寝所の柱の下に埋められた蛇と蛙の呪いが原因だと知る。蛇と蛙を追い出すと病気は瞬《また》く間に治ってしまう。

このとき立てた手柄のおかげで帝から名と役職を賜り、陰陽師・安倍晴明が誕生するのである。

ツクモは母子の別れの場面を気に入っていたが、僕は晴明が活躍する後半のほうが好きだった。子供ながらに胸を躍らせたものだ。

そこまで思い出し、はっとする。

「柱の下……？」

「大正解！　葛の葉を訪ねて得られる物。その宝を使ってたどり着いた先。そういう意味のヒントかなと思ったんだ。えーと、あれってどこの柱だっけ。烏丸なら知っていそうだが」

「記憶力のいいお兄さまは、今いなくってよ」

「だよねえ。緋那子クン、葛の葉関連の本持ってないの？」

「あたくしの本棚にはないわ。近所の本屋さんに行ってみる？」

その答えを僕は知っていた。何度読んだかわからないくらいなのだから。

「……東北《うしとら》です」

「え？」

「東北の柱の下、です。僕たちが読んでいた本にはそう書いていました」

「じゃあ、きっとそこだ！　東北、東北っと。方角的にはあっちかな？」

「待ってください。正確に割り出します」

棒きれを拾って地面に赤日邸の簡易な地図を描く。

庭、母屋、使用人の住居、いくつかある蔵。

「このあたりが東北です」

陰陽道では鬼門と呼ばれる、丑《うし》と寅《とら》の間に位置する方位。

ざざっと楕円《だえん》で囲んだ場所は、ちょうど使用人の住まいのど真ん中だった。裏庭にあり、土蔵ともそれほど離れていない。

「さすがは庭師、この広い敷地を完璧に把握しているんだね。家屋のぴったり中心にあるのは……大黒柱か！」

「縁の下から簡単に入れるし、人目を気にしなくていい。可能性はありますね。確認してみましょう」

縁の下は広く、膝をつけば大人の男でも余裕がある。

あらかじめ指示されて用意していたスコップとカンテラを手に、僕たちは埃っぽい床下に侵入した。

「緋那子お嬢様、制服が泥まみれじゃないですか。ですから外でお待ちくださいと申し上げたんです」

「だって気になるじゃないの。地面に埋められたお宝を探しにきたのよ。こんなに楽しそうな行事に参加しない手はなくってよ」

「いつから宝探しになったのだね。しかし、冬でよかったなぁ。夏なら床下は虫だらけ。カンテラの明かりにうぞうぞと集まっていたかもしれない。飛んで火にいる夏の虫ってやつだ」

兎田谷の発言を聞いて、お嬢様が悲鳴を上げた。

「嫌なこと言わないで!!」

「ハァ、しかたないですね……替えの制服を用意しておきます。今着ている分はこっそり西洋洗濯屋に出しましょう」

「織部くんは不愛想だけど面倒見がいいねぇ。好奇心旺盛《こうきしんおうせい》なご令嬢のお守《も》りも大変だ」

ぐだぐだと会話しながら進んでいると、他よりひときわ大きな柱が地面から上へと突き抜けているのが見えた。

「着いたよ。あれが家屋の中心を通る大黒柱だね」

兎田谷がカンテラで周囲を照らした。

「うん、大当たりだな。掘った跡がある」

ツクモがいつ頃埋めたのかは不明だが、床下の奥には雨風も届かない。他の平らな地面と比べて盛りあがっている痕跡が、柱の手前に残っていた。

園芸用のスコップで同じ場所を掘ると、さほど深くないところから菓子の缶が出てきた。

パッケージの絵に見覚えがある。間違いなく土蔵にあった物だ。

「本当に出てきた……」

「ははは、少しは見直したかね。じゃあ開けるよー」

錆びた音とともに蓋が開く。

てっきり番号を書いた紙が出てくるものだと思ったのだが、入っていたのはぐるぐると巻かれた状態の細い紐《ひも》だった。

取り出したお嬢様が、明かりをかざして目を細める。

「文字が書いてあるわ。薄暗くてよく見えないけれど、英語みたい」

「どれどれ。貸してみ給え」

紐はかなり長く、まっすぐ伸ばすと僕の背丈以上はありそうだった。布を細く裂き、縫い合わせて作っているようだ。

「英語じゃなくてローマ字だ。織部くんのことが書いてあるようだが」

「僕？」

「オリベユキヒロ……きみの下の名前?」

「はい。織部雪裕《おりべゆきひろ》です」

「ここじゃ暗すぎて読みにくいな。一旦外に出ようか」

床下探索は三十分ほどで終わった。

這《は》いずって外に出ると、いつのまにか冬の空は暗く染まっており、庭の石灯篭《いしどうろう》に火が入っていた。

夕食と風呂の準備で一番忙しい時間帯だ。赤日家は広さのわりに人手が少ないため、女中はもちろん下男も総出で母屋に行っている。

使用人の住居に人の気配はなかった。靴箱と電話機、そして白熱球があるだけの質素な玄関で僕たちは顔を寄せ合い、ふたたび缶を開けた。

「兎田谷先生が言ったとおり、ローマ字で文章が綴られているみたいね。南京錠の解錠番号とは関係なさそうに見えるけれど……」

「書き写すから、一文字ずつ読んでみてくれる?」

「わかったわ」

紐を手に取った緋那子お嬢様が、アルファベットを読みあげていく。

KAIMAKU ▼ ORIBE YUKIHIRO

1913 MADA KAZOKU GA MINAITA

1914 HAHA YAMAINITE TAORERU

1915 SAYU GA KIETA! WASURENA

IDE 1915 HAJIMEMASITE TUKUMO

KIMIHA DARE? 1918 TITIMO SI

NDA NIDOTO KAERANAI 1923 HIN

AKO OJOSAMA NO OTUKINANKAIYA

DA 1925 KAGI WO AKETE

「――以上よ。結構長かったわね」

「カイマク……開幕？　オリベユキヒロ……数字は西暦か。１９１３、マダカゾクガミナイタ。１９１４、ハハヤマイニテタオレル……」

兎田谷は手帳に書きつけながら、仮名に直している。

「日記の写し？　もしくは、さっき先生が作っていた時系列のような感じね」

「ふむ。『▼』の記号と、最後のほうにある数字の『２』だけ左右反転しているのが意味深だな。内容も日記にしちゃ大雑把《おおざっぱ》だし。織部くんなら意味がわかる？」

これらはツクモ自身ではなく、すべて僕の身に起こった出来事の羅列《られつ》だ。

彼女は劇場以外――僕も含めた外の世界にまったく関心がないのだと思っていたから、少々意外だった。

「断片、ですね……僕たちは記憶を共有していないけど、時折相手が強く想ったり経験したりした言葉が頭に残っていることがあります。僕もたまに感じますが、彼女の場合は芝居の台詞だとか、他愛のないものが多いです。無意識に伝わってしまった断片的な感情を、適当に書き連ねているだけのように見えます」

「ああ、だから日記みたいにきみ視点の言葉なのか」

書かれているのはどれも真実で、僕が過去に感じた想いを反映している。しかし、わざわざ地面に隠す必要があるだろうか。

目的がわからない。ツクモはなんのためにこんなものを書き残したのだろう？

「あっ、思い出したわ！　あの子の名前！」

と、お嬢様が急に声をあげ、三番目の文章を指さした。

１９１５サユガキエタ！　ワスレナイデ

「そう、サユ。一緒に遊びに行ったとき、たしかにサユちゃんと呼んでた」

「ツクモじゃなくて？」

「その名は今日初めて知ったもの。やっぱり芸名かしら……ちょっと待って、最後から二番目の文、あたくしのお付きは嫌だって書いていないこと⁉」

「んー、ドンマイ！」

「ドンマイ⁉」

「いやぁ、当人同士を目の前にしてどう慰《なぐさ》めていいやら。まあ、労働なんて内容にかかわらず嫌に決まってるさ、はははは」

「それは先生だけです！」

お嬢様は顔を赤くして頬を膨らませている。

ツクモに伝わるほどの強い感情だと今しがた説明したばかりだが、一応言い訳をしておくことにした。

「本当は、死んだ父と同じ専属の庭師になりたかったんです。それだけですよ」

「そ、そうだったの。あなたは庭仕事が好きだものね。お父さまにお願いすればお付きから外すこともできるけれど……ああ、でも、あたくしが困るわ」

「それより、鍵の番号はどうなったんです？」

今僕にとって重要なのは土蔵を開けることだ。

探偵なぞに頼んでも無駄だったかと諦めかけたところで、兎田谷が得意げに言い放った。

「焦らず聞き給え。これはね、ツクモくんが残した暗号文だよ。文章中に南京錠の解錠番号が隠されているのさ！」

「暗号!?　探偵小説の華だわ！」

「はい、喜ばない。紙じゃなく紐に書いてあるのも、記号や反転した文字が交ざっているのも、あからさまに違和感があるだろう。で、解読方法だが――」

「あのう、お嬢様？」

少し離れた場所で声がして、薄暗闇にぼうっと炎が浮かんだ。ろうそく皿を手に持った古株女中のスヱヨがこちらに歩いてくる。

兎田谷の逃げ足は速かった。人の気配を察知してすぐ玄関扉の裏に隠れたらしく、いつのまにか姿がない。

「お部屋にみえないので探しに参りました。また裏庭でしたか。あらまあ、随分とお召し物をお汚しになって」

「池の鯉が一匹死んじゃったから、織部とお墓を作っていたのよ。なにか用？」

証拠だと言わんばかりに、お嬢様は微笑んでスコップを見せた。

「左様でございましたか。お庭といえども外はもう暗いので、心配いたしました。夕食の支度が整いましたので、お呼びに。奥様がお待ちです」

「すぐ行くわ。心配をかけてごめんなさい」

「手足を洗って着替えてくださいね。織部、お嬢様のお世話をお願い」

「はい」

スヱヨが母屋に戻ると、お嬢様が扉の向こうに隠れている兎田谷を呼んだ。

「先生、もう出てきてよろしくてよ」

「危ない、危ない。二度目は誤魔化すのが面倒だ。緋那子クン、よく口から出まかせがすらすらと出てきたね」

「先生の嘘つきが感染したかしら」

「人を病原菌みたいに。ここで待っているから夕食に行っておいでよ」

「でも、先生もお腹が空かない？」

「俺のことは気にしなくていいよ。今夜は会食の予定が入っているし。きみたちが戻ってくる前に、見事この暗号を解読しておくさ！」


遅れて奥様やスヱヨに不審がられないよう、一旦屋敷に戻ることにした。

ようやくだ。

あと少しで、土蔵の扉が開く。

お嬢様の入浴と食事が済んだあと、部屋に食後のお茶を運ぶふりをして、僕たちは裏庭へ帰ってきた。

兎田谷はひと目につかない場所に座り込み、妙に疲れた様子で紐を弄《もてあそ》んでいた。

そんな兎田谷のもとに、お嬢様がお盆を置きながら話しかける。

「先生、寒かったでしょう。お母さまの目を欺《あざむ》くついでに、温かいお茶とお菓子を持ってきたの」

「やあ、ありがとう。密偵行動が板についてきたようでなによりだ」

「それで、暗号とやらの解読方法はわかったのでしょうか」

暢気に茶を啜《すす》っている男を、僕はつい急かす。

「もちろん。じゃあ助手の緋那子クン、解いてみるかね。暗号としちゃ初級問題だよ！　方法自体は俺の著作でも使っているからよく考えればわかるはずだ」

「えっ、え、あたくし!?」

雑に紐を手渡され、お嬢様は元々大きな瞳をさらに見開いた。

眉間に皺を寄せ、真剣に悩みはじめる。

「ええと、先生が注目していたのは、紐であること、『▼』の記号、それと反転した数字……」

「ちゃんと聞いていて偉いじゃないか。特別にヒントをあげよう。ツクモくんはこの暗号文を誰のために残したと思う？」

「葛の葉にちなんだ場所に隠していたのだから、やはり織部かしら。ふたりにとって思い入れのある本だったのよね」

「そう。今日はたまたま我々も一緒にいるが、本来は彼にしかたどり着けず、他の者には解読できない方法で書き残しているんだ」

得意げに語る兎田谷。

だが、僕に向けた文章なのだとしたら、なぜ本人が当然知っている事実を羅列する必要があるのだろうか。

そう口を挟もうとした矢先、小説家は言った。

「重要な部分以外の文字列は、ただの穴埋め。意味なんかなくても構わないのだよ。木を隠すなら森ってやつさ。しいて言うなら織部くん宛だと匂わせているくらいか」

「必要な文字だけ浮かびあがらせる方法があるのね⁉」

「そのとおり！　もうわかったかね」

「……わからないわ！」

「はい、不合格！　助手から降格！　『正直者探偵シリーズ』の第一巻で使用している暗号だから、十冊くらい買い直して読み返し給え！」

繰り広げられる茶番を我慢していると、ようやく解説が始まった。

「最古の暗号の一種で、紀元前五世紀頃のスパルタ人が軍事用に使用していた、情報を暗に伝達するための道具さ。方法はとても簡単。まず、そっくり同じ太さの杖を二本用意する。そのうちの一本に紙でも布でもなんでもいい。文字の書ける素材の紐をぐるぐると巻いていくんだ。包帯の要領だね。そして巻いた状態で相手に伝えたい文章を一列に書く。紐をほどくと文章はバラバラになり、あとは残りのスペースをなんでもいいから文字で埋め尽くす」

例を見せるかのように、持っている紐を広げた。

「すると、第三者には意味不明な文字列にしか読めない。同じ太さの杖を持っている相手であれば――再び杖に巻いたとき秘密の文章が浮かびあがり、両者間で伝達ができるってわけ。文をアナグラムにする『スキュタレー』と呼ばれる暗号装置だよ」

兎田谷の話を聞いたお嬢様は、ぱっと表情を輝かせた。

「だからわざわざ紐だったのね！　そのスキュタレーに巻けば解錠番号が浮かびあがって……くるのよね？　どこにあるの？　缶にはなにも入ってなかったわ」

「他人には解読できないって言っただろう？　紐を巻く場所は、織部くんとツクモくんが生まれながらに共通して持っているものでーす！　彼らの心はふたつ、だが体はひとつだ」

お嬢様がこちらを見たので、僕も思わず自分の身体を見下ろした。

「まさか……」

「そう、スキュタレーは織部くん自身だ！」

「か、身体のどこか!?　あ、あたくし、嫁入り前なのに殿方に触れるわけには」

「変な場所じゃないから落ち着いて。どうして文字が左右反転してると思う？」

「ここよね、『2』だけ鏡文字……あっ、もしかして、鏡を見ながら書いたから？」

紐を巻くだけの長さがあって、鏡を見なければ自力では書けない部位。

「首、でしょうか」

「ふふふ、鋭いね、織部くん。さっそく巻いてみようか」

「え、ええ。織部、ちょっと失礼するわね」

お嬢様の目線が届くよう膝をつくと、恐る恐る手を伸ばしてきた。

「開幕が巻き始めでいいかしら。そういえば『▼』の記号、南京錠にも同じマークがあったわ。つまみの目盛りを合わせる部分よね」

「うん、暗号の起点の目印にもなってる。解読方法が正解なら『▼』と鏡文字の『2』が両方入った一列があるはずだよ。ヒントとして反転したままにしたんだろう」

細長い布が何周か巻かれ、少女が息を呑む気配が伝わってきた。

KAIMAKU ▼ ORIBE YUKIHIRO 1913 MADA KA
ZOKU GA MINAITA 1914 HAHA YAMAINITE
TAORERU 1915 SAYU GA KIETA! WASURENAI
DE 1915 HAJIMEMASITE TUKUMO KIMIHA D
ARE? 1918 TITIMO SINDA NIDOTO KAERAN
AI 1923 HINAKO OJOSAMA NO OTUKINANKA
IYADA 1925 KAGI WO AKETE

「……この列だわ。『▼Ｍ１Ｈ８Ｈ２』」

「『２』以外は左右反転しても変化がない文字だったんだ。でも鏡を見ながら書いてるから、他は右上がりの癖字なのに、よくよく見ればこの一列だけ左上がりになってるね」

「解錠番号はどうなるの？」

「ＭがＨで右が左。右に１、左に８、左に２、この順番で数字を『▼』に合わせろって意味だと思うよ」

すぐに三人で土蔵に向かい、観音扉を開ける。

そびえ立つ封鎖は、夜になるとなおさら不気味な雰囲気を放っていた。

「あら？　ねえ、今……」

「どうされました？」

「格子窓の奥で、なにか動いたように見えたの」

お嬢様が怯えた顔をするので二階を見上げたが、とくに変わった様子はない。

「気のせいでしょう。この鎖を見てください。鍵を開けない限り誰も入れやしませんよ。飛ぶ鳥の影でも横切ったんじゃ？」

「そうよね……変なことを言ってごめんなさい。続けてちょうだい」

大きなハートの南京錠を手に取り、解読されたとおりにダイアルを回していく。

最後の『2』をつまみ上部の『▼』にぴったり合わせると、U字型のツルがふっと緩んだ。

「開いた……！　兎田谷さん、おかげで助かりました」

「思い出の土蔵にあった『葛の葉狐』と『正直者探偵』。きみならわかる場所にツクモくんは隠していたのにねえ」

「それは、すみませんね。僕には彼女のような遊び心がないもので」

最後にまた当てこすられてしまったが、今回は言い返せなかった。

「ちょうどカンテラを持っていますし、入ってみましょうか。緋那子お嬢様も中をご覧になりたかったのでしょう？」

「織部さえいいなら、もちろん見たいわ」

嬉しそうに声を弾ませる少女を見下ろして微笑み、交差した鎖を外す作業に取り掛かった。南京錠さえ開いてしまえば、さほど手間ではない。

そのあいだ、背後で小説家とお嬢様は会話を交わしていた。

「彼の心の施錠、開くことになるけれど、本当にいいのかな。『好奇心は猫をも殺す』って英吉利《イギリス》の諺《ことわざ》もあってだね」

「当然よ。あたくしは知りたいの。織部と、ツクモさんのことを」

「しかたないなぁ。じゃあその前に、本物の探偵による推理をひとつ聞いてもらおうか」

解かれていく鎖の音と、兎田谷の笑いを含んだ声が混じる。

「偽の通報をして烏丸を警察署に連行させたのは、緋那子クン、きみだよね？」

◆　◆　◆

U字型のツルが抜ける小気味よい音が、夜の庭にかちゃりと響く。

ついにハートの施錠は解かれた。鎖をはずしたら、あとは中に入るだけ。

すべてうまくいったと、そう思っていたのに――

「偽の通報をして烏丸を警察署に連行させたのは、緋那子クン、きみだよね？」

ここまできて突然、兎田谷先生が言った。

「どうして……？」

「まずは単純に消去法。条件に当てはまるのがきみしかいない。烏丸に近しく、お父上の性格をよく理解している人物で、若い女。しかもきみが自ら土蔵の話と繋げたから、

『殺された妹』の存在を知る者ってことでさらに絞られる」

「でも、知人の犯行だというのはただの机上の推理だとおっしゃってたわ。土蔵の子と通報が関係あるかも、まだ分からない」

探偵小説の犯人はなぜ揃いも揃って、追いつめられるとくどくど弁解を口にするのかしらとずっと思っていた。

言い訳するほどに探偵が生き生きと論法で突き返してくるのもお決まり。

まさか自分がその状況に立たされる日がくるとは考えてもいなかった。

「犯人は一言喋ったのみで、情報がほぼゼロだ。その中で声は性別がある程度判別可能な材料だというのに、警察が一切触れないのはおかしい。男女どちらともつかない声ならそう言う。だから、きみが意図的に隠した可能性を考えた。事件を解決してほしいはずの依頼者が情報の提供を取捨選択する理由は、なにか不都合があるからだと考えるさ」

赤日家は近所との交流も少なく秘密主義で、先生の提示した条件に当てはまるのはせいぜい家族と使用人くらい。

ただの推理でそこまで絞られてしまい、疑われそうな情報を追加で与えたくなかった。

だが、隠したことでかえって疑念を深めてしまったらしい。

「又聞きだったもの。両親はもしかしたら警察から聞いていたのかもしれないけれど、あたくしは知らなかったの。お母さまも混乱してらしたし」

「他にも不審な点はあったよ。俺は警察署で門前払いされて、今日は一から調査する予定だったと言ったよね。しかし、どういうわけだか烏丸の実家にいて、地面を掘ったり暗号を解いたり鍵を開けたりしている。たった今きみも言ったとおり通報とは無関係かもしれないのに。俺たちはどうしてこの土蔵の前にいると思う？」

「それは、あたくしが依頼したから」

そうだとも、きみに頼まれたからだね、と兎田谷先生は強調して繰り返した。

「何年も前に消えた少女の事件を今さら通報するなんて、傍から聞くと荒唐無稽《こうとうむけい》な話だ。きみの挙動が不自然じゃなければ、土蔵の件は後回しにしてたよ。今日の調査で見せたようにツテはいくらでもあるからさ。さっさと知人の警官なり電話交換手なりを当たるか、あるいはお父上に直談判したほうが早いだろう。でもきみは、烏丸の解放よりも調査が土蔵に向くよう誘導していた。カフェーでも、家でもね」

そこであたくしは自分の失態に気付く。

「目的が依頼通りなら、まずは不当に拘束されてしまった烏丸をどうにかしたいと思うのが普通だ。だがきみはそうじゃなかった。なぜなら仕向けた本人であり、心配する必要がないからだ。通報したのはきみ自身で、烏丸が署に連行されたのも、お父上が怒ってうちに帰そうとしないのもすべて計算。ああ、無実を証明してほしいって言葉はちゃんと本音だよね。兄を利用はしたけれど、陥れたいわけじゃない。ほんとに捕まったら困るんだから。あとで俺に頼んで、三年前と同じようにお父上を口八丁で説得して出してもらえばいい。通報は悪戯で終わり、烏丸は無事に帰され、真の目的も果たされる」

真の目的——その言葉とともに、鍵の解かれた土蔵の扉を指さした。

「ついでのように交ぜた二番目の依頼が本命なのは明白だったんだ。思惑どおり、土蔵は開かれた。きっちりここに行き着くのを想定してストーリーを描けていたのは、いささか驚いたよ。俺の腕前を信用してくれていたようで、嬉しいやら迷惑やら。やっぱり緋那子クンは素質があるよ、探偵のじゃなくて犯人だったのは残念だけど。だから褒めてあげたでしょ？　嘘をつくのが上手だねって」

「騙すような真似をしてごめんなさい。どうしても開けたかったの。ハートの施錠……」

睫毛を伏せて、あたくしはしおらしく謝罪を口にした。

含みのある笑顔は崩れなくて、この人がなにを考えているかはわからない。

でも、事実を知らない先生はひとつだけ思い違いをしている。

警察はたしかに両親に連絡をしてきた際、犯人の性別を言った。あえて伝えていなかった事実。

『〝若い男〟の声で、通報があった』と。

最初に電話をかけて交換手を呼んだのはあたくしだった。そして、警察署に繋がったあとで交代した。

たまたま五銭硬貨を持っていただけ。街中に設置された公衆電話機でお金を払ったからというだけで、特別な理由があったわけじゃない。

〝若い女〟としか聞いていない先生は、通報を単独犯だと思っている。

これだけは隠し通しておきたい。でも――

「その動機じゃすべての説明はつかないよ。鍵を開けるだけなら、鍵屋に頼めばいい。わざわざ烏丸を遠ざけたり、俺に接触してきたからには、なにかを企んでいるとみて間違いない。その目的を探るために、あえてここまでついてきた。つまりさ、乗ってあげたんだよね、きみの話に」

せめて彼を守ろうというあたくしの思いも、兎田谷先生にはお見通しだった。

笑った顔と相反する、射貫くような視線。

「きみひとりの仕業じゃないよね。きみたちと言ったほうが正しい。彼と話せたおかげで疑惑が確信に変わったんだ。緋那子クン、そして織部くんの共犯だろう？」

やっぱり、完敗。憧れていた助手にはなれないみたい。

烏丸お兄さまが信頼している先生だもの。だからこそ、あたくしはこの人に頼んだのだった。


「織部くんが共犯――いいや、主犯だと確信を得たのは、彼らに会ってからだ」

彼ら、というのはおそらく織部とツクモさんのこと。

「ツクモくんは劇場と土蔵を離れて行動したりしない。織部くんも、本人もそう言っていた。なのに、銀座通りまで出向いてハートの南京錠を準備したのはツクモくんだと、織部くんは説明していた。ここで矛盾が生じるから、どちらかが嘘だ。彼女は鍵をかけたと自分で認めているのだし、購入したかどうかの嘘をつく理由はない。だから嘘をついたのは織部くんのほう。彼の言葉内で食い違っちゃってるしね。おおかた、彼女は勝手に解錠番号を変更しただけだろう？」

問いかけられた織部の様子をそっと窺ったが、表情に変化は見られなかった。

「鍵と鎖を購入したのは彼で、つまり封鎖を施した理由も、ツクモくんではなく彼の側にある。閉じて、尚且つ開かれなければいけない事情が。一応こっちも少し調べて、なんとなく見当はついた」

「へえ。いつのまに」

ようやく織部が口を開いたが、鼻で笑うような返し方だった。

自分の事情なんか理解できるはずもない、とでも言いたげな。

「土蔵の件は後で話すよ。動機の前に犯人の追及だ。探偵小説の定番さ」

「では、定番の追及逃れを。僕たちは別々に動き、それぞれ嘘をついていたのだとしたら？　お嬢様は好奇心で蔵の秘密を知りたいだけでしょう。僕は通報に無関係かもしれない。共犯を疑う理由は？」

「緋那子クンが間違った推理を披露してたどり着いた結論を、織部くんが一切否定しなかったからだよ」

それを聞いてあたくしが驚いた。なにか勘違いをしでかしてしまったらしいが、考えても思い当たらない。

「どれのこと!?」

「織部くんと妹が同一人物だというきみの推理は、ある意味正しいが、ある意味間違ってる。そうだよね？　織部くん」

彼はなにも答えなかった。

「緋那子クンはツクモくんを、彼とそっくりな『妹』だと思い込んでいた。それは織部くんの存在を別で認識していたからこそだ。だったら、織部くんは土蔵の外でもそれなりに長く過ごしているんじゃない？」

「ええ。あたくし、幼い頃はいつも織部に付きまとっていたわ」

「それは今も同じじゃ？」

「そうですけど!!」

思わず照れ隠しのように大きな声を出してしまった。

「緋那子クンが物心ついた頃から土蔵に妹はいた。もし同一人物なら、彼は父親が亡くなるまで土蔵から出てこなかったってことになるし、きみとも七年前が初対面になるはず。きみの推理はそこの視点が欠けている」

……七年前が初対面？

そんなはずはない。彼の父親が生きている頃、織部が庭師の仕事を教わっている姿を何度も見たことがあるし、寒紅梅の木だってそうだった。親子ふたりで植えてくれたのだから。

「言われてみれば、あの女の子が蔵に閉じ込められていた期間、ずっと織部もいなかったなんておかしいわ。たしかにツクモさんを蔵の外で見たことも、ふたりを同時に目撃したこともないけれど、織部との思い出はたくさんあるものね」

先生はさっきまで彼の首に巻かれていた紐を取り出し、もう一度見せつけた。

「暗号に書かれていたふたつの名前を見てピンときた。『サユが消えた、忘れないで』。そのあとに『はじめまして、ツクモ』と続く」

「ツクモはサユの芸名というわけじゃなくて？」

「いいや、もうひとりいるよね？　葛の葉と葛子、ふたりの妻と同じように、ふたりの『妹』が存在する。ツクモとサユ。ツクモくんには会えたが、サユという子は何者？」

問い詰められ、織部はまだ黙っている。

——あの顔だ。

葛の群生する小道であたくしが彼に尋ねた時の苦しそうな、悲しそうな表情。

心配になって彼の様子を窺っていると、兎田谷先生が呆れた声で言った。

「……緋那子クン、きみ、自分が利用されていることに気づいていたのかね？　きみを思い通りに動かすために、彼は間違いを否定しなかったのだよ。一番幼くて記憶が曖昧だったからこそ、思い違いをしていて都合がよかったってこと。おそらく烏丸はもっといろいろな事情を把握している。それもあって、ここに来られては邪魔だったんだろう」

あたくしが導きだした答え。『織部とツクモさんは同一人物で、記憶の中の妹は存在しなかった』と伝えたとき、彼は『なるほど、そういう結論ですか』と淡白に答えただけだった。

でも、それを言うなら兎田谷先生だって——

「先生だって、なにも指摘しなかったじゃない！」

「いい推理だとは言ったよ？　なかなか美しい説だとも。否定もしなけりゃ、べつに肯定もしてないが」

「んもう、意地悪！」

「助手の自主性を重んじようと思って口を出さなかったのになー」

「嘘つき！　それも泳がせるためでしょう！」

「あたり〜」

あたくしは利用されていたの？　ただ、苦しそうにしている織部のお願いを聞いてあげたかっただけだったのに。

「緋那子クンだけがなにも知らず、勘違いしたまま動いている。だから共犯というよりは織部くんにたぶらかされていたんだろうと思ってるよ。彼になんて頼まれたのかな？」

「蔵を開けたいから協力してほしいと言われただけよ。中に大切なものが入っていて、鍵の番号を忘れてしまったからって。あたくし二枚目の扉の存在は知らなくて、一枚目についた鍵のことだと思っていたけれど。それで兎田谷先生に頼んではいかがと提案したの。二重人格について隠されていたのをたぶらかされたとおっしゃっているなら、気にしないわ。誰にだって話したくない事情はあるもの」

先生に追及され、一昨日のやり取りを思い浮かべた。

野草に触った手袋で掴まれた織部の手首は、今もほんのりと赤くかぶれている。

「そして偽の通報でお兄さまを遠ざけたうえで、探偵事務所を訪ねたの」

「けっこう悪質な悪戯だけど、言うこと聞いちゃったんだ〜」

「先生を信頼してたから。お兄さまの無実に必ず気づいて、証明してくださると思ってたわ」

「俺が解決できるのを前提に悪さをされても困るんだが。しょうがないな、名探偵はすぐ挑戦される」

困ると言いながらも、先生は嬉しそうに山高帽の角度を直している。

「でもさ、おかしいとは思わなかったのかね。蔵を開けたいだけなら、直接そう依頼を持ってくればいい。妙な通報までして、随分と回りくどい。ところで、緋那子クンは『妹が殺された』という意味を理解していて手伝ったのかな?」

「いいえ。具体的なことを言うとすぐに捜査が進んでばれてしまうから、長く足止めするために曖昧な電話をするとだけと聞いたわ。あたくしは協力さえできればよかったし、探偵にあこがれていたから楽しんでしまったの。それに、織部とは約束があって……」

「約束？」

楽しんでいたし、秘密を共有してもらったと喜んでいた。でもあたくしは、彼のことをなにも知らず、理解もしていなかった。

「この作戦に協力したら、あたくしとデートをするという約束よ。小さな劇場で『葛の葉狐』を見に行きたいってお願いしたの。交換条件として」

そう話したとき、先生はなんとも微妙な表情をしていた。

「彼、最初から行く気ないじゃないか。中身が違うとはいえ、葛の葉役の本人なんだから」

「あっ……」

「うわぁ、可哀想……少女のいたいけな恋心を知っていて利用するなんて、非道だなぁ。分かりやすいハンサムよりも、こういう地味だけどよく見たら色男みたいなタイプのほうが案外危ないのかもしれない。勉強になったね」

人の恋路を人生勉強の一言で終わらせて、兎田谷先生は彼に向き直った。

「さて、織部くん。そろそろ動機の告白をしてもらいたいな。誰も中に入れたくないなら完全封鎖でいい。出入りを想定して元の鍵を抜き、新たに南京錠をかけたのはなぜ？　烏丸を遠ざけたわけは？　あとツクモくんが逆らった理由も本当は知っているなら、教えてほしい」

次々と飛びだす質問を浴びてもじっと黙っていた織部が、ようやく口を開く。

「——飛んで火にいる夏の虫。好奇心は猫をも殺す」

「ん？」

「どちらも兎田谷さんがなにげなく使った諺ですよ。緋那子お嬢様は、虫であり猫でなければならなかった。閉ざされた扉をご自分の手で開けてもらいたかったんです」

「猫はまだしも、虫……!?」

「まあまあ、喩えだから……」

フォローしてくれた先生の声に同情が滲んでいる。

いったいどういう意味の喩えなのか。今度はあたくしが押し黙って待つ番だった。

「ツクモが鍵を開けたがらなかったのは、僕が蔵の中を見せればすべて終わるからです。赤日家からは追い出されるでしょうし、仕事も住処も失い、さまよう日々が始まる。芝居さえできればよかった彼女の平穏も脅《おびや》かされます。それでも、あなたに見てほしかった。緋那子お嬢様、ハートの南京錠も偏執病的な鎖も、すべてはこの日この時のためです」

織部は中断していた鎖をはずす作業を再開した。数分が、何十分にも感じられる。

そのあいだずっと金属の擦《こす》れ合う、背筋《せすじ》に細い寒気が走っていくような音が、暗闇に響きつづけていた。

「じつは兎田谷さんの著作、土蔵を出たあとで購入して最後まで読みました。思い出の本ですしね。善良で正直者の探偵。物語内での絶対的正義。いつでも正々堂々と犯人の罪を咎《とが》めることのできるあの主人公が、最終回でどうなるのか気になって。お嬢様はなぜ、正直者探偵が最後に殺されたのだと思いますか？」

その声色は妙に優しい。弱々しく揺らいでいる灯篭の火みたいに。

「改心しようとして、それでもできなかった犯人には――探偵を殺すしか、手段がなかったんじゃないかしら。なぜなら、絶対的に正義の主人公が正しかったから。相手を否定する方法がこの世のどこにもなかった」

「いいでしょう。百点の答えです」

「あまり深読みされても困るんだが……雑誌の廃刊が決まったから急いで物語を畳んだなんて、言いにくい空気じゃないか」

先生がそわそわとなにかを言っていたが、もう耳に入らなかった。

「ねえ、織部。あの暗号文、無意味なんかじゃないわよね。あなたの施錠された心の本音なのよね。家族が次々といなくなって、ずっと寂しかったのね」

「はい、そうです。緋那子お嬢様」

やっと心から笑ってくれた。

そう思ったのに、彼の笑顔はひどく邪悪な印象にすり替わった。

「大切な人たちを失って僕は寂しかった。だからツクモが生まれ、狐憑きとして父に閉じ込められた。最後に残った家族にも見放されたんです。それに引き換え、あなたの両親は優しいですね。狐に憑かれてしまった僕を出してくれて、なお下男として働かせてくれたんですから」

「そうなの。うちの両親は優しくて、立派で……」

「ですが、元はといえばあなたがたのせいなんです。お優しくて正しいあなたの両親、あなたの兄。そして、すべての元凶である緋那子お嬢様」

鎖が重たい音を立てて、扉前の石階段にすべり落ちる。

土蔵の封印が解かれた。

「なぜ土蔵を封鎖したのか、僕がこんな計画を企《くわだ》てたのか知りたいですか？　お嬢様、あなた自身の手で、自身の罪を理解してほしかったからです。僕の『妹』を紹介しますね。名前はサユ。織部小百合《おりべさゆり》といいます」

彼の掲げたランタンが、土蔵の中をぼうっと照らした。

息を呑んで、足を踏み入れる。が、すぐに床に落ちている物体に気づいた。

小さな白い欠片《かけら》。規則的に並んでいる、それは。

——人の、骨？

「うそ、これって……」

思わず叫び声をあげそうになる。だが、すぐに背後から大きな掌で口を塞がれた。

何者かに襲われる、いえ、殺される——⁉

怖くなって目を瞑ると、耳元で兎田谷先生の声がした。

「落ち着き給え。騒いだら人が集まってくるよ。よく見て。人骨は人骨だが、変死体なんかじゃない。きちんと火葬された骨だ」

明かりに照らされた床を、おずおずと見下ろす。

白い骨が薄暗闇に浮きあがっていた。それらしく人間の形に並べてあるが、ひとつひとつはとても小さく、元の形を残していない。幼い年齢で亡くなった子供の遺骨だ。

さっき先生に間違っていたと指摘された推理。

妹の正体はツクモだと信じて疑わなかったあたくし。

いまだに自分だけ理解できていなかった事実を、目の前に突きつけられている。

「妹は存在しなかった。通報はただの悪戯で、誰も殺されてなんかいない……狐憑きの子は土蔵を出て幸せになった。そう思い込んでいたのは、ほんとうにすべて間違いだったのね……」

「存在しなかった？　そうですね、存在しなかったことにされました。あなたの兄と、あなたの両親、この家に住む者たち全員によって。妹の死は架空の事故、架空の事件となり、そうしてサユは架空の存在となったんです」

織部が白い欠片を拾う。

虚空《こくう》にかざし、ただの物を見るような目つきで眺めていた。

「狐憑きと呼ばれて閉じ込められていたのは織部くんだけど、妹は妹で別にいたってことだよね？　おそらく、もっと以前に」

「はい。兎田谷さん、あなたがまとめていた時系列は概ね正しいです。僕とツクモが土蔵で暮らしていたのは一九一五から一八年、期間にして二年半ほど。ですが、お嬢様が生まれる前から蔵にはすでに女の子がいました。それがサユです」

傍らに置いてあった磁器製の骨壷を開け、話しながらひとつずつ戻していく。

乾いていて、信じられないほど軽い音が、真っ暗な屋内に反響していた。

「妹は生まれつき病弱で、七歳で亡くなるまでほとんど外に出られなかった。同じく産後に体を壊していた母と蔵で過ごしていました。閉じ込められていたわけではありません。使用人の住居は人が多くて騒がしいから、静かな場所で療養できるようにと、旦那様と奥様の気遣いだったんです。当時鍵はかかっておらず、母は先にこの世を去っていた。だから、まだ就学前のお嬢様でも簡単に妹を連れ出せた」

「……まさか」

手帳に記された時系列と、暗号文に書かれていた彼の想いが頭の中で繋がっていく。

織部が土蔵に閉じ込められたのは、ツクモさんの人格が現れて狐憑きと呼ばれたから。それが一九一五年。あたくしは五歳だったはず。土蔵の子を連れて遊びに行ったのもだいたい同じ頃。さらに同時期、サユという名の妹が死んだ。

「まさか……あ、あたくしのせいで、死んでしまったの？　土蔵から出られないくらい病弱だったのに、おとなに黙って、勝手に外へ連れ出したせい？」

沈黙。

静けさが答えだった。

「使用人が総出で捜し、見つけたときには発熱して発作を起こしていました。帰ってすぐにこの場所で倒れ、夜を待たずに死んだ。ちょうど今、骨が置いてあった場所です。なにも知らなかったでしょう？　当然です。赤日家の大事な姫君であらせられる緋那子お嬢様。あなたを守るために、サユの事件はなかったことにされたのだから」

よく通る低い声が、狭い土蔵の中をこだまする。

「あなたはまだ幼かったから理解していなかった。あの子が外に出られないくらい体が弱く、ずっと臥《ふ》せっていたのを。それだけなら不幸な事故だ。悪気なんかなかったのだからしかたない。でも……あなたが当時の事件を思い出さないように、あなたが傷つかないように、真実が隠ぺいされ、葬《ほうむ》られたのが許せなかった。誰にとっても使用人の娘より、男爵家のご令嬢のほうが大事なのは明白でした。実の父ですらサユの名前を出せば僕を叱ったほどです。結果的に、この家で妹の名が口にされることは二度となくなりました」

そうして、織部小百合という女の子は存在を殺された。

比喩的な意味で『殺された』と言ったんじゃないかしら――カフェーで先生に話した思いつきの言葉が、そのまま自分のほうへ鋭利なとげをともなって返ってきた気分だった。

「悔しくて、納得いかないまま暮らしているうち、僕の中にもうひとりの妹が生まれました。家族が帰ってきたと思ったのに、ツクモに気づいた父は僕を蔵に閉じ込めた。数年が経ち、父が病に倒れ、劇場に居場所を見つけたツクモは赤日家で人格を現さなくなった。もうすっかり治ったものだと皆は思っているでしょう。狐に憑かれた子供の存在も、禁句にして終わりです。そのあいだにもお嬢様は周囲に大切にされ、成長していった。僕をお付きにしたいと希望されたときは本当に困りましたよ」

織部の口の端が動いたけれど、もう微笑んでいるようには見えなかった。

「ですが、ある意味では感謝しているんです。あまりに綺麗に消されてしまったから、土蔵を出てからは僕自身でさえサユのことを忘れ、そのうちツクモもいなくなるのだろうと信じて、うっかり普通に生きていきそうになりました。正式にお嬢様のお付きになったのは、ちょうど一昨年の春でしたね」

彼がハートの南京錠を購入したのと同じ時期。土蔵の封鎖を誘発する、なんらかの心境の変化があったのかもしれないと先生は言っていた。

あたくしが自分の憧れだけで、不遠慮に近づいたのが原因だったのだ。

「あなたひとりだけがなにも知らずに、僕の隣で笑うせいで。あなたが健《すこ》やかに、我儘《わがまま》に、純真無垢に成長するほど、憎しみは溜まり続け……踏みつけになり、忘れられた妹のことを思い出して引きずり続けました。恵まれて、守られて、許された人間が、恵まれも守られれも許されもしなかった人間に——気軽に、恋い焦がれないでくれ」

掠《かす》れた声に、滲《にじ》む感情。

つれないとか、仏頂面だとか、そんなに簡単なものじゃなかった。

これほどはっきりと憎まれていたのに、今までずっと隣にいて、そのせいで彼が傷つき続けていたなんて知らなかった。

どうせ叶わない初恋の相手。せめて婚約までは傍にいられたら、と。

自分だけ浮かれて、あたくしはなにをしていたのかしら。

「……その顔です。ひどく傷心したあなたの顔。ただその表情を見たかった。憎悪を募らせていくと同時に、お嬢様が蔵に興味を持ってるのに気付いて、この計画を立てたんですよ。いつかあなたが考えなしの欲求に逆らえず、自ら扉を開けるこの時のために。妹を連れ出したあの日のように」

好きだからなんでも知りたいと、彼の過去を踏み荒らし、心の施錠をこじ開けた結果だ。

「意気揚々と探偵助手の真似事までして、楽しそうでしたね。僕は知ってほしかったんです。ここで死んだ妹の存在を。そして、思い知ってくれ。その無邪気な欲望、好奇心旺盛なその性格が、かつて僕の妹を殺したことを」

ああ、そうだ。

そうとも知らず、ツクモさんに謝ってしまったことへの深い後悔が胸に広がる。

ツクモさんは遊びに行ったあの子とは別人だったのだから、彼女が憶えているはずもない。知らなくて当たり前だった。なのに、あのときはごめんなさいと伝えて、それで済んだつもりになっていた。

もう謝罪はできない。なんの意味も持たない。

頭が真っ白になって、あたくしは棒立ちしたまま、どうしていいか分からなくなった。

するすると時間が流れる。いったい何分が経過したのか。

時が停まったような静謐《せいひつ》がすぎ、突然動きだす。二階で物音がしたのだ。

階段がきしみ、控えめな足音が響いた。ここに来たときに、二階に何かの気配を感じたけれど、やはり気のせいなんかじゃなかった。格子窓の奥に、何者かがいた。

暗闇の中、ろうそくの火を手にして現れたのは――

「わたしにも、彼と話をさせてくれないか」

あたくしの偽の通報で勾留されているはずのお兄さまだった。

「……烏丸お兄さま、どうして？　いつから蔵の二階に？」

土蔵は鎖の封鎖で閉ざされていた。中に入ってからも、あたくしたちは三人でずっと扉の付近にいたのだから、人の出入りを見逃すはずなんてない。

いつ、どうやってお兄さまは侵入したのだろうか。

「まさか外壁でもお登りになったの？」

「わたしがここにいる経緯は後回しだ。それより、織部と話がしたい」

お兄さまが潜んでいたこと自体は織部も驚いていたようだが、彼はすぐに落ち着きを取り戻して、冷ややかな笑みを浮かべた。

「烏丸様、お話するのはお久しぶりですね。僕が土蔵を出た頃にあなたは進学されて、ほとんど入れ違いでした。実家にお戻りの際も、使用人風情《ふぜい》がおいそれと嫡男様にお声をかけていただけるわけがありませんし」

「ああ……」

彼の皮肉めいた挨拶に、お兄さまは気のない相槌を打っただけだった。

ふたりが視線を交わしたのはわずか数秒。

「謝って済む問題ではないが……きみたち兄妹には、本当に申し訳ないことをしたと思っている。うちであの子の存在が禁忌《きんき》となってしまった原因は、わたしがついた嘘なのだ。緋那子は真実を知るには幼すぎるからと、どうにか本人に隠しておけないか考えた末だった」

埃が舞いそうな勢いで、お兄さまが頭を下げる。

対する織部は、ますます表情を凍りつかせて正面の相手を見下ろしていた。

「まだ、お分かりにならないのですね。あなたを遠ざけた理由は邪魔だったからです。お嬢様はまたしても庇《かば》われ、守られるでしょう。そしてあなたは妹想いの兄として称えられる。当時と今の状況を比べ、なにが違いますか？」

「それは……」

「お兄さま、当時って？」

なにがあったのかと、目で訴えた。

少し言い淀んだあとで、お兄さまは遠慮がちに語りはじめる。

サユが亡くなった夜、お父さまが事実確認のため捜索に出た使用人を全員自室に集めた。

だけど、あたくしが連れ出したせいなのだと主人に告げることのできる者はいなかった。なにしろ特別に可愛がられている末娘である。歳もたった五つにしかならない。

ためらいの空気が充満しているところで、声を上げたのが烏丸お兄さまだったそうだ。

あたくしと織部の妹を無理に行かせたのだと、外の空気を吸ったほうが体に良いと思ったからだと言い張ったお兄さま。

きっと真実を知っていたであろうお父さまの目を、まっすぐ見ることはできなかった。

無論、使用人は真実を知っている。だけど、お兄さまを責める人はおらず、それどころか、お兄さまの嘘は皆から称賛されたのだ。

妹のあたくしを庇う兄の姿は美談となった。

結局は事故だったのだからしかたない。これ以上美しい嘘を追及して、真実を暴いてはならない。全員の心を支配したこれらの共通認識が、ひとりの少女を消し去った。

それらを説明した後、お兄さまは苦々しく顔を歪めた。

「元凶はわたしだ。使用人らが逆らえないことを、子供ながらに理解していた。そのうえ、自分の嘘は正しかったのだとずっと信じていた。嫡男としてうまく収めたのだと、尊大にも思い込んでいたのだ」

しかしお兄さまの懺悔《ざんげ》は届かなかった。

それがどうしたと言わんばかりに、織部は肩をすくめた。

「僕はね、別に赤日家の方々が悪人だとは思っていません。むしろお優しい人ばかりなのでしょう。『悲しい事故だったが誰も悪くない』と、皆は口々に言いました。きちんと葬儀は行われたし、父は見舞金も受け取った。すべて丸く、綺麗に収まりました。烏丸様は間違ってませんよ。美談になってしまえば、それは正しい行いなんです」

骨を拾い終わり、蓋を閉めた骨壺《こつつぼ》を大事そうに両手で抱えた。

小さな白百合《しらゆり》の文様が施された瑠璃色《るりいろ》の磁器。カンテラのわずかな炎を反射し、暗闇で艶《つや》やかに光っている。

「ただ……美しく忘れ去ることで、僕たちが踏みにじられたという視点が抜け落ちていただけ。しかたないですよ。所詮は使用人ですから。悪意のない自然な傲慢だ。あなたがたは強者で、だからこそ正義を手にしたんだ」

しかたないんです、と。

繰り返した声に感情はこもっていない。

お兄さまは、織部をまっすぐ見据え、再び口を開く。

「土蔵に閉じ込められたきみを見ているうちに、迷いが生じるようになった。進学で実家を出て、さらには逃げるように兎田谷先生に弟子入りした。偉大な人に答えを求めれば得られるだろうとすがり、今まで一度も自身で向き合ってこなかった。わたしがあれは嘘だったのだと第一声を発しなければ、他の誰もきみたちを救えなかったというのに」

お兄さまは顔をあげ、彼のほうをしっかりと見た。

「美しい嘘と悲しい真実。どちらが正しかったのかとずっと答えを求めてきたが、どちらでも関係ない。わたしの行動はただ一方を守り、一方を蔑《ないがし》ろにする選択でしかなかった。自分の妹だけを傷つけずに済ませようとしたに過ぎない。今は己の罪を理解している。本当に、すまなかった」

織部はしばらく考え事をしていたが、自然に身体が動いたような足取りで出入口に歩いていった。

出ていくのではなく、敷居で立ち止まって空を見上げただけだった。

「下弦《かげん》の月《つき》はとうに過ぎましたか。道理で暗いはずだ。夜の土蔵は真っ黒で怖くて、満月が近づくのを心待ちにしていたものです。烏丸様は、僕が閉じ込められていた頃、なぜか月が満ちると、必ず土蔵の前にいらしてましたよね」

「……ああ。普段より双方の姿がよく見えるだろうと思っていた」

「なんのために？」

「不快にさせたら謝る。わたしは、もう一度きみと友人になりたかった。男兄弟がいなかったのもあるが……きみは同じ歳なのに見事な庭仕事の腕を持っていて、ずっと尊敬していたよ」

ずっと強張《こわば》った顔をしていたお兄さまが、初めて口元を緩める。

昔の思い出を大事に取り出すような、そんな表情。

あたくしが知らなかっただけで、事故の前のふたりは仲が良かったのかもしれない。寂しさ。懐かしさ。罪悪感。憧憬《しょうけい》。たくさんの感情が混ざり合い、傍目には恋のように見えたのだろうか。

織部はそれ以上、お兄さまになにも言わなかった。

「絶対の正義を否定するには、殺すしかない。本物の殺人なんて大それたことは僕にできませんから、もちろん比喩的な意味で、です。この方々を滅茶苦茶に傷つけたかった。動機の説明は以上でよろしいでしょうか、兎田谷さん」

黙ってやり取りを聞いていた先生が、もたれていた壁から体を起こした。

「やりきったにしては、すっきりしない顔してるね」

織部が一瞬こちらを見る。びくっと肩を震わせるあたくしを見て、彼はすぐに目を逸らした。

「ずっと募らせていた憎しみ。望んでいた復讐《ふくしゅう》。遂げてみれば、こんなものかという気分です」

「俺はしたことないけれど、仕事で何度か立ち会うはめになったことはある。他人のを見る限りじゃ対価のわりに燃費が悪そうだ」

「ツクモが蔵を閉ざした理由が、今になってやっとわかった気がします。表裏は一体、結局彼女は僕自身から生まれたのだから」

そして、織部はお兄さまとあたくしのほうに向きなおり、事務的な口調で言った。

「急な話で申し訳ありませんが、年内でこの家を出てもいいでしょうか。行くあてがあるわけではありません。でも、なんとかやってみようと思います」

「……わかった。父にはわたしが報告しておこう」

「緋那子お嬢様にも、長いあいだお世話になりました。別の運転手をお雇いくださいませ」

「ええ……」

織部は一礼し、骨壷を抱いて扉から一歩を踏みだしていった。

初めて好きになった相手の後ろ姿が遠ざかっていくのを見守る。

引き留める気など起こらなかった。この古くて黴《かび》だらけの土蔵から、彼はようやく解放されたのだから。

「兎田谷先生、我が家のことでお手数をおかけいたしました」

「気にしなくていいよ。仕事だからね！」

「妹に代わり、依頼料は小弟がお支払いします」

「報酬は十分に受け取っているし、たいして手こずった依頼でもないからさ」

「嘘よ。あたくし、先生になにも差し上げていないわ」

「さすがの俺でも、女学生のお小遣いはね……しかしまあ、派手な殺人事件の話から始まったと思いきや――」

　先生は長い鎖を拾いあげながら言う。

「こうして全貌《ぜんぼう》が判明すると、どこにも事件性はなかったね。遺骨はちゃんと供養されたものだし、通報が迷惑だったくらいか。彼の心の叫びが表出して起こったというわけだ。途中で緋那子クンが泣きだしやしないかと肝《きも》を冷やしたが、大丈夫そうだね」

「許してほしいとか、嫌わないでほしいなんて甘えは言わないわ。あたくしは真実を知れてよかったと思う」

　そして、あたくしは気になっていたことを尋ねた。

「ねえ、先ほど織部が言っていた、ツクモさんが扉を閉ざした理由って？」

「ツクモくんは織部くんの一部だ。蔵を開けさせたい織部君に対して、彼女が反する行動を取ったってことは、彼の中には許したい気持ちもあったはずなんだ。見方を変えれば、扉を閉ざすことで彼女なりに織部くんを守っていたんだろうね。でも、この二年八カ月で募った感情が憎しみだけじゃなかったから、最終的に開けることを選んだんだと思うよ。きみの慰めになるかはわからないが」

「慰めなくていいの。彼を苦しめたことに変わりはないから」

封鎖を元の状態に戻すかどうか三人で話し合い、先生の提案で開け放しにしておくことにした。

「もう必要ないだろう。南京錠も鎖も、役目を終えたみたいだ」

あたくしにできることはひとつしかない。

二度と、忘れないでいよう。

織部と、ツクモさんと、サユちゃんがこの場所にいたことを。

第三章・裏　暗躍する文豪

小弟の名は烏丸。文豪探偵・兎田谷先生の弟子である。

過去の行いが返ってきた結果とはいえ、まさか自分が警察署に連行されるはめになるとは思いもよらなかった。二度と御免蒙《ごめんこうむ》りたい経験だ。

今回も先生の手腕により、事件は見事解決した。

とはいえ、なぜ急に釈放されたのか、なぜ急に実家であのような事態が起こっていたのか、小弟はほとんど理解できていなかった。

家に戻ってからゆっくりお話を伺うつもりで、先生と赤日の屋敷を出てきたのだが——

・

気付けば、麹町区の永田町二丁目にある、政財界の要人御用達と名高い料亭の前に立っていたのだった。

「ここは……？」

「見てのとおり、会員制の高級料亭さ！　ふっふっふ、今晩は人と食事の約束をしていてね。一日中楽しみにしてたんだ。さ、入るよ」

慌てて自分の恰好を確かめる。蔵にいたせいで全身に埃をかぶっていた。

なぜか兎田谷先生は小弟よりもさらに埃や泥にまみれている。汚れたマントと羽織は風呂敷で包み、なんとかふたりとも身なりを整えた。

仲居に案内されたのは一階の個室。同席者はまだ来ていないようであった。

先生は迷わず上座を空けた。ということは、出版社の偉い方でもいらっしゃるのだろうか。小弟も隣の下座に席をいただく。

「色々と気に掛かることはあるのですが……着道楽の先生がお召し物を汚されるとは、まさかまた前後不覚になるほど酔って土手から転がり落ちたのでは」

「心外だなぁ、ちゃんと働いていた証《あかし》なのに」

燗酒《かんざけ》で体を温めつつ、先生は緋那子が依頼に来たところから順を追って説明してくださった。

「なんと、警察署にいたわずか二日間にそんな出来事が。通報の犯人はあのふたりでしたか。無論責めはいたしませんが、先生のお手を煩わせたようです。しかし、小弟はどうして急に釈放されたのでしょう？」

「俺が電話をかけたから。それだけ」

「電話？」

「緋那子クンらが母屋に戻っている隙にね。二時間ほどの余裕はあったが、いやぁ疲れたよ。息があがっているせいでばれるかと思った」

小弟は、先生の話を聞きながら、自身の記憶をすり合わせていく。

緋那子たちが食事と入浴に行っているあいだに、使用人の住居から電話をかけて小弟を釈放させたようだ。刑事から一旦実家に戻るようにと伝達があったのは、たしかにその時刻である。

法的に無実だとはいえ、両親に何の弁明もしないわけにもいかないと思った小弟は、赤日の屋敷へタクシーを走らせた。そして門をくぐって庭に入った矢先、兎田谷先生に袖を引かれたのだ。先生はそのときすでに泥だらけになっていた。

その後は、時間がないのであとで説明すると告げられ、先生とともに土蔵の南京錠と鎖を外し、小弟は二階で待機することに。

元通りに戻す作業はひとりでされたようだ。

「母屋の人々に見つからないよう、とりあえず土蔵に隠れてもらった。おまえが帰宅したらお母上や使用人たちが見過ごしやしないだろう。織部くんにはゆっくり話をしてもらいたかったし、騒ぎになったら困るのでね」

しかし、スキュタレー暗号はその性質上、彼の首に巻かねば解けなかったはずだ。

気になった小弟は、すかさず質問する。

「ですが、兎田谷先生はどうやって侵入したのですか？」

「正解が鏡文字で左上がりの癖字になっていたと言ったろう。それに合わせて他の左上がりの部分を拾えばいいだけだ。とっくに解読できているのが知られないよう、織部くんにしか解けないと強調したけどね。依頼達成のため先に入って彼の真の目的に見当をつけておきたかったのさ」

そうして蔵の中に入った小弟は、子供の遺骨を見つけた。そこで、織部が緋那子を動かして通報や土蔵の調査に及んだ動機を知ったのである。

「土蔵に入ったとき、先生は小弟に『そうするべきだと思ったら下りてきて構わない』とおっしゃいました。何が起こるかわかってらしたのですね」

二階に潜んで彼らの会話を聞いていた小弟は、今こそ自分の過去と向き合わねばならぬと悟って姿を見せたのである。

「ただ依頼通りに調べるだけでなく、先生はいつも先手先手を打たれる」

「先日の幽霊屋敷の件もそうだったが、依頼人の申告する内容と本当の願望が一致しない例は往々にしてあるからねえ。故意の場合もあれば、本人が気づいていないことだってある。探偵は情報を聞いて回るだけの仕事じゃない。人間の欲や感情と直《じか》に触れる、存外奥が深いものなのだよ」

先生は喋りながら機嫌よく猪口《ちょこ》を傾け、早くも徳利《とっくり》に空にしている。普段は手の届かない高級な酒だ。

空き腹に呑みすぎは良くないと止めようとした折、襖を挟んで仲居《なかい》から声がかかった。

同席者の到着である。

「兎田谷君。待たせたようで申し訳ない」

「こちらこそ、先にいただいていますよ。あ、きみ、全員揃ったからそろそろ先付けを持ってきてくれるかね。燗《かん》のおかわりも」

屈託《くったく》ない声で会席料理の開始を頼んでいる先生をよそに、小弟は完全に固まっていた。

「紹介しよう、今回の依頼人であらせられる赤日男爵家のご当主だ。内容的に緋那子クンの分も込みのようなものだから、まとめて支払ってくれたこの御仁こそが、俺の真の依頼人ってわけだね。赤日少将閣下、こっちは弟子の烏丸」

「はっはっは。知っているよ。なにしろ息子だからな」

「ははははは、なんちゃって」

小鉢や平皿が次々と運ばれてくる。

前菜をつつきながら、和やかなムードは続くが、小弟は動揺を隠せない。

「いい料亭だろう。気に入ってもらえるといいが」

「いやぁ、庶民じゃ足を踏み入れる機会さえないですよ。通常の依頼料に加え、旨い酒と料理のご相伴《しょうばん》にまで与《あずか》れるなんて最高だナ。いつもこのくらい豪華な報酬だったらいいのに」

吸い物が出されたところで、ようやく声がでた。

「……お、お父様!?」

小弟の驚きの声をよそに、兎田谷先生は父に一連の流れを説明していた。

「――とまぁ、こんな感じで。報告は以上です」

「そうか……ご苦労だった。追加の費用は必要か？」

「いーえ、食事だけでも余りある程ですよ」

先ほど小弟が聞いたのと概ね同じ内容を、先生は父に話した。

この席は結果報告のために設けられていたのだという。

「報酬は十分にもらった」とおっしゃられていたが、予想外の出処《でどころ》だ。

しかし、父は兎田谷先生を快く思っていないはずではなかったか。

「烏丸や。閣下がこの二日間なにをしていたか、疑問を抱かなかったのかね」

「勾留中、父の影がどこにもなかったのは不思議でしたが……」

刑事曰《いわ》く、小弟を警察署に繋ぎとめていたのは父だ。

大層怒っているに違いなく、すぐにでも署に駆け込んで、面と向かっての弁解を求められるだろうと思っていた。

だが何事もなく二日過ぎ、本日の夜になって急に釈放されたのである。

「父が釈放の指示を出し、実家に戻ってから叱責を受けるのだと思っておりました」

「まあ、閣下の権力なのは間違いないね。ただ、今まで警察署から出られなかったのも、急な釈放も、全部俺が間接的に頼んだからなんだけど」

「な……!?」

釈放の件は先ほど聞いたが、勾留も先生が？

わけがわからず説明を待っていると、父が自ら口を開いた。

「通報があったのは一昨日の夕方。悪戯かもしれないが、念のため参考人としておまえを呼んでもいいかと刑事からわたしに確認がきた。妻は取り乱していたな。詳細を聞いたあと、わたしの頭にある懸念がよぎっていた。ついに来たかと思ったよ」

「お父様は、その時点で織部だとわかってらしたのですか」

「彼の妹の事故の後、織部君の憔悴《しょうすい》は酷いものだった。いつか遺恨《いこん》が溢れだすかもしれないと危惧《きぐ》していたが、息子と娘の代わりにわたしが償《つぐな》ったとしても、彼は納得しないだろう。さらに悪いことに、娘はどうやら彼に好意を持っているようだ」

父は当主として事故の見舞金を出したが、織部が求めていたのはそんなものではなかった。しかし、父が謝罪を肩代わりしたのでは過去と同じだ。

小弟が嘘をついたせいで、父を随分悩ませてしまったようだ。

「だが、証拠も確信もない。別の事件である可能性は捨てきれない。そのため警察には疑いがあるなら息子をきっちり取り調べてくれと頼んだが、わたしは真相を暴く手段など持ち合わせていない。どうするべきか悩んでいたときに、兎田谷君と会ったのだ」

「通報の翌朝、烏丸が連行された直後だね。俺はすぐに追いかけたが門前払いされてしまい、閣下と警察署の前で鉢合わせしたってわけ」

「探偵は調べ事の専門家なのだろう。わたしは兎田谷君に相談を持ち掛けた」

「お父様は、先生を良く思っていらっしゃらないとばかり……」

父は黙って別室に控えさせていた運転手を呼び、書物を一冊こちらに手渡した。

「これは……！　小弟が厳重に保管していた『正直者探偵シリーズ』の初版本!?　巻には十五箇所の誤植《ごしょく》があり、修正前の稀少《きしょう》な物なのですが」

「嫌な稀少価値がついてるなぁ」

汚れぬように、小弟は素知らぬふりで自分の荷に仕舞い、質問を続けた。

「して、先生の処女作がなにか？」

「緋那子がおまえの私室から持ち出して読んでいたようだ。昨年だったか、車に置き忘れていた本をなんとなしに開いた。いや、そうではないな。やはり害悪だと緋那子に諭すつもりでいたのだ。しかし――小説など低俗な娯楽だと思っていたわたしだったが、少し読んで見方が変わった。一見碌でもないように見えた兎田谷君も、心根はこの主人公のように誠実で、骨のある男なのではないかと密《ひそ》かに思い直す機会となったのだ」

「まあ、作品と作家は別物だけど……赤日家の人たちは実直すぎるのか、なんかそういう思考だからもういっか。みんなして『正直者探偵』好きだし」

作品は作家の芯。

著作によって兎田谷先生の評価が正されたのなら、小弟にとってこれほど喜ばしいことはない。

だが、今はそれよりも知りたいことがあった。

「父の依頼は、具体的にどのようなものだったのですか」

「警察署で会ったあと、赤日家が抱える事情を聞いてね。あーでも、閣下もすべてを把握しているってほどじゃなかったから、俺だってなにもかも知っていて動いてたわけじゃないよ。狐憑きの正体、ツクモくんの存在、織部くんの最終目的なんかは、緋那子クンの依頼を同時に進めて解明していった。彼女がうちに来なければ、こっちから織部くんに接触するつもりだったし」

「じゃあ、小弟が勾留されていたのは」

「通報は烏丸を遠ざけるためだろうとわかったから、泳がせたかった。俺がいいと言うまで出さないよう閣下に頼んでいたんだ。すまなかったね」

小弟がすぐに釈放されて赤日家に近付けば、織部は計画を変更か中止にせざるを得なかっただろう。目的を探るため、調査の一環であったならば納得である。

小弟を追い出したかった等の理由ではなくて、心から安堵《あんど》した。

「まるごと兎田谷君に任せたようなものだ。わたしも織部が動きやすいように帝都ホテルに潜んでいた。彼が過去の事件を白日の下に晒したいならば、その権利がある。やりたいようにやらせたかった」

「つまり、罪滅ぼしですか」

「ああ、緋那子ももう十五で、いつまでも子供ではない。そろそろ真実を知ってもいい頃だ。だから、できれば娘が傷つかない形で丸く収めてほしいと依頼した」

祖父の代から我が家で暮らしている一家だ。

父もずっと気に留めていたらしい。

「だが――申し訳ないがね、その依頼は断らせてもらった」

「え？」

「大事な娘には無闇に傷ついてほしくないのが親心だろう。でも、緋那子クンが傷つかず、織部くんが納得する方法なんて存在しないよ」

先生のおっしゃるとおりである。

本気で向き合わなければ、彼の施錠は絶対に開かなかった。

「それでも悪いことばかりじゃない。傷ついて前に進めるときだってあるんだ。葛の葉狐の伝説もそう。織部くんは別れの場面を無意味だと嫌っていたけれど、もう二度と逢えなくなるとわかっていても、安倍晴明はきちんと自分の足で母親を訪ねた。最後に向き合えたからこそ、立派に陰陽師としての道を踏み出せたんじゃないかと、俺は思っているよ。勝手な解釈だけどね」

帆立の貝柱を一生懸命に箸でつつきながら、先生はこう締めくくった。

「かといって、危険な方向に暴走しないとも限らないし、心はともかく物理的に負傷するようなことがあったら大事《おおごと》だ。だから内容を少々変更して引き受けた。今回の仕事は復讐の立会人さ。赤日少将閣下の依頼は、彼らを見守ってくれ、だ」

エピローグ

麹町の実家で起こった事件から一週間。『兎田谷探偵事務所』にも以前と変わらぬ日常が戻っていた。

先生は年末進行に文句を言いながらも書斎にこもり、〆切を過ぎた原稿に向かっている。

小弟はというと——家仕事のかたわら、自身の小説の執筆を進めていた。

昼下がりの穏やかな空気の中、訪問者があった。

「もし。兎田谷先生はご在宅かしら」

よく知った声だ。玄関を開けると、妹の緋那子が立っていた。

後ろに白手袋の青年が控えている。お付きの織部である。

今月末、織部は彼にとっても生まれ育った家である赤日の屋敷を出ることになっている。

年内はこれまで通り妹のお付きだ。あのような出来事があったばかりで心配していたのだが、ふたりのあいだに剣呑《けんのん》な雰囲気は感じられなかった。

「烏丸お兄さま、ご機嫌よう。先日はお世話になりました。先生にお会いしたいのだけれど、いらっしゃる？」

「ああ。原稿中だが、そろそろお茶を淹れようと思っていたところだ。お呼びするから、あがって待っていてくれ」

文士を客間に案内し、小弟は一旦先生の部屋に行って客の来訪を伝える。

それから台所で四人分の茶を用意し、今しがた手土産で受け取った梅の練りきりを皿にのせて持っていった。

「おや、緋那子クン、髪を切ったのかね」

あとからやってきた先生が、緋那子を見て開口一番に言った。

羊毛の帽子を被っているせいで一見してわからなかったが、言われてみれば腰まであったおさげ髪が肩よりも短くなっている。

横を前下がりにしてうなじのあたりを少し刈り上げた髪型。銀座通りを歩いている今時の女人のようである。普段着もよく着ている銘仙ではなく洋風のワンピースだった。

「なるほど。たしかに印象が違う」

「もう、お兄さまったら。あたくし随分思いきったのに全然気づかないんだから。学校には保守的なお家の方も多くて、一部の断髪嫌いの学友は離れていっちゃった。でも、気にせず仲良くしてくれる子もたくさんいるの」

「似合っていると思うよ。すっかり大人びて、立派なモガだ」

先生に褒められ、緋那子は嬉しそうに顔をほころばせている。

奔放《ほんぽう》なようで案外周囲の目を気にする性質《たち》だったが、今はどこかすっきりとした面持《おもも》ちをしていた。

男はいつまでも少年性を引きずるが、少女は瞬く間に大人になると書いていたのはどの作家だったか。

あれから幾日しか経っていないというのに、一層の落ち着きを見せている。

もしあのとき、緋那子がごねたり泣きわめいたりしていたら——また違った結末になっていたのかもしれないと思う。我が妹ながら、潔《いさぎよ》い態度であった。いつまでも幼く我儘だと思っていたが、知らぬうちに成長しているのだ。

「やや、風花堂《ふうかどう》の練りきりがあるじゃないか。ずっと原稿に向かいっぱなしだったから、たまには甘味もいいいな」

「うちでは毎年ここでお正月用を買っているのよ。今日は銀座でお買い物ついでに予約しに行ったの。だからお土産。このお皿、透きとおった緑色で綺麗ね。黄がかった薄桃色のお菓子とよく合うわ」

梅の花をかたどった菓子と織部焼《おりべやき》の正角皿を眺め、緋那子が言った。

焼き物と同じ名を持つお付きの青年は、部屋の隅で静かに待機していた。

「織部くんも食べ給えよ」

「いえ、僕は。客ではなく使用人ですから、お構いなく」

「平民にそんな概念はないさ。酒類なら独り占めするが、俺は甘党じゃないから、遠慮しなくていいよ。ほらほら」

押しつけられた皿を恐縮しながら受け取る織部も、土蔵で話をした際とは打って変わって柔らかい物腰であった。

憎しみの念が強かった反動だろうか、まるで目的を遂げた途端に燃え尽きてしまったかのようだ。

茶を飲みながらの雑談が一段落したところで、彼が言った。

「今日は、僕からお願いがあって伺ったんです」

「ん、なにかな？」

ただ挨拶に寄ったのではなく、先生に頼み事があるらしい。

「じつは——ツクモが消えてしまいました。呼びかけても入れ替われなくて、あの日から一度も出てきていません。なにより、僕が彼女を感じられない」

亡くなったサユの代わりに、土蔵で生まれたもうひとりの妹。

ツクモという名は小弟も先日初めて知った。

織部が蔵に閉じ込められたとき、使用人らは狐が憑いたと騒いでいた。纏う空気が別人みたいに入れ替わっていたのはたしかだが、小弟には邪悪なものとは思えなかった。あれが彼女だったのか。

「つまり、ツクモくんを元に戻してほしいという依頼かね？　うーむ、探偵より心理学や精神医学の範疇《はんちゅう》じゃないかと思うが」

「いいえ。元々僕が目的を遂げればいなくなるような気はしていたので、呼び戻すつもりはないんです。ツクモは葛の葉に自分を重ねていた節があって、存在が露わになれば去ろうと考えていたのだと思います」

「正体を知られた狐は森へと帰ってゆきました、か。彼女もまた、役目を終えたんだね」

練りきりを咀嚼《そしゃく》しながら、先生はうんうんと頷いている。

「お願いというのは……今日の午後、ツクモが所属する劇団の稽古にでる予定でした。彼女が消えてしまったからといって、無断で抜けては迷惑になるでしょう。捜索されても困りますし。僕自身は劇団の方々と面識がないので、兎田谷さんに取り持っていただければと」

「なるほどね。ちょうど仕事も終わったところだ。あそこの座長にうまいこと話を通してあげよう」

なんと、先生が〆切をさほど過ぎることなく原稿を終わらせるとは。

稽古の時間も迫っているという話を聞き、さっそく四人で築地の劇場へ向かうことにした。

ややこしい事情は濁したものの、兎田谷先生の仲介によって織部は座長に退団の意向を伝えることができた。

座長は葛の葉役がいなくなるのを惜しんではいたが、元より志半ばで去る者は多いそうだ。強く引き留めはしなかった。

本日は舞台上で通し稽古とのことだったので、劇団員にも一言声をかけるべく客席に向かった。まだ開始前らしく、そこにいたのはひとりだけだった。

以前にも顔を見たことがある、明という青年である。近寄るなり罵声《ばせい》が飛んできた。

「おい、なに勝手にツクモを消してんだよ。アンタらの事情なんか知らねえけど、おれらにとっちゃ仲間だったんだ」

彼は大変な剣幕でおりてきて、織部の襟首《えりくび》を掴む。

一目見て彼女ではないと悟ったのだ。相変わらずの容貌に似合わぬ粗暴さだが、役者仲間の絆だろうか、彼女とは互いに心を開いていたのかもしれない。

「あがれよ、舞台」

「は」

突然の指示に、織部は困惑していた。

「無理です。自分は芝居なんかできません」

「いいからあがれ。おまえは別にあいつの偽物なんかじゃねえんだろ」

言い方は違うが、兎田谷先生も同じ意味の言葉をかけた。

「いなくなったように見えても、ツクモくんは織部くんそのものだ。きみ自身がそう言ってたろう？」

明君が背後にまわり、洋服の上から衣装の小袖を羽織らせる。

体が覚えているのか、織部は引き寄せられるように舞台にあがった。

本番用の照明ではないのに、まるで彼女の周りだけスポットライトが当たっているようだった。

語りながら、ひらりと舞いながら。幾分たどたどしいが、目が離せなくなる。

彼女の、様々な心の声が届く。葛の葉という狐の声なのか、彼女自身の声なのか。夫と子と暮らした小さな家。嗚呼、もっと一緒にいたかったのに。わたしが狐であるばかりに、偽りの妻であるばかりに、去らないといけないのだ。せめて、せめて最後に、あの子になにかを残せれば。

ひとりきりの舞台で、小道具もない。

それでも障子に書かれた歌が、文字が、目の前に浮かんでくる。

恋しくばたづね来てみよ
和泉なる信太の森の
うらみ葛の葉

袖を翻して、葛の葉が去っていく。拍手をしながら明君は言った。

「ほら、ちゃんといただろ、ツクモは。舞台の上に」

舞台から客席へと繋がる階段で、ツクモはすぐ近くに立っている緋那子に駆け寄る。

「ずっと彼の心の声でしか知らなかった緋那子お嬢様。叱られながらも、何度だってこっそり蔵を見にきてくれていたあなただったのね。逢いに来てくれて嬉しかった。わたしに気づいてくれて、気にかけてくれて、存在を知っていてくれて、ありがとう」

はっとした顔で緋那子が見上げたが、すでにツクモの気配は消えていた。

急にばたばたと人が入ってきた。これから稽古を始める劇団の役者たちのようだ。

「あ、ツクモだ！　辞めたって言ってたけど、まだいるじゃない」

「ツクモじゃなくて織部？　いいよ、どっちでも」

「おまえの演じる葛の葉を代われるやつなんかいないんだからさ、明日からも来いよな」

あっという間に囲まれて、織部は困惑していた。

「ここはツクモの居場所で、僕のでは……」

「聞いた話じゃ、行くあてないんだろ？　仕事と住む家くらい誰かが紹介してやれるし、どうせうちには訳ありの人間しかいないから気にするなって」

織部は周りの勢いに固まっていたが、しばらくして独り言のようにぼそっとつぶやいた。

「ハァ。『役者になったらどうか』なんて、偶然だとしても、お嬢様はなぜあんなことをおっしゃられたのですかね。青い鳥はすぐ傍らに。これじゃまるで予言だ」

残されたのは新しい場所と、仲間。

受け入れるか否《いな》かは彼の自由だ。しかし、困ったように笑う顔は今までに見たどんな表情より晴れ晴れとしていた。

稽古の邪魔にならぬよう、小弟らは劇場を出ることにした。

明君が緋那子を呼び止める。

「どこかのお嬢さん、今度は公演を観に来いよ。ここ見た目ほど治安悪くねえから」

「明がいるから悪いんじゃない？」

「うるせえ」

仲間に茶々を入れられながら、明君が緋那子にチケットを手渡した。そして――

「まだ、どうなるかわかりません。でも、そのときは……よかったら観にきてください。デートとは違うかもしれませんが、約束を果たしていませんでしたから」

「ええ！」

織部の言葉に、緋那子も花開くような微笑みを見せた。

それから、自動車で帰るという緋那子は劇場前から去っていった。

先生と小弟も帰路につく。

「兎田谷先生」

「ん？　夕飯の話なら、そうだなぁ、屋台の立ち食い寿司でも……いや、やはり少々冷えるから、今夜は家で温かい物が食べたいな」

「了解いたしました。鱈《たら》の切り身がありますから、あとは豆腐を買って小鍋立てを……ではなく、父は一人前になるまで実家に帰らなくてよいと、三年の期限を取り消すと、この前の会食の後に言っておりました。ですが、兎田谷先生はその話の返事を保留にされています……小弟は……まだ先生の弟子でいてもよろしいのでしょうか」

弟子入りの際に求めていた答えは、今回の事件で手に入った。

しかし、これからもこの御方の下で学びたい。

「元々そのつもりだが？　弟子の処女作くらい世に出してやらないと、師の務めを果たしたことにはならないじゃないか」

「……現在書いている中編小説を、紹介していただいた同人雑誌に送ろうと思うのです」

「ふむ、ようやく載せる気になったたか。別に文壇に出たからといって、師弟の関係が解消されるわけではないのだよ。もう俺から学ぶことはなにもないと思えるようになるまでいるといい」

夕暮れの風がそよぐ。小道に群生する葛の葉が、緑と白を覗かせてはためく。

朔《さく》の月が過ぎ、今晩は美しい三日月がかかるだろう。

ウソつきな小説家は、空を見あげて言った。

「年が明ければ大正も十五年だ。年内はもう働かないことにしよう、そうしよう。では今年も、これにて！」

【参考文献】

『万葉集（一）』佐竹昭広　山田英雄　工藤力男　大谷雅夫　山崎福之・校注　岩波書店
『万葉集（三）』佐竹昭広　山田英雄　工藤力男　大谷雅夫　山崎福之・校注　岩波書店
『恋する万葉集』歴史浪漫研究会　リベラル社
『からたちの花　北原白秋童謡集』北原白秋　新潮社

◉定価:726円(10%税込)　◉978-4-434-30558-0　◉イラスト:細居美恵子